LE MAS DES OLIVIERS

DU MÊME AUTEUR
CHEZ LE MÊME ÉDITEUR

La Colline des contrebandiers
Les Géants de pierre
Marie-Marseille
Jean du Casteloun
Les Amants de Malpasset

Annie Bruel

LE MAS
DES OLIVIERS

Roman

Terres de France

PRESSES DE LA CITÉ

Production Jeannine Balland

ISBN 978-2-258-09402-4

Presses de la Cité — un département **place des éditeurs**

place des éditeurs

A Pierre Pascal, félibre provençal poète et compositeur, dont le talent, l'humour et l'indépendance me ravissent.

Au ciel de ma souvenance
Dans le bleu de mes rêves
Les nuages de ma Provence
Courent devant le mistral.

Traduction du poème provençal *L'Americo*

1

Aux confins du haut Var, au plus fort de cette tempête de collines qui s'élance de la mer pour s'en aller percuter les petites Alpes, le village de Mons, tel un navire au plus haut de la vague, sommeillait dans un profond silence.

C'est dans ce silence rare, semblable à celui des cimes, que, soudain, Giuseppe claqua bruyamment la porte de *Chez Albertine.*

Giuseppe, que tout le monde appelait Amiral parce qu'il semblait toujours s'opposer au tangage d'un navire, s'éloigna du petit troquet d'un pas ferme, bien différent de celui qui d'ordinaire le ramenait chez lui. Ce n'était pas son heure non plus. Six coups sonnaient à l'horloge de l'église, heure à laquelle, généralement, il entamait à peine son troisième verre de vin.

Il descendit la traverse Serre-Coudes, la bien nommée, sans se frotter aux murs de la ruelle si étroite qu'il fallait bien viser pour ne pas y laisser la peau des bras, puis il franchit d'un bond les quatre marches menant à sa porte. Il écarta d'une main violente le haillon de coton qui en voilait l'entrée et s'arrêta dans l'encadrement, tête baissée tant il était grand et la porte basse.

Ses yeux firent le tour de la pièce sombre. Tout au fond, dans l'alcôve, trois enfants assis sur deux petits lits s'amusaient à des jeux obscurs et feutrés dans le désordre des draps sales. A droite, dans une caisse en bois, un nouveau-né aux yeux charbonneux, momifié dans ses langes, tétouillait en silence un biberon curieusement nacré. Juste devant Giuseppe, sa femme, Maria, était accoudée, inoccupée, au bord de la grande table.

— Où est Ninon ? lui demanda-t-il.

Maria poussa son menton vers le mur pour indiquer la maison mitoyenne.

Giuseppe sortit en bougonnant et fit les trois pas qui séparaient sa porte de la porte voisine, écarta le rideau de perles de buis et hurla :

— Ninon !

La fillette surgit de l'ombre et se montra dans la lumière. Elle regarda son père droit dans les yeux et, comme il ne lui demandait rien, elle fila aussitôt en passant sous son bras.

A peine furent-ils rentrés chez eux que Giuseppe ordonna :

— Prends tes affaires, je t'emmène chez Marius.

La fillette écarquilla brièvement les yeux puis ouvrit le placard creusé dans le mur pour y prendre une cape de laine.

Maria, sa mère, intervint d'une voix traînante :

— Laisse ça, c'est trop petit pour toi à présent.

Ninon remit la cape à sa place et, les mains vides, se tourna vers son père pour signifier qu'elle était prête.

Maria, impassible, regarda l'homme et l'enfant passer la porte.

Du fond de l'alcôve, trois regards noirs comme la nuit avaient suivi la scène. Trois visages à ce point immobiles qu'on les eût dits peints sur une toile. Quand elle franchit la porte, Ninon tourna la tête vers eux. Les enfants reprirent leur jeu mais auparavant, plus vite que l'éclair, leurs yeux s'étaient croisés.

Giuseppe remontait à grands pas les ruelles de Mons en poussant Ninon devant lui. De temps à autre, chaque fois que ses grandes jambes rattrapaient le trottinement de la fillette, il lui donnait une chiquenaude dans le dos pour lui faire hâter le pas.

A quelques mètres derrière eux, la vieille Mihoun les suivait en criant :

— Où l'emmènes-tu, espèce d'ivrogne ? Qu'a-t-elle encore fait, cette petite ? Peux-tu me le dire ? Foi de Mihoun, cette méchanceté-là, tu ne l'emporteras pas au paradis !

Mais elle dut vite s'avouer vaincue. Ils avançaient trop vite pour ses pauvres jambes et voilà qu'ils venaient de disparaître au détour d'une ruelle. Le cœur de Mihoun, un pauvre cœur de quatre-vingts ans, battait trop fort, et elle dut revenir jusque chez elle à petits pas pour le rassurer. En passant devant la porte de Maria, elle s'arrêta et lança, bien sûre d'être entendue à travers le haillon de coton :

— Vé, te voilà contente, pouarco !

A la sortie du village, Giuseppe prit sa fille par la main et ils s'engagèrent sur la route qui descend vers la mer. Une mer pudique qui se cachait là-bas entre terre et brume.

L'alcool, d'ailleurs il n'avait guère bu ce jour-là, ne suffisait pas à faire oublier à Giuseppe l'affront qu'il venait de subir : à l'instant, au café d'Albertine, alors que tous les hommes du village étaient présents, jouant ou buvant, le maire, ce mange-punaises qui l'emmerdait déjà sur les bancs de l'école, avait dit devant tout le monde :

— Ecoute-moi, Giuseppe, je te le dis sérieusement, il te faut changer les choses ! Tes enfants sont sales, pleins de vermine et mal nourris. Et s'il n'y avait pas les voisines pour leur donner une croûte par-ci, par-là, ils crèveraient de faim. Sans parler, paraît-il, de la dernière invention de ta femme : les biberons du petit avec plus de pastis que de lait... C'est facile de le faire dormir comme ça, bien ensuqué ! Plus facile qu'avec une berceuse ! Il faut changer tout cela, entends-tu, ou bien on viendra te les prendre pour les mettre à l'Assistance. Tu m'as bien compris ?

Le maire, bien entendu, avait pris le soin d'entraîner Giuseppe à l'écart et de parler à voix basse pour que nul n'entende. Mais Giuseppe n'en démordait pas : il avait bien vu, lui, qu'à cet instant, le silence s'étant fait, toutes les cartes s'étaient figées au bout des doigts tandis que les casquettes ironiques se tournaient vers eux.

— Ce sont mes enfants. Ils sont à moi, entends-tu, et j'en fais ce que je veux. Je n'ai besoin de leçon de personne, surtout pas des tiennes, Fernand, tout maire que tu es. Et tu ferais mieux de t'occuper du village qui va tout de travers en place de te mêler de ce qui te regarde pas.

— Eh bien, justement, fan de lune, je m'occupe du village en ce moment. Tout Mons se plaint de tes enfants. Ils volent le linge sur les fils, ils chapardent dans les jardins et donnent des poux à toute l'école. Cela ne te suffit pas ? Et moi, le maire, même si ça t'emmerde, je t'avertis que si tu n'es pas capable de les élever proprement, c'est l'Assistance qui le fera à ta place. Imagine un peu la honte que tu auras !

Il avait semblé se radoucir, mais il avait ajouté perfidement :

— Tu es le cantonnier et tu fais le garde champêtre, tron de l'air, tu gagnes ta vie et tu as un petit bout de jardin, enfin de quoi nourrir une famille, nom de Dieu ! Ce jardin, si tu le retournais de temps à autre pour y faire venir des légumes et si tu ne buvais pas tout ce que tu gagnes, sûrement que je n'aurais pas à te dire ce que je te dis... Et n'oblige pas un maire à se demander comment il se fait que son garde a du vent dans les voiles même les jours où ne souffle pas le mistral !

Et voilà, son venin lâché, retrouvant sa bonne humeur, Fernand s'était tourné vers les joueurs de manille et l'avait laissé là comme un imbécile, tout simplement comme s'il n'existait pas.

Alors Giuseppe, droit et fier, avait levé son verre à la santé de la compagnie pour signifier que tout allait bien. Puis il s'était mis à réfléchir. Il était resté un bon moment accoudé au bar, les yeux dans le vague, une cigarette mal fichue dégoulinante au coin des lèvres, et penché sur son vin sans le boire, ce qui était le signe d'une profonde méditation. Mais tout d'un coup, alors que tout le monde l'avait oublié, il s'était mis à ricaner. Pas pour se donner contenance, vrai, de bon cœur, parce qu'il venait d'avoir une idée.

— Fernand, héla-t-il, eh Fernand, viens un peu par ici, j'ai à te causer.

Le maire était revenu vers lui à regret.

— Tu me parles de l'Assistance qui pourrait venir prendre mes enfants. Mais dis-moi, l'Assistance, cette pute, elle me les prendrait tous ou bien un seul, celui qu'on lui donnerait ?

Fernand, qui avait deviné à quoi allait en venir le garde, prit le temps de réfléchir avant de répondre. Il commanda un pastis avec pas trop d'eau. Puis, quand on l'eut servi, il en fit rajouter un peu, pas tant, encore une goutte. Devant lui, Giuseppe piétinait d'impatience.

— L'Assistance prendra d'abord celui qui va le plus mal, certainement le plus jeune qu'à présent ta femme a l'idée d'endormir au pastis. Mais je te vois venir, Giuseppe, ce qui te plairait, c'est de te défaire de Ninon, dis voir un peu si je me trompe ?

Giuseppe, pour ne pas devoir protester ni acquiescer, s'essuya la bouche longuement.

— Vaï, pas la peine de me le dire, tout le monde le sait.

Le maire but encore une gorgée et ajouta doucement :

— Tu n'es qu'un gros imbécile, Giuseppe, autrement tu comprendrais que Ninon est ce que tu possèdes de meilleur. Mais, comme tu ne changeras pas ta façon de penser, je vais te donner une bonne idée. Arrange-toi pour la placer dans une ferme, ici ou ailleurs, elle est grande maintenant et puis, même si elle n'a pas tout à fait fini son temps d'école, compte sur moi, j'arrangerai l'affaire. Tiens, j'y pense, la petite qui travaillait chez Marius est partie à Draguignan pour se marier. Va donc le voir de ma part, peut-être prendra-t-il Ninon ?

Cela faisait presque treize ans que Ninon était née. Et, ce jour-là, *Chez Albertine*, Giuseppe, très fier de lui comme à l'ordinaire, avait bu à la santé de son premier enfant. Il avait même pris une sérieuse chouc à lever cent fois son verre. La première de toute sa vie, peut-être, puisque, à cette époque, comblé d'espérance, il ne buvait pas encore.

La vie, en effet, lui souriait de tous côtés.

Tout d'abord, en mémoire de son père, un glorieux combattant tombé au champ d'honneur, il venait d'être promu cantonnier et garde champêtre assermenté, le chef du village en quelque sorte, ce qui lui permettait de promener sa fierté à travers les ruelles ; et tant pis si certains se plaignaient déjà de son zèle.

Ensuite, il avait épousé Maria, notoirement la plus belle fille du canton, la plus sage aussi et tant pis si, déjà, on la disait un peu « bizarre ».

Et, pour finir, le village entier avait pu juger de l'exploit : neuf mois, jour pour jour, après son mariage, sa belle Maria mettait un enfant au monde. Ce n'était pas un garçon bien sûr, mais tout de même, une belle petite de huit livres, forte et en bonne santé, ce qui n'était pas donné à tout le monde.

Ce jour-là donc, Giuseppe, triomphant, s'était consciencieusement saoulé à la santé d'un géniteur comblé, lui-même. Conscrits et collègues l'avaient accompagné de bon cœur, profondément bouleversés de voir le vin couler à flots sans bourse délier.

La fierté de Giuseppe dura trois jours – les trois jours que mirent les yeux de Ninon à s'ouvrir. Mais au matin du quatrième jour, lorsque, enfin, elle regarda le monde, toutes les femmes du village, courbées, curieuses, au-dessus de la caisse en bois, purent voir s'écarquiller des yeux bleus comme le ciel de Provence.

— Tous les nouveau-nés ont les yeux bleus, assura Giuseppe à ceux de *Chez Albertine* qui commençaient à rigoler. C'est comme sa peau, un peu de soleil et elle deviendra comme la mienne.

Il faut dire ici que Giuseppe et Maria, tous deux enfants d'émigrés – Italiens, Calabrais, Piémontais ou Siciliens, sombres de poil et de peau –, possédaient des iris du plus beau noir, d'un noir qu'aucune parcelle de couleur ne venait troubler.

Quelques jours passèrent, et les yeux de Ninon devinrent encore plus bleus, du bleu limpide d'un ciel balayé de mistral et lumineux comme au soleil levant.

— Qui c'est donc qui l'a faite, celle-là ?

— Demande voir à Maria, elle devrait le savoir.

— D'ordinaire, les pins ne font pas des jujubes ? En Calabre peut-être ?

— On dirait l'enfant d'un Boche…

— Dans le sac du charbonnier point de farine blanche !

— Peut-être bien une grand-mère d'il y a longtemps, ça revient parfois sans prévenir, suggérèrent tout de même quelques âmes conciliantes que l'on n'écouta pas.

Parce qu'on n'entendit que ce qu'on voulut bien entendre : une histoire bonne à faire pétiller les yeux le soir à la veillée et propice à toutes sortes de suppositions que l'on chuchotait une main devant la bouche pour cacher la malice naissante au coin des lèvres.

Chez Albertine, assez satisfaits d'avoir l'occasion de rabaisser son caquet à ce jeune garde trop content de lui, les joueurs de manille et les buveurs de pastis firent de beaux jours à cette nouvelle espèce de miracle et, que Giuseppe fût là ou pas, les trognes réjouies se laissèrent aller aux interprétations les plus désopilantes et à mille plaisanteries.

Si un joueur de quadrette avait l'audace de sortir un atout que l'on n'attendait pas, l'autre demandait :

— D'où tu le sors celui-là ?

Et ses adversaires de répondre en chœur :

— Demande voir à Maria !

Si un joueur de pétanque lançait si bien sa boule qu'elle faisait un carreau, il s'exclamait :

— Vé, le miracle ! Moi aussi j'ai fait un enfant à Maria.

Alors, chaque fois, les ventres éclataient d'un bon rire. Et, de ce rire, les gorges s'enrouaient tandis que, dans le coin des yeux, perlaient des larmes de plaisir.

Mais, que l'on ne s'y trompe pas, personne, aucun des rieurs, ne mettait réellement en doute l'honnêteté de Maria ni, en conséquence, l'honneur de Giuseppe. La chose eût été plus commune et moins plaisante si Maria avait été l'une de ces coquettes qui rôdent volontiers dans les coins sombres en compagnie du premier venu. Non, l'affaire était d'autant plus savoureuse que Maria avait toujours été un modèle de vertu. Placide et froide malgré sa beauté plantureuse, elle avait mis un point d'honneur à ne jamais se laisser approcher par une culotte ou par un pantalon. Dès son adolescence, pimpante, fardée, sans un faux pli, elle trônait des heures pleines sur la murette de la place San-Bastian avec des airs affectés, un peu méprisants à l'égard du commun du canton. « Elle est gonfle comme une poire », disait-on d'elle. Cette morgue tenait à distance la jeunesse qui la regardait en chuchotant : « Elle attend son carrosse, pauvre de moi, je n'ai qu'un charreton. »

Mais c'était, par-dessus tout, son regard lunaire, à fleur de tête, bien incapable d'allumer le désir des hommes qui lui avait permis, plus sûrement que son dédain, de figurer comme un modèle de sagesse jusqu'à son mariage... Jusqu'à son mariage avec ce grand balourd de Giuseppe, garde champêtre assermenté tout de même, ce qui n'est pas donné à tout le monde.

Giuseppe le savait bien, lui qui gardait un souvenir précis de sa nuit de noces. Mais comment ne pas perdre la tête quand un village entier s'esclaffe en vous regardant passer ? Quand une fillette au regard d'azur naît dans une famille au moment même où le pays fourmille d'ennemis au semblable regard... Le malheureux père, ignorant, refusant les surprises de la génétique, ne put jamais s'expliquer le mauvais tour que lui jouait la fatalité et crut devenir fou en tentant de se justifier. Il eût fallu qu'il ait beaucoup d'humour et un caractère bien trempé pour, d'un haussement d'épaules, accepter les moqueries et passer dans le camp des rieurs qui auraient aussitôt cessé de rire. Hélas, bien loin de lui cette habile sagesse... La fierté à fleur de peau, le raisonnement court, Giuseppe perdit vite sa joie de vivre en imaginant que les autres riaient d'une chose qu'il ne savait pas, qu'on le disait cocu du premier jour et que certains même savaient parfaitement qui était le père de l'enfant.

Et c'est pourquoi, pendant de longs mois, le village entier rigola. Pour se moquer de Giuseppe, le garde, mais par-dessus tout pour passer le temps et le rendre plus léger. De maison en maison, l'histoire des yeux bleus de Ninon sortit du village pour grimper jusqu'à Castellane et, dans le même temps, prise de vertige, dégringola jusqu'à la mer.

C'est ainsi que Giuseppe, à qui personne n'avait retiré l'honneur, tenant à montrer qu'il n'était pas le jobard qu'on disait, poussa fièrement, chaque soir, la porte de *Chez Albertine* pour y laisser l'argent du ménage.

C'est ainsi que Giuseppe prit en grippe la petite Ninon, coupable – il en fallait bien un – de sa honte et de son déshonneur.

Maria, elle, déjà molle et pusillanime, s'enferma un peu plus dans sa maison sans songer à se défendre et s'enfonça, résignée, dans un laisser-aller confortable qui convenait bien à sa paresse naturelle. Moins sujette à entendre les bruits de la rue, elle en souffrit peu. Prompte à hausser les épaules, elle les haussa cent fois et, devant son indifférence, on se tut.

Mais en vérité, bien qu'elle n'en parlât jamais à personne, pas même à Giuseppe, Maria, elle, connaissait la clef du mystère…

Ninon était l'enfant que lui avait fait le diable…

Dévote comme il y en a parfois, bien plus sensible à l'omniprésence du Malin qu'à l'existence de Dieu, écrasée sous des siècles de superstitions, Maria avait grandi en compagnie de Satan et de ses adjoints, sorciers, esprits, démons de toute sorte que sa mère agitait sans cesse devant elle. Du loup-garou au coin du bois à l'esprit qui vous tire par les pieds, les générations de femmes qui l'avaient précédée avaient toujours eu une réplique sulfureuse à opposer à chaque événement de la vie. Deux doigts pointés en cornes, une prière profane pour chaque sort, du gros sel dans une poche, un bout de savon dans l'autre, elles affrontaient vaillamment toutes les peurs antiques. Et même devant l'autel, si elles se signaient mille et une fois, ce n'était que pour échapper aux démons qui, palpables dans toutes leurs prières, occupaient leurs pensées et dirigeaient leur vie.

Pour Maria, si encline aux chimères, inutile de tergiverser. Sa cervelle déjà confuse interpréta clairement l'affaire : les yeux bleus de Ninon étaient la manifestation tangible d'un sort jeté par une sorcière. Si Jésus était l'enfant de l'Esprit saint, Ninon, elle, était l'enfant que lui avait fait le diable.

Cependant, Ninon, bien qu'estampillée à jamais d'humiliation, de malédiction et d'honneur perdu, était si vive, douce et belle qu'elle eût dû faire, même accourue de l'enfer, exploser d'amour le cœur d'une mère. Hélas, le cœur de Maria n'explosa que de haine. Et cela, bien avant que le bleu des yeux de sa fille ne fasse vaciller le canton.

Dès que son ventre commença à s'arrondir, Maria comprit qu'elle ne voulait pas d'enfants. De ces enfants qui jaunissent la peau et obligent à se serrer la taille. De ces enfants, cette fatalité des femmes, qui ne pouvaient que la déformer, lui voler son temps et troubler cet idéal de désœuvrement et d'indolence dont elle jouissait en compagnie de Giuseppe. Maria s'aimait seule et belle, ou bien est-il plus juste de dire qu'elle s'aimait trop, bizarrement, comme cela se chuchotait déjà du temps où elle s'asseyait à l'écart sur le mur de pierre de la place San-Bastian.

La simple apparition de Ninon, son odeur, sa douceur l'avaient tout de suite écœurée. Son babil, laissée de glace ; ses pleurs, révoltée. Certes, elle lui donna le sein pendant une année entière, parce que ses mamelles gonflées coulaient à flots mais, aussitôt soulagée de son lait, elle la laissa des heures entières ficelée dans sa caisse en bois, sans un sourire, sans une caresse.

Et, parce que son corps placide semblait être fait pour cela, Maria mit encore au monde quatre enfants, tous aux yeux noirs, mais qui n'en eurent pas la vie plus facile pour autant.

Pas plus facile mais moins terrible pourtant que celle de Ninon, houspillée pour un rien, servie la dernière et tant pis si la louche n'était plus qu'à demi pleine. Ninon, toujours fautive du désordre, coupable dans toute chicane. Ninon, à ce point déloyalement traitée que le puîné et les cadettes s'en apitoyaient et la protégeaient en sourdine.

Cependant, la fillette résista vaillamment au manque de soin et d'amour. Dès qu'elle put se traîner sur le sol, elle escalada les trois marches de la maison voisine, la maison de Mihoun Gangacette, qu'on appelait ainsi parce qu'elle secouait la tête du matin au soir avec de petits chevrotements qui semblaient dire non à tout le monde.

Mihoun, vieille veuve esseulée, prit Ninon dans ses bras, la berça et lui fit don des baisers maternels que l'enfant ne recevrait jamais.

Dès lors, Ninon et Mihoun virent, toutes les deux à la fois, leur vie chavirer de contentement.

2

Tout en dévalant la route qui descend fort à cet endroit, Giuseppe se réjouissait de cette journée qui annonçait la fin de son calvaire. Ninon enfin placée, sortie du village, serait vite oubliée. Quant à lui, il n'aurait plus à subir dix fois par jour le regard de sa fille. Un regard étrange qui vous suivait partout et que la faim n'éteignait pas, ni les coups ni les houspillades. Nom de Dieu de gamine, comme si l'injure de sa naissance ne suffisait pas, de surcroît, elle était arrogante. Triste oui, mais vaincue jamais. Tapie dans un coin, toujours en éveil, elle regardait vivre les autres d'un regard où, Giuseppe en était sûr, il y avait de l'insolence.

Giuseppe obliqua brusquement sur la droite et traversa sans vergogne des restanques moissonnées afin d'éviter la grande boucle que s'en allait faire la route. Il sauta un mur de pierre, la petite s'envola derrière lui et, ne pouvant ramener ses jambes à temps, elle tomba sur le restouble, le nez dans la paille coupée dru. Il reprit sa main et la releva d'une secousse féroce qui écartela le petit bras sec comme un sarment.

Là-bas, sous un olivier, des moissonneurs aiguisant leurs faux suivirent des yeux le couple formé de l'homme et de l'enfant jusqu'à ce qu'il disparût dans les terres des Campestres.

Autour d'eux l'air tremblait encore, c'était le brûle-blé, la chaleur descendue du soleil et qui remonte des collines vers le ciel.

Giuseppe et Ninon arrivèrent à la ferme de Marius à l'instant même où celui-ci s'en revenait des champs, le corps encore couvert de la poudre des moissons. Il vit le couple avancer et devina ce que Giuseppe s'apprêtait à lui demander.

Il regarda la fillette presque en haillons, chétive et sale que cet homme avait l'impudence d'exhiber. Il sentit renaître à son égard, bien vivace, l'antipathie qui sommeillait en lui.

Quand Giuseppe, en se recommandant fortement de son ami le maire, eut achevé de faire sa demande, Marius lui répondit

— Je ne la veux pas maintenant, ta petite : trop jeune et puis trop maigre. Je ne pourrais rien en faire. Reviens aux prochaines moissons si, toutefois, je n'ai trouvé personne d'autre d'ici là.

Giuseppe en resta stupéfait. Tout le long du chemin, il s'était imaginé l'affaire faite et s'en félicitait déjà.

— Oui bien sûr, mais vois-tu, cela ne peut pas attendre. Pour tout te dire, c'est aujourd'hui ou jamais.

— Eh bien, Amiral, nous voilà d'accord, ce sera jamais. Mais je vais te donner un bon conseil, si tu le veux bien. Donne à manger à ta petite et fais-la propre. Autrement, personne n'en voudra. Ce qu'il faut dans nos campagnes, ce sont des filles bien nourries, solides et bonnes à l'ouvrage.

Giuseppe, agacé, eut envie de lui dire de s'occuper de ses affaires, mais il parvint à faire taire son dépit et préféra baisser ses conditions. Comme à la foire, il flatta le dos de la fillette :

— Je ne t'en demande rien, pas un sou, ni pour elle ni pour moi. Jamais, parole de garde ! Tu n'auras qu'à la nourrir, un point c'est tout. Elle n'est pas grande ni grosse, mais elle travaille sans rougner. Pour une assiette de soupe, tu auras un bon travail de fait.

Joséphine, la femme de Marius, s'était avancée et suivait la conversation sans vouloir s'en mêler. Elle contempla l'enfant avec pitié :

— Elle est pleine de poux, murmura-t-elle.

Dieu garde, elle ne dit pas cela méchamment, seulement parce que c'était vrai.

Ninon, qui jusqu'ici regardait le sol, leva la tête et planta ses yeux dans ceux de la femme.

Un instant, le temps s'arrêta.

— C'est bon, dit Joséphine à son mari, puisqu'elle ne coûte rien, prenons-la. Elle surveillera nos petits si tu ne peux rien en faire.

L'affaire était faite, mais cela ne suffit pas à ce grand imbécile de Giuseppe qui n'avait pas vu la pitié s'installer dans les yeux des deux paysans. Il s'incrusta. Peut-être, comme c'était la coutume, lui offrirait-on un verre de vin pour sceller le contrat ? Marius fit semblant de ne pas comprendre et laissa passer le temps. Giuseppe eut encore l'impudence de se montrer magnanime en le félicitant :

— Tu es un malin, hein mon salaud, tu as su flairer la bonne affaire !

Comme le mari et la femme le regardaient sans répondre, Giuseppe se troubla et trouva opportun d'ajouter quelques conseils sur la manière de s'y prendre avec sa fille.

— Dis-moi, Amiral, tu fous le camp tout seul, ou bien faut-il que je te botte le cul ? dit enfin Marius qui n'en pouvait plus de se contenir. Quant à la petite, à bien la regarder et tout bien considéré, je m'en vais faire avec elle selon mon idée.

Joséphine était une maîtresse femme. Grande, charpentée comme un homme, elle ne se laissait guère aller aux émotions tout au long de ses journées de travail. Mais sous cette énergie froide de paysanne se cachaient une grande douceur et un incomparable sens du devoir. Quand Giuseppe, tout guilleret, se fut éloigné, elle regarda Ninon avec une instinctive bouffée de compassion. Et ce qui se passa alors fut comme une alliance impromptue que cette pauvre gamine tombée du ciel et cette femme sévère scellèrent d'un seul regard.

— Viens, petite, il faut d'abord que je te lave.

Ninon tendit la main à Joséphine qui la prit avec douceur.

Près du puits, sous un soleil radieux, Joséphine déshabilla Ninon et constata, effarée, qu'elle n'avait pas de linge sous ses haillons.

— Veux-tu bien que je te coupe les cheveux ? lui demanda-t-elle.

Ninon hocha la tête.

Elle coupa à deux doigts de la racine les mèches brunes, unique preuve de sa filiation. Ensuite, elle la frictionna vigoureusement des pieds à la tête avec du savon de Marseille puis elle remonta du fond du puits un seau d'eau glacée que Ninon reçut, sans un cri, sur son corps efflanqué.

Elle n'avait pas encore prononcé un seul mot.

Joséphine l'enveloppa dans un morceau de toile et la fit asseoir au bord du muret ensoleillé.

— Sèche un peu, je vais chercher de quoi t'habiller proprement.

Elle revint avec du linge, un corsage et une jupe, le tout dix fois trop grand mais sentant bon la lavande et le propre. Elle en fagota Ninon comme elle put, en riant doucement du résultat.

— Tu es belle comme une poupée de chiffon !

Ninon releva enfin la tête, planta une nouvelle fois ses yeux dans ceux de la femme et murmura :

— Merci madame.

Joséphine reçut ce regard comme, tout à l'heure, elle avait reçu le premier. Comme un éblouissement. Cette petite avait du soleil plein la tête.

— Donne-moi tes affaires que je les brûle, dit-elle seulement, et puis viens avec moi dans la cuisine, il nous reste à enlever tes poux.

De nouveau, Ninon rougit violemment en baissant le front. A l'école, on appelait les enfants de Giuseppe « les pouilleux », et personne ne voulait s'asseoir à côté d'eux. Inexplicablement, Ninon en souffrait plus que de la faim et du reste de sa misère.

Tout en passant le peigne fin dans ce qui restait de cheveux, Joséphine demanda :

— Dis-moi un peu petite, on dit que la Gangacette s'occupe beaucoup de toi, elle n'aurait pas pu te laver de temps à autre et t'enlever les poux ?

— Une fois elle l'a fait et puis elle m'a mis du pétrole sur la tête. Le soir, à la maison, j'emboucanais tellement que mon père s'en est aperçu. Il est allé chez Mihoun faire un pastis de fin du monde en lui disant de se mêler de ses affaires. Mihoun a répondu qu'elle le faisait par gentillesse, parce que je ressemblais à une romanichelle. Papa a crié que j'étais SA fille. Alors Mihoun a rigolé et elle a dit : « Ben vrai ? On ne le dirait pas ! » Alors papa a cassé la daubière qui était sur la table. Sûrement il a pensé qu'elle voulait parler de mes yeux qui ne sont pas de lui. Faut dire aussi qu'il était saoul comme un âne, un peu plus que d'habitude même. Tant elle a eu peur, Mihoun n'a jamais recommencé.

— Il te laisse y aller ?

— J'y vais quand il n'est pas là ou bien quand il est empégué à ne plus savoir qui il est.

— Et ta mère ?

— Ma mère, elle s'en fout.

Joséphine laissa passer un moment et dit en riant :

— Et Mihoun n'a pas peur d'attraper tes poux ?

— Des fois, le soir, elle se met du pétrole.

— Eh bien, moi aussi je vais t'en mettre, et après, on n'en parlera plus.

Ninon releva le front et aperçut par la fenêtre, tout là-bas, un rayon oblique qui caressait les collines.

Dès le lendemain, alors que l'aube fraîche blanchissait à peine le levant, Ninon, un torchon noué sur la tête, partit avec les moissonneurs.

Joséphine lui commanda de glaner avec les petits. Ninon obéit et ramassa les épis oubliés en observant devant elle les mains expertes de Joséphine qui rassemblaient et liaient les gerbes. Quelques instants plus tard, Ninon accourut vers elle et demanda d'apprendre à lier. A trois pas de Joséphine, Ninon se mit alors à l'ouvrage en jetant un œil en biais quand la science lui manquait.

Le cortège des moissonneurs avançait.

Derrière elles, Lulu et Loulou, les enfants de Joséphine, s'amusaient à glaner.

Devant elles, les hommes avançaient en ligne en lançant leurs faux à chaque pas, dans une entente parfaite. Ils avaient des gestes identiques, jamais appris cependant, une même cadence calculée, imposée par l'ancien.

Ninon, sensible à la chanson des faux, leva la tête et les regarda faire. Ils avançaient comme une procession, une danse, courbés, dressés, au rythme du bruissement des lames.

— Eh bé, tu rêves ? Allez zou, tu prends du retard !

Ninon réalisa alors qu'elle faisait partie du cortège et qu'elle y avait son rang. Elle n'était plus seule ni misérable. Elle était entrée dans l'univers des moissonneurs et se devait d'en être digne. Elle reprit son travail et ne brisa plus l'unisson.

Bernard, l'ancien, l'aïeul, s'arrêta un instant pour essuyer son front et aiguiser sa faux. Il en profita pour la regarder faire, sourit et cligna de l'œil vers Marius.

— Peut-être bien que l'Amiral ne t'a pas trompé. Tu as su flairer la bonne affaire…

A une portée de fusil de son village, Ninon découvrit ce jour-là le monde de la terre, le secret des moissons et son premier miracle : le blé si fort qui se couche paisiblement sous la lame des faux.

A onze heures, lorsque la chaleur devint trop pesante, les moissonneurs grands ou petits se rassemblèrent au bord de la restanque, sous un olivier patriarche, le plus majestueux de tous.

Joséphine souleva le torchon qui recouvrait un panier. Une belle odeur de pain et d'anchoïade s'envola jusqu'à la cime des oliviers. Ninon pensa s'en trouver mal tant elle avait faim. Elle s'écria de sa jolie voix claire :

— Boù Diou ! Avant j'avais faim de ne pas manger, à présent j'ai faim d'avoir tant travaillé !

Les moissonneurs éclatèrent de rire, mais Bernard, l'aïeul, leva haut la voix pour approuver :

— Bien parlé, petite. Avoir faim d'avoir trop travaillé, c'est seulement ainsi que ça devrait être dans notre pauvre monde, comme ça et jamais autrement.

— Tiens, musaraigne, prends cela et tâche de grossir un peu, dit Joséphine.

Ninon dévora son pain dégoulinant d'huile dorée parfumée d'ail. Elle s'était assise à l'écart, au pied d'un autre olivier.

— Pourquoi restes-tu si loin de nous ? On ne te plaît pas ?

— Peuchère, j'emboucane à faire crever les mouches !

Tous rirent à nouveau.

— Viens, va, tu n'arriveras pas à nous couper l'appétit. Et puis, vois le petit air frais de midi qui se lève, il emportera tout.

Ninon revint s'asseoir parmi eux et avala tout ce qu'on lui offrit. Elle ne se souvenait pas d'avoir tant mangé d'un seul coup. Parfois elle relevait la tête et contemplait ces gens silencieux ou murmurant à voix basse dans la paix de midi. Elle les avait pourtant déjà tous rencontrés, endimanchés, les jours de foire sur la place San-Bastian, mais aujourd'hui, elle ne les reconnaissait pas. Ruisselants, poudrés de poussière et de paille fine, ils avaient un autre regard, tous le même, les mêmes gestes pour poser leur faux et puis s'asseoir. Les mêmes rides autour des yeux et la même peau flétrie de soleil. Chacun leur tour, ils attrapaient la gargoulette par l'anse ronde, la levaient haut et laissaient couler l'eau fraîche dans leur gorge avant d'essuyer la dernière goutte de l'envers du poignet. Ils regardaient les berges et soupesaient le travail qu'il restait à faire. Sur la berge suivante, on ne passerait qu'à deux ; quant à la petitoune, si étroite, il faudrait la faire à la faucille.

— Je la ferai, dit Bernard l'aïeul. Comme avant, là-haut, quand on semait partout.

Et il s'illumina de s'être souvenu de la montagne d'où il venait.

Marius avait attrapé une cigale et la laissait courir sur son bras. Bernard faisait sauter Loulou sur ses genoux en scandant une chansonnette. Ce n'était pas grand-chose mais Ninon s'en émerveilla. Elle sourit à l'aïeul, qui cligna de l'œil pour lui répondre. Au-dessus de lui, à travers la ramure de l'olivier, elle aperçut son village accoudé au bord de la colline. De chacune des maisons, les fenêtres si semblables paraissaient se tourner vers elle et lui sourire.

Enfin, les hommes s'allongèrent, le chapeau sur la tête. Sur les restanques, l'air tremblait de plus belle. C'était encore le brûle-blé, la chaleur de midi qui grille les épis et assoupit les moissonneurs.

La moisson dura toute la semaine et pour Ninon ce furent les plus beaux jours de sa courte vie. Peu lui importaient ses reins brisés, ses jambes dévorées par les moucherons, sa tête brûlante de soleil. Pour la première fois, elle avait une place, une tâche, une famille et ne supportait plus de honte ni de misère.

Le premier soir, quand les hommes et les femmes emportèrent les gerbes dans de grands draps jusqu'à l'aire pour y former des gerbiers gigantesques et que les enfants les suivirent en jouant, Ninon courut des uns aux autres, ne sachant plus, à cet instant, où était sa place. Elle allait et venait, au bord de ses treize ans, ni femme ni enfant. Trop grande pour jouer, trop faible pour porter. Quand Joséphine le comprit, elle l'attira vers elle et lui dit :

— Reste avec nous, ma grande. Bientôt, comme moi, tu porteras les gerbes.

Avec Joséphine, un mot, un seul, suffisait.

Ensuite, les moissonneurs se retrouvèrent pour battre le blé. Le soir, quand soufflait enfin la bonne brise, le vent des blés, les hommes soulevaient les gerbes d'épis et les faisaient grimper jusqu'au ciel, en cadence, en silence. Un autre miracle s'annonçait : la paille s'envolait au souffle, le blé retombait sur la terre.

Puis on se relaya dans le bruit infernal du tarare. Les grains coulaient en frémissant dans des sacs de toile et Marius, rayonnant, faisait le compte de sa moisson.

Assise au bord de l'aire, Ninon, curieuse de tout, s'appliquait à apprendre son nouvel univers. Elle demanda à Lulu, l'aîné de Joséphine :

— Qu'est-ce donc ce mur là-bas qui court jusqu'au fond de la forêt ?

— C'est le mur du château de Carlon.

— Et cette petite maison perchée sur la plus haute berge.

— C'est le mas des Oliviers, là où habite l'Anglais.

Ninon ne savait pas encore qu'elle découvrait, à cet instant, le décor qui allait être celui de sa vie tout entière.

Elle avait emporté dans sa chambrette une poignée de blé que, chaque soir, elle examinait en s'extasiant indéfiniment sur la contexture parfaite des épis. Elle ne parvenait pas à déceler un seul grain qui fût différent des autres et qui ne fût pas à sa place dans le rigoureux alignement. Elle ressentait indiciblement une impression d'absolu et de beauté, comme l'empreinte d'un mystère.

Enfin, Ninon s'assit au milieu des sacs dans la camionnette de Marius et ils se rendirent au moulin. Elle fit la connaissance de Pierre, le meunier, qui les salua en disant :

— Vous êtes les premiers à m'apporter votre blé.

— Rassure-toi, répondit Marius, derrière moi viendront encore Joseph et puis Jeannot et puis…

— Et puis c'est tout. Il n'y en aura pas d'autre. C'est fini. Plus de blé, plus de meunier.

Marius, qui le savait, ne trouva rien à dire qui puisse le réconforter. Bourru mais attristé, il descendit le premier sac et l'emporta sur son dos pour laver les grains au bassin et les étendre au soleil. Pendant que le blé séchait, Marius, selon la coutume, offrit au meunier de partager son repas. Dans la vaste salle dorée, sur la longue table, à deux pas des roues qui tournaient sans cesse, Marius, Pierre, Ninon et Abel, le petit aide du meunier, partagèrent la daube de Joséphine dans le parfum inégalable du blé éclaté.

Tout près d'eux le troisième miracle avait lieu. De tamis en tamis, comme tombée du ciel, une farine de plus en plus blanche, jusqu'à la fine fleur, emplissait les sacs tandis que le son et la repasse brune embaumaient.

Ninon, bouche ouverte, regardait.

— T'entends la musique du moulin, dit le petit Abel à Ninon en levant un doigt vers le ciel. C'est la plus belle chanson *de tout le monde entier.*

Sur le chemin du retour, tout en laissant aller le mulet à son pas, Marius promit à Ninon :

— Plus tard, petite, je t'apprendrai à faire du pain.

3

La semaine suivante, Marius commanda à ses enfants d'aller enlever les pierres dans le champ des Perdrix. Ces fameuses pierres de Provence qui, en nombre, prennent la place de la terre et gênent le passage de l'araire.

A moitié nus sous le soleil, ils parcouraient à petits pas la longue berge et jetaient dans un panier chaque pierre ramassée. A ce jeu, très vite, le panier se faisait lourd puis accablant jusqu'à ce qu'enfin ils le déversent en riant sur le large talus qui finit la restanque.

Comme tous les enfants, Lulu et Loulou rendaient plus plaisante leur besogne en l'habillant de fantaisie. Ils lançaient les pierres dans le panier comme on lance une boule sur le cochonnet, canardaient les sauterelles puis jouaient à la guerre en assiégeant les oliviers. Ninon, chargée de les surveiller, tempêtait, sermonnait jusqu'à ce qu'elle entrât, vaincue mais ravie, dans leurs jeux.

Au plus fort des cris et des rires, elle aperçut un jour, loin là-bas sur la route, une frêle silhouette brimbalante qui avançait à petits pas. Son cœur sursauta puis, l'ayant reconnue, tambourina de plaisir. C'était Mihoun, que la longue route rendait plus gangacette que jamais.

— Je suis venue voir si tout allait bien, expliqua la pauvre femme en se laissant glisser sur un muret. Vé ! Comme te voilà propre !

Ninon se faufila entre ses bras en murmurant :

— Je croyais que tu m'avais oubliée.

— J'aurais bien voulu, mais je n'ai pas pu.

Mihoun rit sourdement en montrant sa bouche édentée.

— Dieu garde, je viendrais plus volontiers si ma jambe ne me faisait pas tant souffrir, ajouta-t-elle.

— Alors, c'est moi qui viendrai, assura Ninon.

— Je te le défends bien. Tu travailles maintenant, plus question de n'en faire qu'à ta tête ! Tu m'écoutes, testarde ?

Mais Mihoun, qui connaissait bien Ninon, sut que la petite viendrait la voir bientôt. Ninon faisait toujours comme elle l'avait décidé.

Ninon attendit patiemment un dimanche soir, le soir d'un jour sans travail, parce que les soirs des autres jours elle n'avait plus de force et trop de sommeil. Elle attendit aussi que la lune soit suffisamment belle pour éclairer sa route. Quand enfin arriva un dimanche de belle lune, elle sortit de la grange à la nuit tombée et, comme elle se l'était promis, elle s'en fut au village pour saluer Mihoun.

Elle courut tout au long du petit chemin qui s'éloignait de la ferme puis s'engagea sur la route qu'elle suivit fidèlement.

La nuit était douce et sereine mais se déchirait parfois sous les cris d'un hibou. De temps à autre encore, un bruissement de feuilles au passage d'un sanglier la jetait, le cœur battant, contre le flanc de la montagne.

Elle avait fait la moitié du chemin lorsqu'elle entendit chanter en sourdine. Pas un oiseau ni le vent dans les branches mais, à coup sûr, quelqu'un qui fredonnait doucement.

Ninon, affolée, traversa la petite route et se laissa glisser dans le ravin en se retenant au tronc d'un chêne. La voix, qui s'était interrompue un instant, reprit de plus belle avant de s'évanouir brusquement.

Ninon attendit, frissonnante, en se demandant qui pouvait bien chanter ainsi. Un charbonnier, un braconnier ? Mais le chant était bien trop léger pour être celui d'un homme… Soudain, tout près d'elle, non plus la voix mais une flûte se mit à jouer sur deux notes, très doucement, comme quelqu'un qui appelle.

— Tu-ti-tu ?

Ninon, aux aguets, coucha sa tête dans l'herbe piquante.

— *Je te vois, je te vois, pas la peine de t'cacher*, entendit-elle chantonner.

Puis un éclat de rire, et une petite ombre apparut sur la route.

C'était un gamin étriqué et bondissant. Il approcha d'elle.

— Coucou !

Alors Ninon reconnut Abel, le neveu du moulinier.

Elle reprit pied sur la chaussée en râlant :

— Ce n'est pas bien de faire peur aux gens. Qu'est-ce que tu fais là, la nuit, tout seul ?

— Je fais de la musique, répondit Abel en exhibant un mirliton. Je peux venir avec toi ?

Il avait le visage mouvant comme un ciel de giboulées. Dans son regard intense, Ninon devina, malgré le clair-obscur, comme une supplique, un besoin de compagnie.

— Dis-moi d'abord ce que tu fais ici.

— Je traversais les restanques de Marius quand je t'ai vue sortir de la grange. J'ai d'abord pensé que tu allais au cabinet mais tu as couru jusqu'à la route, alors, je t'ai suivie.

— Tu fais exprès de ne pas répondre à ma question. Que fais-tu dehors, la nuit ?

— Je me promène.

— Et tu n'as pas peur ?

— Jamais. Pas même de la chouette quand elle crie.

— Mais, dis-moi, ils sont très loin les moulins !

— Sûr, si tu y vas par la route, mais moi je passe dans des chemins secrets qui filent tout droit à travers la forêt.

Les murs épais des moulins de Mons se dressent au bord de la Siagnole, à quelques pas de la route, là où elle se tord pour enjamber l'eau par un petit pont. Derrière les bâtiments, à flanc de coteau, l'eau volée à la cascade court dans un petit canal large comme le bras, passe sur une arcade pour se déverser sur les ailes de la belle roue de bois.

Depuis la nuit des temps, les deux moulins, à deux pas l'un de l'autre, vivaient au rythme de la majestueuse roue à aubes qui tournait sans cesse pour moudre l'opulent butin de Provence : l'été, le blé, l'hiver, les olives.

Le meunier en chemise, blanc de farine, et le moulinier emmitouflé étaient le même homme. Il s'appelait Pierre.

Pierre était entré aux moulins comme apprenti et n'en était jamais parti. Cela faisait quarante années que la chanson de la roue, le grondement des meules et le clapotis de l'eau donnaient un sens à sa vie. Et l'odeur aussi. Celle si fine de la farine et celle plus âcre du gros son. Celle enivrante des olives et celle de l'huile d'or, plus subtile encore.

Quand, plus tard, il fut le maître des moulins, il devint le plus fortuné des hommes, un de ceux qui savent dès l'adolescence reconnaître le chemin de leur vie. Un chemin que Pierre parcourait depuis, dans la paix et l'harmonie des gestes sûrs, mille fois répétés, et dans la jouissance de ses sens comblés.

Les moulins étaient alors une sorte de cœur battant pour une campagne d'où arrivait la manne brute, d'où repartait la manne façonnée. L'aboutissement de toutes les peines. Là où se retrouvaient, moisson ou cueillette finie, à chaque saison, dans le cliquetis des engrenages magiques, moulinier et paysans jusqu'à ce que la farine emplisse les sacs ou que l'huile coule. L'hiver, le travail tenait Pierre éveillé des nuits entières. Mais, pour lui, la nuit n'existait pas, elle n'était faite que des mêmes heures de contentement, celles qui donnaient un goût de miel à sa vie.

Ce qui se passa ensuite, aux moulins de Mons comme partout ailleurs, sonne comme une banalité dans cette fin de siècle où rien n'a de durée, d'espoir ni de sens. Mais en ce temps-là, si proche encore qu'on le touche du doigt, ce fut comme le premier coup de tocsin avertissant la campagne, déjà endeuillée par les guerres, de sa fin prochaine.

Las, ce tocsin, rares furent ceux qui l'entendirent.

Les jeunes étaient trop loin, à la ville, et les vieux, trop vieux, regardaient, muets, dépassés, résignés, le monde se renverser sous leurs yeux. Assis sur les rebords de pierre de leur village désert, leurs corps déformés par l'ouvrage semblaient n'avoir plus d'oreilles pour entendre.

A présent, là-haut, partout sur les restanques en friche, les oliviers négligés lançaient vers le ciel des râles de mourants solitaires. A leur pied, la terre oubliée ne laissait naître de son ventre que de l'herbe rude. La forêt, sans plus de sentiers, de bergers ni de troupeaux, grignotait les restanques en faisant éclater, en un instant, les murets séculaires et s'écrouler les pierres si savamment entassées.

Et, sur la route, en caravane, en exode, les huches sans pain et les pétrins sans farine avançaient vers la ville pour s'y vendre à l'encan, cependant que leurs ventres lisses supportaient en gémissant les caresses de milliers de profanes.

Pierre, d'année en année, avait vu diminuer le nombre de quintaux de blé moulu et de mottes d'olives écrasées. Celui-là n'était pas venu, cet autre ne viendrait plus. L'été, la roue tournait à vide dans le moulin désert et, l'hiver, quelques heures de travail suffisaient pour broyer quelques quintaux d'olives. Et Pierre, désespéré, pouvait enfin dormir.

Dans sa simplicité d'homme de la terre, il pensait : « Si mon moulin s'arrête, le monde entier s'arrêtera demain. » Il disait cela en tremblant – il tremblait vraiment, et les jeunes qui l'entendaient riaient en se moquant de lui et de son incurable entêtement à n'y rien comprendre et à n'y rien changer.

« Fais donc autre chose, imbécile ! Remue-toi ! Va voir ailleurs ! »

Pierre ne se remuait pas, ne s'en allait pas voir ailleurs, il pleurait. Il pleurait parce que le chemin de sa vie, jusqu'ici si droit, si clair, finissait en enfer. Dans l'enfer du jour qui naît et dont on ne sait pas quoi faire.

Un jour, sa femme, lassée de l'entendre gémir, partit à la ville. Il ne fit pas un geste pour la retenir, il était déjà veuf d'un métier qu'il avait aimé pour la vie.

Abel vivait avec Pierre depuis un mois à peine, et le pauvre enfant impuissant, désolé, regardait son oncle dépérir. Livré à lui-même, désœuvré, souvent affamé, Abel dormait loin dans le jour et, la nuit venue, il s'en allait au hasard de l'ombre, à la recherche d'autre chose qui l'aurait fait sourire.

Abel et Ninon marchaient au milieu de la route et Abel, le menton tremblant, racontait la souffrance de son oncle et puis sa solitude à lui.

— Il a tellement de peine qu'on dirait qu'il ne me voit pas.

— Je connais ça, dit Ninon. Ma mère non plus ne me voyait pas.

— Et pourquoi donc ?

— Je ne sais pas. Elle ne voit personne.

— Elle a du chagrin ?

— Vé, si elle en a, elle le cache bien. Mais assez parlé d'elle. Qui sont tes parents ?

— Je n'ai plus de parents.

— Tu en as de la chance ! murmura Ninon.

— Quel âge as-tu ?

— Treize ans, le mois prochain. Et toi ?

— Douze ans passés.

— Déjà ? s'étonna-t-elle.

Abel était si chétif, plus frêle qu'elle encore...

Mais leurs ombres inégales avançaient du même pas.

Mihoun les accueillit en chevrotant de joie puis elle leur offrit quelques biscuits et son sirop de groseille. Elle regardait Ninon avec fierté :

— Tu es une brave petite, répéta-t-elle au moins cent fois.

Abel et Ninon s'en revinrent par le même chemin mais à présent, comblés de sucre et de caresses, oublieux du monde, ils descendaient la route dans son milieu. Leurs rires résonnaient contre la roche des coteaux avant d'aller se perdre dans le feuillage des chênes.

Soudain Abel s'arrêta et tendit le doigt vers la lune :

— Sais-tu lui dire bonsoir ?

— A la lune ? Et pourquoi donc ?

— Parce qu'elle est ce que je préfère au monde. Viens avec moi, je vais te montrer.

Abel, tel un chat, escalada le talus qui longeait la route. Ninon le suivit jusqu'au sommet d'un rocher grandiose qui dominait la forêt. Alors Abel se cambra bien fort et se livra, le menton levé, les bras écartés, à la clarté lunaire qui l'inonda aussitôt.

— Vois, dit-il à voix basse. Vois comme elle est douce à regarder, elle ne fait pas pleurer les yeux.

Ninon obéit et leva la tête vers le ciel.

— Sens-tu sa lumière ? Respire bien, elle va entrer dans ton corps.

Comme lui, Ninon, troublée, inspira et aspira du même coup les rayons de lune. Elle s'en trouva apaisée.

Puis Abel dit doucement :

— Regarde, écoute ! On est seuls. La lune, la terre et nous.

Assurément, il n'y avait plus que deux enfants sur la terre assoupie, noyée d'ombre. Deux enfants et une lune resplendissante qui, parce qu'elle les reconnut, sembla vouloir n'éclairer qu'eux.

Ils restèrent un long moment dans le silence absolu du monde, comme à son commencement. Seuls, face à un astre comme eux solitaire, réunis dans sa splendeur.

Ils finirent leur chemin en silence et se quittèrent en se promettant de se retrouver le prochain dimanche de belle lune pour aller, comme aujourd'hui, embrasser Mihoun.

Dès le lendemain, Abel entreprit de surveiller le ciel. Hélas, il savait bien que désormais l'astre mincirait chaque nuit un peu plus jusqu'à n'être qu'un fil suspendu puis qu'il disparaîtrait en laissant les étoiles orphelines. Triste chose que des nuits sans lune, pensait-il. Sans lune et sans Ninon.

Mais elle revint bien sûr, discrète, et prit des forces. Quand elle en fut à sa moitié et commença à donner des ombres aux branches les plus hautes, Abel attendit le premier dimanche.

Le soir venu, sans attendre le crépuscule, il courut à la ferme de Marius et se tapit dans les broussailles.

L'attente fut terrible. Son petit cœur, frileux comme une feuille, frissonnait d'impatience. Assis sur son derrière, les yeux brûlants de tant regarder l'ombre, il torturait sans fin ses doigts quand elle parut enfin, fluette et gracieuse.

— J'avais si peur que tu ne viennes pas…

— Comment aurais-je pu oublier d'aller embrasser Mihoun, répondit-elle… et comment oublier le petit prince de la lune ? ajouta-t-elle précipitamment en voyant passer un voile de brume sur les yeux d'Abel.

Ce soir-là, quand, leur escapade finie, ils se séparèrent, Abel retint Ninon un instant et lui demanda :

— Dis voir, on connaît bien la route à présent, si on se retrouvait chaque dimanche, même sans lune ? A la seule lumière des étoiles ?

Ninon sourit :

— Si tu veux. A dimanche donc.

4

Cela faisait deux mois que Ninon vivait chez Marius, et les journées rythmées de travail, de soupes chaudes et de sommeil paisible avaient chassé de son souvenir la torpeur de la cuisine familiale, le banc de l'école réservé aux pouilleuses et l'angoisse qui la saisissait lorsqu'elle entendait le pas du père sur le pavé.

Chaque soir, Joséphine lui donnait, comme à ses propres enfants, un grain de réglisse à la vertu certaine. Le grain noir sur la langue, juste avant que ses yeux se ferment, Ninon revivait les moments de sa vie passée, comme ceux, par exemple, où Mihoun lui massait doucement les genoux avec de l'huile rouge. Ou bien quand elle l'embrassait dans l'espace lisse qui sépare ses yeux, au moment de partir :

— C'est là que ta peau est la plus douce...

D'autres fois, au plus profond de son sommeil, Ninon pénétrait comme une ombre jusque dans l'alcôve, jusque sur les lits aux draps sales. Elle y retrouvait d'abord Yvon. Yvon, la fripouille au tendre cœur, qui, pour elle, chapardait les culottes des femmes sur les fils d'étendage. Yvon qui, les nuits sans lune, rampait sur les plates-bandes des jardins pour y déterrer une poignée de carottes juteuses, qu'eux tous grignotaient en silence après l'extinction des feux.

Puis elle rejoignait ses deux petites sœurs, Mireille et Fanny, qui se prélassaient dans l'unique petit lit réservé aux filles. Elle les surprenait à se réjouir de la grande place laissée par son départ. Elle se glissait entre elles et les sermonnait de tant d'ingratitude, avant de les prendre par la main pour aller, par la rue des Balcons, jouer à la marelle sur la place San-Bastian.

Un morceau d'elle était resté accroché là-bas, au fond de la cuisine sordide, et le déchirement qu'elle éprouvait rendait sa joie moins sereine.

A la fin du mois de juillet, Marius et Joséphine emmenèrent Ninon chez un de Saint-Cézaire pour y cueillir le lavandin. Ils y dormirent à la belle étoile et coupèrent les brins fleuris dans l'air tout vibrant des ailes des abeilles. Un jour, alors qu'elle saisissait à pleine main un bouquet de tiges odorantes, Ninon se fit piquer par trois insectes à la fois. Tout en pleurant de douleur, elle dit à Joséphine qui la soignait :

— Je pleure parce que j'ai mal. Avant, des fois, je pleurais pour rien.

Joséphine répondit :

— On ne pleure jamais pour rien. Mais c'est mieux quand on sait pourquoi.

Ce soir-là, Joséphine emmena Ninon au village et lui acheta le chapeau dont elle rêvait : une merveille de paille tressée et dorée, entourée d'un ruban bleu qui, assura la marchande, s'envolerait à la première brise.

Chaque soir, le camion emportait les monceaux de fleurs tout au long des chemins et des ruelles mais, au matin, collines et vallons embaumaient encore et, sur la terre, la rosée n'était que gouttes de parfum.

Dans les premiers jours du mois d'août, Joséphine avait coutume d'aller cueillir le jasmin chez monsieur Chevassus de Montauroux. A cette cueillette aussi, elle emmena Ninon.

Bien avant l'aube, Marius prépara la carriole. Ninon, le chapeau de paille posé sur sa tête, s'assit fièrement près de Joséphine et, dès les premiers trottinements de la mule, le ruban bleu se mit, comme promis, à voleter dans la brise du petit matin.

Le soleil se levait à peine quand elles s'éparpillèrent dans les rangées fleuries, leur poche de toile nouée autour de la taille. Joséphine montra à Ninon comment choisir la fleur et la saisir sans la froisser, juste en l'aspirant du bout des doigts.

Avec les quelques francs que donna monsieur Chevassus, Joséphine lui acheta une robe de toile imprimée de petites fleurs et quelques lingeries à sa taille.

Le 10 du mois d'août, à la pause de midi, toutes les cueilleuses fêtèrent les treize ans de Ninon. L'une lui tressa une couronne de fleurs, l'autre un collier, et Joséphine lui offrit un tablier comme le sien, bleu, solide, avec une grande poche sur le devant.

Ninon pleura tant de plaisir qu'elle ne put se remettre à cueillir quand l'heure sonna.

— Viens, lui dit une femme, garde tes larmes pour plus tard. Quand tu seras amoureuse par exemple, les larmes font briller les yeux des filles.

Ninon la regarda en souriant.

— Surtout avec les yeux que tu as. Bonne mère, les hommes n'ont qu'à bien se tenir !

En moins de trois mois, Ninon avait forci, ses petits bras secs étaient devenus ronds et sa figure agréable. Mais, en compagnie de Joséphine, elle avait surtout appris à prendre soin d'elle, à garder la tête haute et à rire aux éclats.

C'est dans les derniers jours du même mois que Giuseppe rencontra son ami Jeannot qui s'en revenait de Montauroux.

— Adieu Amiral, dit celui-ci.

— Adieu Jeannot, répondit Giuseppe.

Et comme tous deux avaient soif, ils allèrent *Chez Albertine* pour parler de tout et de rien, les yeux dans le vague et le verre à la main.

Ce fut juste au moment de partir que Jeannot y pensa :

— Au fait, dit-il, j'ai vu ton aînée chez Chevassus, elle cueille le jasmin à présent ? On m'a dit qu'elle cueillait aussi bien qu'une femme.

Giuseppe reçut la nouvelle comme un coup sur la nuque. Il laissa passer un moment sans rien dire, le temps qu'il fallait au propos pour parvenir jusqu'à sa cervelle déjà bien embrumée. Mais ensuite, dans une lueur de conscience, il vit, aussi clairement que s'ils avaient été devant lui, les sous gagnés par sa fille dégringoler dans la poche de Marius. La colère l'envahit aussitôt, exorbita ses yeux avant de monter jusqu'à sa tête pour s'y mêler au vin. Plantant là son collègue sans même le saluer, il sortit de *Chez Albertine* et descendit de nouveau, mais en braillant cette fois, la route qui va aux Campestres.

Il arriva en vue de Marius alors que la chaleur du soleil couchant et sa longue marche faisaient bouillonner le sang de ses veines. Il l'interpella de très loin :

— Dis-moi un peu, bandit, il paraît que tu loues ma fille à présent ? Ce n'était pas dans notre marché, cette manigance ! Dis-moi combien ça te rapporte ? Montre-le-moi, l'argent que la petite a gagné !

— Ce que fait ta fille ne te regarde plus, choucatoun.

— Mais les sous qu'elle gagne, ça me regarde !

— Et les sous qu'elle mange, ça te regarde aussi ?

— Quand ta femme fait la soupe, elle la fait pour tout le monde, un peu d'eau en plus et la petite a sa part. Mais les sous qu'elle gagne, c'est pas de l'eau dans la soupe, c'est une pelote dans ta poche et pas dans la mienne.

— Eh bien, tu n'as qu'à la reprendre, rétorqua Marius agacé, sans y croire.

— C'est exactement ce que je vais faire et pas plus tard que tout de suite. En attendant qu'elle revienne, je vais m'asseoir là et je vais faire le compte de tout ce que tu me dois.

Marius n'aimait pas se chamailler, il dit seulement :

— Va donc te caler au bord de la route, hors de chez moi, empégué. Allez zou, ou bien je t'y amène à coups de fourche dans le cul, tout garde que tu es.

Il leva sa fourche et s'avança menaçant. Alors, Giuseppe, braillard et pitoyable, s'en alla s'asseoir au bord du fossé, à l'autre bout du chemin. En passant, il ramassa une branche morte et la brandit en direction de Marius qui ne le regardait plus.

Quand la charrette arriva à proximité de la ferme, ce fut Joséphine qui reconnut la première le profil de Giuseppe, assis sur le côté de la route. Elle ralentit la mule et s'exclama :

— Bonne mère, le voilà encore celui-là !

Ninon se redressa pour voir de qui parlait Joséphine et, ayant reconnu son père, elle se laissa retomber sur son siège comme si elle avait reçu tout le malheur du monde sur la tête.

Mais déjà Giuseppe s'était levé et avançait vers elles en brandissant son bâton.

— Allez zou, descends de là, on retourne à la maison.

Ninon ne bougea pas.

Giuseppe s'approcha de la charrette et leva son bâton au-dessus de la tête des femmes.

Alors Ninon dit à Joséphine :

— J'y vais parce qu'il est chouc et qu'il a un bâton, mais demain je reviendrai.

Elle descendit de la charrette et, sans même regarder son père, elle se mit à avancer sur le bord de la route. Giuseppe la retint par le bras :

— Holà, pas si vite, j'attends que celle-là me donne les sous que tu as gagnés.

— Va donc les demander à Marius, si tu l'oses !

— Les sous d'aujourd'hui, c'est toi qui les as.

Ninon s'interposa :

— Avec mes sous, j'ai acheté une robe, un chapeau et des culottes, parce que je n'en avais pas. De l'argent, il n'y en a plus.

— Menteuse, je suis sûr qu'il y en a encore.

Il la secouait et hurlait, sa bouche puante à deux doigts du visage de Ninon.

Alors Joséphine prit dans sa poche quelques pièces et les jeta au sol :

— Tiens, ramasse et laisse la petite.

Giuseppe se baissa en calculant mal son geste. Sa jambe droite refusa de se plier en même temps que la gauche, il tomba à genoux, lamentable, et ramassa ses pièces en disant :

— Toutes des filles de pute.

Ninon leva la tête pour lire dans le regard de Joséphine. Elle le découvrit plein de dégoût. Mais, dès que leurs prunelles se croisèrent, Joséphine sourit avec indulgence.

— Allez, viens Ninon.

Mais Giuseppe s'interposa :

— Elle rentre avec moi, elle ne restera pas un seul jour de plus chez des voleurs.

Et il frappa Ninon dans le dos pour lui faire reprendre la route.

Ninon avançait pleine de rage en répétant inlassablement : « Je ne resterai pas à la maison, je reviendrai, je ne resterai pas à la maison... » Elle se plaisait trop en compagnie de Joséphine. Puis elle pensa à Abel et à leurs promenades nocturnes et frissonna à l'idée que, demain sans doute, il l'attendrait en vain.

Le père et la fille traversèrent les rues de Mons comme ils l'avaient fait trois mois plus tôt : Giuseppe poussant Ninon devant lui. Quelques villageois, qui les virent passer, secouèrent la tête avec commisération. Au bruit des pas, Mihoun accourut derrière son rideau. Elle les regarda entrer dans la maison voisine, et sa gangacette reprit de plus belle.

— Tais-toi, dit Giuseppe à sa femme avant qu'elle n'ouvre la bouche.

Puis il s'assit à la table et se servit un verre de vin.

Comme dans les rêves qu'elle faisait chaque soir, Ninon glissa vers le fond de la pièce, jusqu'à l'alcôve, s'assit sur le lit des filles et contempla avec stupeur le décor maudit qu'elle avait presque oublié. Elle dut aussi en respirer l'odeur, une odeur de ranci et de sueur qu'à l'autre bout du monde, vingt ans après, elle reconnaîtrait encore. Yvon, radieux, vint s'asseoir à côté d'elle :

— Comme tu as changé !

— Et Fanny ? et Mimi ? demanda-t-elle à voix basse.

— Elles sont encore dehors, au lavoir.

— Et le bébé ? Je ne le vois pas.

— A l'Assistance.

— Qu'est-ce que c'est ça ?

— Rien de bon. Un endroit où on met les orphelins, les enfants perdus ou bien les enfants comme nous. C'est le maître qui me l'a expliqué.

Yvon avait les yeux fixes, pour la première fois, la peur se lisait sur son visage :

— Moi, ils ne me prendront pas, je m'en irai avant.

Ninon lui passa la main dans les cheveux. Elle ne put rien dire tant elle était émue.

— N'aie pas peur, ils ne te prendront pas, tu es bien trop malin, murmura-t-elle enfin.

— Je suis content que tu sois là, répéta Yvon.

Giuseppe resta attablé une dizaine de minutes – le temps de finir la bouteille –, puis il se leva et sortit. Il savait à présent comment il allait raconter son histoire à ceux de *Chez Albertine,* et, à sa façon de dire les choses, on saurait désormais qu'on ne le couillonnait pas facilement.

Les enfants regardaient Maria qui se coiffait devant le miroir accroché au-dessus de l'évier. Elle passait voluptueusement, indéfiniment, une brosse dans sa chevelure épaisse. Soudain, elle fit tournoyer sa tête, menton dressé, l'air hautain puis, les yeux mi-clos, elle s'observa longuement… Brusquement, elle sembla basculer dans un autre monde, elle grimaça pour devenir gargouille ou sorcière, langue sortie, lèvres retroussées… puis elle renonça, redevint lunaire, plate, vague et si lointaine qu'elle en oubliait les visages exsangues et pathétiques de ses enfants qui la regardaient.

Un peigne tomba et elle s'éveilla en sursaut. Elle délaissa son air frivole, mit un chapeau sur sa tête et sortit pour s'en aller aux vêpres. Sur le pas de la porte, elle se heurta à ses deux dernières filles qui revenaient du lavoir. Fanny et Mimi s'effacèrent pour laisser passer leur mère. Ni sourire ni parole ne marquèrent la rencontre, on eût dit un chaland évitant la pierre du chemin. Les deux fillettes avaient déjà le regard fixé sur l'alcôve où brillaient les yeux de Ninon. Elles posèrent la corbeille de linge humide au hasard de la cuisine avant de se jeter dans ses bras.

Alors, enfin seuls, les enfants de Giuseppe et de Maria retrouvèrent leurs voix aiguës et leurs fous rires. Ninon, comédienne, raconta sa vie en minaudant et termina en affirmant :

— Jamais je ne resterai ici. Je retournerai chez Marius dès que je le pourrai. Et, bientôt, je reviendrai vous chercher.

— Tous ?

— Bien sûr.

Le soir venu, Ninon reconnut le silence accablé et toutes les sensations troubles du passé quand arrivait l'heure de se retrouver réunis au coude à coude dans si peu d'espace. Elle se demanda avec horreur si elle allait devoir s'y perdre à nouveau.

— Pousse-toi de là, punaise, lui dit sa mère.

Ninon sut alors qu'elle ne le supporterait pas. Plus maintenant que le souvenir de la maison de Joséphine se confrontait à cette réalité.

Le repas fini, elle se coucha dans le lit, contre ses deux petites sœurs. Comme avant. Dans la cuisine, Giuseppe et Maria se chamaillaient à voix basse. Giuseppe traînait sur chaque mot et levait souvent la main avant d'abattre son poing sur la table. Enfin, ils montèrent l'un derrière l'autre le petit escalier en colimaçon qui menait à leur chambre. Giuseppe, qui ne voyait plus très clair, se frotta aux murs tout le long de son escalade en marmonnant d'une voix molle.

Les enfants attendirent, immobiles, aux aguets, le moment où la chambre des parents s'emplirait d'ombre et de silence. Alors, tout doucement, Ninon se releva et alluma la lampe.

A la lueur de l'ampoule qui éclairait faiblement le fond de la pièce, ils se rejoignirent à croupetons sur un seul lit, épaule contre épaule, et se mirent à parlementer. De tout temps, cet instant avait été le leur, leur espace et leur moment secrets. Jamais dans la journée ils ne se retrouvaient ainsi, si proches et si véhéments. Tout en jouant aux osselets, ils se dirent tout, et ce fut presque rien. Yvon confia ses frasques et ses rapines, les petites avouèrent une sottise en soufflant sur leurs mains rougies par l'eau du lavoir. Ninon parla de la moisson, des moulins et du grand four où cuisait le pain.

Elle s'enfuit vers minuit. Yvon la regarda partir, puis il referma doucement la porte. Il était sûr qu'elle reviendrait le chercher. Ninon l'avait dit, elle tenait toujours parole. Dans un coin de l'alcôve, traînait le chapeau de paille que sa sœur avait oublié. Il le prit et le cacha sous son lit, là où personne, jamais, ne viendrait l'y chercher.

Ninon se glissa dans les ruelles désertes en frôlant les murs, puis elle s'élança sur la route qu'elle dévala sans prendre garde tant elle était épouvantée. Quand elle arriva aux Campestres, elle ralentit, s'engagea dans le chemin qui menait chez Marius. Soudain, elle s'arrêta.

Il ne servait à rien de retourner à la ferme. Dès le lendemain, certainement, son père reviendrait la prendre pour la ramener au village. Elle s'assit dans un taillis, celui-là même où, si souvent, l'avait attendue Abel.

Abel. Elle sourit. Une idée lui vint et l'ensoleilla.

La ferme était close de toutes parts et Ninon frappa doucement à la porte. Joséphine vint l'ouvrir et reçut la fillette dans ses bras :

— Je me suis sauvée, mais je ne peux pas rester avec vous à cause de mon père, je pars me cacher aux moulins, avec Abel.

Elle tournait déjà le dos pour reprendre sa route quand Joséphine la retint par la main.

— Ne pars pas si vite, ma belle. Laisse-moi le temps de réfléchir à ce que tu me dis. Et que dira Pierre le moulinier de tout cela ?

— Il ne me verra pas. C'est si grand là-bas !

Puis, voyant le visage fermé de Joséphine, elle implora :

— Je ne veux pas retourner chez moi !

Joséphine resta pensive un moment, elle hésita puis décida de ne pas réveiller Marius qui dormait déjà. Elle resserra son fichu de laine autour de ses épaules et dit :

— Va donc aux moulins pour ce soir puisque je n'ai pas de meilleure idée. Mais fais bien attention à toi petite. Attends, il faut emporter tes affaires et puis tiens, prends aussi mon châle, il fait froid maintenant.

Ninon reprit la route en courant et ne s'arrêta qu'au pont de la Siagnole. Elle se faufila le long des murs de pierre des moulins en se demandant où dormait Abel, puis elle eut l'idée de siffloter comme il le lui avait appris. Elle fronça ses lèvres :

— Tu-ti-tu ?

Au cinquième appel, Abel se mit à sa fenêtre :

— Ninon ? Qu'est-ce que tu fais là ?

Abel cacha Ninon dans le moulin à huile.

— Tu peux dormir tranquille. Mon oncle n'y vient plus.

Puis il s'assit près d'elle. Ninon lui raconta la fin de sa vie aux Campestres et Abel se désola en pensant que leurs escapades sous la lune se terminaient déjà. Ils échafaudaient mille projets pour se revoir encore quand Ninon demanda :

— Crois-tu que je pourrais rester avec toi ?

— Ici ?

— Oui.

L'idée enchanta Abel et, aussitôt, ils organisèrent leur vie à deux. La nuit, Ninon dormirait dans le moulin et le jour, s'il le fallait, elle se cacherait dans les bois environnants.

— Ici, tu ne risques guère de rencontrer quelqu'un. Il ne vient personne. Guère pour le blé, guère plus pour les olives et, de toutes les manières, en ce moment ce n'est la saison ni de l'un ni de l'autre. C'est la saison pour rien… Peuchère, je crois bien que mon oncle Pierre va en crever. Il est tellement triste qu'il ne se lève plus. Il laisse tourner la roue au lieu de la bichonner et de la laisser se reposer. Il s'est mis dans l'idée que, s'il l'arrêtait, elle ne tournerait plus jamais. Il est devenu complètement fada. Pauvre, il ne mange plus. Moi, je me débrouille, je fais du pain que je mange avec de l'huile et un peu de sel. Je t'en donnerai.

5

Et leur vie se passa comme ils l'avaient dessinée.

Au soir du deuxième jour, Ninon envoya Abel jusqu'aux Campestres pour rassurer Joséphine et la supplier de ne rien dire. Celle-ci, bien au contraire, s'alarma de cet arrangement sans avenir mais, comme la précédente fois, elle laissa faire en attendant que le ciel lui fasse signe et lui inspire une autre solution.

Giuseppe descendit plusieurs fois chez Marius et, chaque fois, il fit trembler la maison. Il exigea de visiter la ferme de la cave au grenier et de n'y rien trouver augmenta sa colère. Il accusa Marius de se moquer de lui. A bout de ressources, il s'en alla pleurer dans le gilet du maire.

— Ma fille a disparu. Ce mange-merde de Marius la retient en cachette, je le sais. Si tu ne fais rien, je m'en vais prévenir les gendarmes.

Le maire, alors, se rendit aux Campestres. C'était le soir. Ils s'assirent tous les trois à l'ombre du tilleul et parlèrent de Ninon. Marius dit à quel point la petite était courageuse et vive et combien il la regrettait. Il dit aussi qu'il était bien dommage qu'elle eût un père de cette sorte, et déplorable qu'il soit venu la reprendre. Quand Fernand parla de sa disparition, Marius et Joséphine s'étonnèrent. Non, ils ne savaient rien, au grand jamais ils ne l'avaient revue.

Joséphine, fine mouche, n'ouvrit guère la bouche. Les mains jointes devant la poitrine, elle hochait sagement la tête quand son mari parlait.

— Où peut-elle bien être ? dit-elle une seule fois, en mouchant son nez.

Mais Fernand ne s'y laissa pas prendre. Comme Marius s'éloignait un instant, il se pencha vers Joséphine et lui glissa doucement :

— Ma bonne Fine, quelque chose me dit que tu en sais plus long que tes belles paroles.

— Moi ? Vois, je n'ai rien dit !

— Eh bien, justement. Tu mouches ton nez pour faire l'inquiète, mais moi qui te connais, je vois bien que tu ne l'es pas. En vérité, tu as l'air d'un autre air. Vaï, je sais bien que tu chérissais cette gamine. C'est toi qui me l'as dit ! Et donc, que si elle était vraiment perdue, tu courrais déjà pour la retrouver. En place de quoi, tu hoches la tête et tu mouches ton nez. Allez, dis-moi où elle est. Parole d'honneur, je ne le répéterai à personne.

Joséphine, prise au piège, resta sans répondre. Pas assez fausse pour continuer à jouer la comédie, elle se troubla et se sentit toute sotte devant cet homme qui ne la quittait pas des yeux. Elle se leva pour se donner une contenance, ramassa les verres et la bouteille de pastis qu'elle mit de côté, puis elle revint s'asseoir et dit :

— C'est vrai que je l'aime bien. Vrai, comme je te le disais, c'est une bonne petite. Mais elle n'est pas chez nous, ça, je peux te le jurer. Que veux-tu que je te dise, elle est ailleurs. Mais, si tu me demandes mon avis, je te dirai que cet ailleurs que je ne connais pas est sûrement meilleur que ce Giuseppe que je connais. Voilà pourquoi je ne m'inquiète pas.

Le brave Fernand la regarda avec un drôle d'air. Joséphine trembla d'en avoir trop dit mais soutint son regard. Comme Marius revenait, Fernand se dirigea vers sa camionnette.

— Adieu, dit-il, je ne pourrai peut-être pas empêcher Giuseppe de prévenir les gendarmes. Si toutefois ils décident de se mettre en campagne, espérons que la petite saura bien se cacher.

Joséphine releva la tête et lui sourit, en vitesse, des yeux seulement.

Un mois passa pendant lequel Pierre ne se leva pas de son lit. Un jour, Ninon entra dans la chambre sans qu'il la reconnût, sans qu'il demandât qui elle était. Le monde entier lui était devenu indifférent. Il ne pouvait plus prononcer le premier mot d'une courte phrase sans que les larmes brouillent sa voix et fassent trembler son menton. Abel et Ninon assistaient à cette désespérance sans pouvoir l'apaiser. Ils passaient des heures entières près du malheureux en lui racontant des histoires destinées à le faire sourire. Mais Pierre n'avait plus de nerfs ni de peau pour ressentir. Il les repoussait. Il voulait seulement être seul et mourir.

Ce jour-là, Abel partit de bon matin pour son premier jour d'école. Dans sa chambre, Pierre dormait, apaisé, semblait-il, après une nuit passée à sangloter. Ninon resta près de lui, puis, parce que des fourmis picotaient ses mollets, elle mit de l'ordre dans la maison à petits pas et balaya sans faire de bruit. Comme Pierre dormait encore, elle décida qu'elle pouvait le laisser seul un moment, le temps qu'il lui fallait pour laver un drap dans la rivière. Elle s'agenouilla à son bord et jeta la pièce de toile dans l'eau qui courait follement.

Le temps était doux et Ninon jouait avec l'eau froide. Pensive, elle frotta le drap, le frappa, oublia Pierre, s'amusa de l'eau claire. Une heure passa ainsi, apaisante loin des larmes du meunier. Puis elle étendit la grande toile blanche au soleil, sur l'herbe nouvelle d'automne.

Quand elle revint dans la chambre, Pierre n'y était plus. Elle le chercha dans la cuisine, dans l'autre chambre et dans les deux moulins. Elle le chercha en vain dans tous les environs, espérant chaque fois le voir apparaître, puis elle s'assit devant la porte et attendit.

Quand Abel revint de l'école, Ninon lui raconta l'histoire.

— Je l'ai cherché partout, dit-elle, dans toutes les pièces des moulins, les soupentes, le jardin, le pré !

— Tu as regardé autour de la grande roue ? demanda Abel.

— Non. Où pourrait-il être, elle tient toute la place !

— Je ne sais pas, mais une fois il m'a dit : « Un jour, je suivrai le petit canal et je me laisserai aller jusqu'à ce que l'eau me jette sur ma roue. Alors je m'y accrocherai et je tournerai avec elle… »

Pierre était bien là, disloqué, dans le fond du bassin de la roue à aubes. L'eau claire glissait sur son corps, sur ses yeux grands ouverts et s'en allait, oublieuse passagère, rejoindre la rivière. Au-dessus de lui, les ailes majestueuses, indifférentes chantaient toujours la chanson des meuniers.

Les deux enfants, assis à deux pas de là, se pénétraient lentement de la mort de Pierre. Il était clair qu'à présent, tout lui était devenu indifférent. Plus rien ne le faisait frémir. Ni l'eau froide qui retroussait sa chemise, ni sa tête cognant contre le déversoir.

— On ne peut pas le laisser là, bredouilla enfin Ninon.

— Non, bien sûr, répondit Abel.

Mais ils ne bougèrent pas.

— Qu'est-ce qui va arriver maintenant ?

— Je ne sais pas. Ils vont l'emmener et l'enterrer sans doute.

— Où ça ?

— Au cimetière, comme tout le monde.

— Et pourquoi pas ici ?

— Je ne sais pas. Parce qu'on enterre tout le monde au cimetière, c'est comme ça.

— Et pourquoi ? Mon oncle disait toujours qu'il ne voulait pas s'en aller des moulins, jamais.

Alors que la nuit tombait, unissant leurs forces, Abel et Ninon sortirent Pierre de l'eau bouillonnante et le traînèrent jusqu'à l'intérieur du moulin le plus proche, le moulin à huile. Puis, à l'aide de pioches lourdes et d'épaisses barres de fer, ils soulevèrent les pavés du sol et creusèrent une tombe.

Ils en recouvrirent le fond avec le drap propre, séché au soleil, et c'est dans son drap blanc et dans cette courte tombe qu'ils ensevelirent le meunier.

Mais avant d'en finir, comme ses bras le long du corps lui donnaient un air pitoyable, Ninon enfouit ses mains dans les poches du pantalon.

— Comme ça, il a l'air de s'en foutre d'être mort, dit Abel.

Puis ils refermèrent le tombeau avec la terre et les pavés.

Le sol du moulin en resta tout bombé.

Après cette nuit blanche, Abel partit à l'école et Ninon resta aux moulins.

Le dimanche qui suivit, Abel et Ninon allumèrent le four et firent du pain.

Une nuit de belle lune, ils eurent même l'audace de monter jusqu'au village pour embrasser Mihoun.

Le soir, Abel récitait à Ninon les poésies qu'il apprenait à l'école. Il y était très sensible et disait qu'il serait, un jour, poète. Il fit même une sorte de petite comptine qu'il offrit à Ninon.

La vie est vigoureuse quand on est un enfant. Plus le temps passait, plus ils oubliaient Pierre dans son tombeau. A présent, ils s'en allaient courir la moitié de la nuit dans les chemins étroits, soupaient à minuit sur la cime d'un chêne et jouaient de la flûte dans le creux des vallons.

Un jour pourtant, Georges, qui passait par là, vint cogner à la porte en criant le nom du meunier. Ninon, cachée dans les taillis, le vit aller et venir d'un moulin à l'autre avant de repartir.

Le lendemain, il recommença le même manège, tournant, virant tout autour des maisons.

Le jour suivant, il revint encore, mais cette fois-ci, en compagnie du maire.

Tous deux firent le tour des bâtiments puis entrèrent dans la maison. Ils la virent propre et bien tenue parce que Ninon était bonne ménagère. Ils visitèrent les grandes salles et furent étonnés de voir une bosse mal pavée à quelques pas de la meule. Georges jura qu'elle n'y était pas auparavant…

Ils s'en revenaient pensifs quand Abel, rentrant tout essoufflé de l'école, se jeta dans leurs jambes.

— Ah ben, te voilà, toi. Où est ton oncle ?

Abel se troubla un instant puis répondit :

— Il est parti pour quelques jours.
— Où donc ?
— A Marseille. Chez une parente à lui.
— Et il t'a laissé tout seul ?
— Ben, oui. C'est que je vais à l'école, moi !

Georges et Fernand s'en allèrent en laissant Abel inquiet. Ce soir-là, jusqu'à très tard dans la nuit, Abel et Ninon tentèrent d'imaginer ce qui allait se passer.

— Ils vont revenir.
— Sûr !
— Et qu'est-ce qu'on dira pour Pierre ?

Mais Ninon ne répondit pas. Elle venait de comprendre que le plus grave de l'affaire n'était pas là. Assurément, tôt ou tard, Pierre serait découvert. Mais alors, que deviendraient-ils, eux ? Pour elle, la chose était claire, elle retournerait chez son père, mais Abel ? Elle s'en voulut de ne pas y avoir pensé plus tôt. Elle n'osa pas lui faire partager son inquiétude et resta muette un bon moment.

— Demain matin nous partirons, dit-elle enfin.
— Pourquoi ?
— Parce que, lorsqu'ils trouveront Pierre, ils ne nous laisseront pas là. Pour moi, je le sais, j'irai chez mon père. Mais toi ? As-tu encore de la famille ?
— Je ne sais pas. Peut-être. Si, une tante à la Roque Esclapon.
— Eh bien tu iras chez ta tante à la Roque Esclapon.
— Et si elle ne veut pas de moi ?

Ninon ne répondit pas. Elle pensa à l'Assistance mais se tut prudemment.

A l'aube, Abel et Ninon dormaient encore quand la voiture des gendarmes s'arrêta devant les moulins.

Le soir même, Ninon retrouva la sinistre cuisine. Son père l'attacha au barreau de fer du lit des filles avant de la fouetter à l'aide de son ceinturon. Puis il s'adressa à Yvon :

— La même chose pour toi si elle s'en va encore.

Il s'assit alors au bout de la table et dit à voix basse à sa femme :

— Demain soir, après mon travail, je l'emmènerai chez Timoléon. Il me l'a demandée pour prendre soin de son vieux père. C'est entendu entre nous. Là-bas il n'y a pas de femme pour y planter des embrouilles.

Abel fut accompagné chez sa tante de la Roque Esclapon qui râla en le voyant arriver. Comme si elle n'avait pas assez de travail depuis que son mari était mort à la guerre en lui laissant trois enfants à élever !

Néanmoins, comme elle était brave, elle embrassa Abel qui pleurait.

6

Timoléon, barbu, poilu et crasseux, vivait avec son père dans une vieille bergerie qu'on appelait le jas des Graïs. Pour arriver jusqu'à elle, il fallait prendre la route de Castellane et l'abandonner bientôt pour s'engager sur un long chemin dévasté et plus pierreux que le lit d'un torrent. Après une fastidieuse ascension à travers un paysage désolé, on arrivait enfin devant une ferme adossée aux flancs des rochers.

Timoléon, qui ne s'était jamais marié, prenait soin de son vieux père paralysé. Avant de partir travailler, il installait celui-ci sur un antique fauteuil à roulettes qui permettait au vieil impotent de se déplacer à la force de ses bras agrippés aux angles des meubles. Le vieillard passait chacune de ses longues journées encafourné près du poêle au fond de la vaste mais sordide cuisine. Quand son fils s'en allait loin dans la montagne avec son troupeau, il restait des jours entiers, dans cette solitude totale, à deviner le ciel à travers un carreau sale qu'il éclaircissait du bout de son doigt. Il avait, pour le protéger des rôdeurs, deux gigantesques chiens noirs et féroces qui lui obéissaient au geste et à la voix.

Jamais Timoléon n'avait eu de servante. S'il avait accepté de prendre Ninon, c'était seulement pour faire plaisir à Giuseppe, son ami de comptoir, et pour emmerder Fernand. Timoléon et Giuseppe, ivrognes du soir pareillement, avaient fait ce jour-là un marché qui sentait le vin et le fiel.

Quand, après une longue marche, Giuseppe et Ninon arrivèrent en vue de la ferme, ils furent accueillis par l'un des deux chiens dont les aboiements farouches les empêchèrent d'aller plus loin. C'était la femelle, en liberté, qui gardait le territoire ; l'autre, enfermé avec son maître, hurlait dans la maison.

Timoléon sortit sur le pas de la porte. Alors Giuseppe poussa sa fille dans sa direction et, sa forfaiture accomplie, tourna le dos pour reprendre sa route. Ninon, terrifiée par ces loups sauvages, resta figée sur le bord du chemin. Devant elle, la chienne aboyait follement. Timoléon, trop fainéant pour faire quelques pas sans y être obligé, resta planté sur le pas de sa porte en attendant qu'elle approche. Là-bas, déjà loin, Giuseppe s'arrêta et regarda la scène :

— Alors, tu avances ? cria l'un.

— Avance, tron de Dieu ! hurla l'autre.

Ninon ne bougea pas. Il eût fallu, à cet instant, un attelage de quatre bœufs pour l'obliger à faire un pas. A présent, la chienne la humait, toujours grondant.

— Avance, elle ne te mangera pas, dit encore Timoléon.

Ninon, pétrifiée, n'en eut pas le courage.

— Si tu n'avances pas, je lui demande de te mordre !

Alors, Ninon osa faire le premier pas.

— Tout ça pour te montrer ce qui t'attend s'il te prend l'envie de partir.

Quand elle fut dans la cuisine, devant Cézaire, le père, elle garda les yeux baissés et ne dit pas un mot. Elle sentit seulement, parce qu'elle ne pouvait pas faire autrement, l'odeur pestilentielle qui régnait dans le taudis. Le chien, Tomi, gronda quand elle le frôla, et le vieil impotent ricana de satisfaction.

Timoléon lui dit :

— Tu feras la soupe et le ménage. Le matin, tu allumeras le feu et, le reste de ton temps, tu t'occuperas du grand-père.

Ninon releva la tête et ses prunelles rencontrèrent, pour la première fois, celles du vieillard. Il l'examinait fixement avec des yeux sales, vifs mais impurs comme ceux du diable.

— Et si tu n'obéis pas, Tomi saura t'y obliger, menaça-t-il.

Sa voix glaça Ninon. Elle recula d'un pas. Cézaire tendit le menton. Aussitôt, Tomi montra les dents.

Ensuite, Timoléon lui désigna une pièce minuscule sans lumière et sans fenêtre où elle dormirait désormais. Sur le sol, elle ne vit qu'un matelas crotté abandonné parmi des haillons de couvertures.

Un peu plus tard, ils mangèrent en silence une soupe fade qui ressemblait à celles de Maria, puis elle dut assister, à la fois horrifiée et confuse, au coucher de Cézaire. Son fils le prit dans ses bras et le déposa dans le lit. Ninon aperçut fugitivement les fesses maigres et sales du vieillard qui, peut-être parce qu'il était grotesque et dépendant, hurlait des injures abjectes à l'adresse de son fils et, plus sûrement, à celle du monde entier.

— Va vider le seau dehors ! ordonna Timoléon.

Ninon découvrit avec stupeur la chaise percée et le seau nauséabond. Elle comprit d'où venait la puanteur qui empestait la maison.

— La chienne ?

— Elle est attachée.

Elle dut transporter l'horreur à bout de bras et la flanquer dehors au hasard de la nuit.

Et quand, peu après, la porte de sa petite chambre se referma sur elle, Cézaire donna l'ordre au chien de se coucher devant.

Ninon sanglota une partie de la nuit puis elle s'endormit, épuisée, sur le sol carrelé de tomettes. Pour rien au monde, elle ne se serait étendue sur le matelas. Un peu plus tard elle se réveilla suffoquant, manquant d'air pour respirer, et se rendormit ainsi, haletante, la sueur au front, brisée, en rêvant dans ce noir total à ses anciennes nuits de pleine lune.

Au petit matin, Timoléon ouvrit sa porte et lui dit :

— Au travail !

Puis il disparut pour la journée.

Ninon déjeuna d'un bol de lait de chèvre et d'un morceau de pain, sous le regard constant de Cézaire. A bout de patience, prise d'une colère sourde, elle osa lever les yeux vers lui avec l'intention de le défier. Elle rencontra des prunelles grises animées d'une lueur trouble qu'elle ne sut pas définir mais qui lui fit tellement honte qu'elle abaissa ses paupières à l'instant.

Cézaire était redoutable.

Elle nettoya ce qu'elle put dans cette cuisine ignoble où toutes les surfaces étaient noires et gluantes. Où le savon manquait, où les chiffons poissaient autant que les assiettes. Elle voulut décrasser le sol mais, après plusieurs passages, le balai de bruyère graisseux zébrait encore de noir les carreaux rouges.

Puis elle fit une soupe en rêvant à celles de Joséphine. Pendant qu'elle allait et venait, silencieuse et absente, elle endurait comme un fardeau le poids du regard de Cézaire. De temps en temps, il s'amusait à la surprendre :

— Pas cette casserole, l'autre !

— Touche pas mon couteau !

— Fais des morceaux plus gros !

Chaque fois, sa voix impérieuse la faisait sursauter et elle frémissait à l'idée de l'entendre à nouveau. Elle en devenait maladroite et vaine. Ses doigts tremblaient et son corps tressaillait au moindre soupir, au moindre geste du vieillard.

— Donne-moi mon tabac.

Elle prit la blague à tabac sur la table et s'approcha pour la lui donner. Il négligea le tabac et la saisit au poignet. D'une secousse, il l'attira vers lui. Alors que Ninon, déséquilibrée, tombait en travers de ses jambes, il glissa la main sous sa jupe. Elle se releva d'un bond et s'éloigna vivement, prête à fuir. Mais Cézaire hurla :

— Tomi !

Le chien se dressa sur-le-champ et bondit vers elle.

— Suffit, dit Cézaire au chien qui se recoucha.

Tout le reste de la journée, Ninon évita soigneusement le vieillard. Dans ses allées et venues, elle dessinait autour de lui un cercle de rayon suffisant pour qu'il ne l'atteigne plus. Enfin, il lui commanda d'aller s'occuper du jardin et des poules. Elle dut pousser son fauteuil jusqu'au seuil de la porte. Il fit taire les chiens, Ninon sortit, respira l'air de midi et retrouva un peu de conscience.

Elle désherba un morceau de terre. Chaque fois qu'elle relevait la tête, le regard de Cézaire était là, narquois ou terrible, avec cette lueur trouble qui ne le quittait pas.

Quand elle eut fini, elle demanda la permission de nettoyer sa chambre. Cézaire la laissa faire. Elle mit sur la fenêtre le matelas sale et poussiéreux et le battit longuement au soleil, puis elle balaya les tomettes et laissa toutes les portes de la maison grandes ouvertes afin que l'air s'y renouvelât enfin.

Le soir, tard, Timoléon revint du village en zigzaguant sur sa bicyclette, puis il tituba jusqu'à une chaise sur laquelle il s'effondra.

Contrairement à Giuseppe qui avait le vin querelleur, Timoléon, lui, avait le vin lamentable. Il resta un bon moment accoudé au bord de la table sans regarder personne, tandis que Cézaire se mouchait et reniflait près de son poêle. Ninon pensa que cette cuisine et ces deux hommes étaient certainement comparables à l'enfer dont sa mère parlait sans cesse.

Tout en servant le souper, elle écouta le père et le fils qui se parlaient à coup de phrases courtes, entre deux lampées bruyantes. Cézaire questionnait d'une voix sourde et Timoléon rendait compte, pas à pas, comme un enfant raconte sa journée d'école. Cézaire était le maître, cela sautait aux yeux. Il commandait à son fils comme si celui-ci avait été encore marmot ou simple d'esprit. Sous le regard méprisant du vieillard, Timoléon rapetissait jusqu'à devenir presque rien, un tas informe de chair et d'os bredouillant. Ninon en fut stupéfaite. Ce grand balourd de Timoléon, qui faisait le fier dans les rues du village et qui aurait pu d'un seul coup de son poing terrasser un bœuf, obéissait en tremblant à l'infirme. Car il tremblait vraiment, il avait les mêmes frémissements qu'elle lorsque Cézaire lui donnait un ordre. Devant son père, Timoléon, le bruyant hôte de *Chez Albertine,* devenait craintif et soumis autant que le chien.

Cézaire, hélas, était omnipotent au jas des Graïs. Ce soir-là, Ninon, quand elle l'eut compris, renonça aussitôt à se plaindre au fils des crimes du père.

Les jours passaient et l'enfer de Ninon n'avait pas de fin.

Elle vivait ses longues journées les nerfs à fleur de peau, jusqu'à ce qu'enfin elle s'abatte sur son matelas et se niche sous sa couverture. Elle s'y abandonnait, oubliée du monde entier, et s'anéantissait dans un trop-plein de nausées après avoir versé des torrents de larmes.

Quand au matin elle se réveillait, le corps déjà en révolte, elle devait, pour obéir au vieillard, faire des lessives impossibles de draps immondes ou de culottes puantes et fendre du bois avec une hache d'homme si lourde qu'à chaque effort, écartelée, elle aurait aimé se coucher sur le sol et s'y laisser mourir.

Cependant, parce que c'était dans sa nature, Ninon s'appliquait à bien faire toute chose. Et c'est ainsi, pour tuer le temps, qu'elle vint à bout de l'infâme cuisine. Depuis des lustres, on n'avait pas vu les carreaux briller si fort, les meubles embaumer la cire, la vaisselle si bien ordonnée, et, par-dessus tout, la soupe ou la daube toujours prête à l'heure, fumante et odorante sur le bois ravivé de la table. Ninon, naïve, n'en avait pas conscience, mais elle devenait ainsi, peu à peu, l'âme, le rouage essentiel de la vie de ces deux pauvres bougres qui, avant elle, vivaient comme des bêtes.

Au fil des jours, la méfiance de Cézaire s'apaisait. Il se laissait aller à somnoler plus souvent en se fiant au seul zèle du chien. Par contre, dès le matin, Ninon le savait, il occupait son temps à imaginer un moyen de l'attirer à lui. La manière la plus simple était de demander un objet. Un jour qu'il réclamait encore sa blague à tabac, Ninon s'en saisit et, sans faire un seul pas vers lui, elle la lui lança à la volée. Cézaire hurla si fort que le chien se jeta sur elle et la mordit au bras. Ninon souffrit longtemps de sa blessure et ne recommença jamais.

En décembre, un vilain temps brumeux et neigeux s'installa en chassant les dernières douceurs de l'automne et arrivèrent avec lui des bourrasques glacées venues de la montagne. Ninon, qui devait sortir à chaque instant dans le froid, s'en plaignait en vain. Elle dut attendre d'être malade pour que

Cézaire la conduise enfin jusqu'à une chambre dont il ouvrit l'armoire. Il y avait là, toujours dans le même ordre depuis plus de trente années, la maigre garde-robe de la femme de Cézaire qui, un jour, avait fui le jas des Graïs, riche des seuls vêtements qu'elle portait. Le soir même, Ninon passa un long moment le nez fourré dans quelques vieilles robes et châles mités mais encore lourds et chauds à mourir de plaisir. Elle s'y enveloppa et s'en dégagea mille fois avant de faire son choix. Quand elle sortit enfin de la chambre, nippée de toile chaude et de laine, Cézaire la regarda s'avancer et cracha par terre.

Parfois, pour que Ninon puisse faire une lessive, Timoléon attachait la chienne avant de partir. Ces jours-là, elle pouvait enfin se retrouver seule dehors. Elle pensa en profiter pour se sauver, mais la terreur que lui inspiraient les deux molosses était telle qu'elle y renonça. Sans compter que, derrière la vitre à présent transparente, Cézaire veillait.

Un matin, sa lessive terminée, elle aperçut par la fenêtre Cézaire endormi. Elle hésita un instant, regarda le chemin qui filait droit vers la liberté mais renonça encore. Elle en profita seulement pour explorer les multiples recoins de la ferme. C'était une très grande construction, en piteux état certes, mais où des générations de cultivateurs avaient amoncelé des trésors de toutes sortes dont personne ne se servait plus. Hormis l'étable, il y avait deux granges et toute une série de petites soupentes. Devant tant d'espace, de meubles inutiles, d'outils abandonnés, de charrettes et de charrues immobiles, Ninon se mit à rêver. Il y avait là de quoi abriter toute une famille, sa famille… De quoi remuer un champ, d'y faire naître du blé, le faucher, le battre… De quoi vivre en somme, avec un peu de courage.

Pendant ce temps, à Mons, dans les ruelles pleines de silence, on pouvait entendre parfois la voix de Mihoun Gangacette qui injuriait Giuseppe.

— Tu vas me le dire où elle est cette petite, espèce d'ivrogne !

— Elle est chez des bourgeois de Grasse, tout le monde te le dira !

— Ce n'est pas à moi que tu feras croire cette fable !

Mihoun entrait dans la maison et s'en prenait à Maria.

— Tu es contente, hein, ta bouteille de vin t'a bien débarrassé de ta fille cette fois !

Maria devait la chasser à coups de balai.

Un autre jour, Mihoun interrogea Yvon qui, hélas, ne savait rien.

— Si je le savais, je serais déjà avec elle.

Certes, le vieux Cézaire hurlait encore, commandait à ses chiens et à son fils, faisait des caprices et parvenait parfois à tripoter Ninon. Mais le vrai pouvoir avait changé de main. Ninon percevait d'une manière inexprimable que, dos au mur, les deux hommes auraient abandonné bien de leurs privilèges plutôt que de la voir s'en aller.

Ce fut intuitivement qu'elle se lança un jour dans la bagarre. Ce jour-là, comme tous les autres, Cézaire, à l'affût, cherchait un prétexte pour l'attirer à lui. Alors qu'elle tournait le dos à bonne distance du vieillard, celui-ci concentra toute sa force sur ses bras et, s'agrippant à la table, propulsa son fauteuil roulant vers elle et la saisit à la robe. Ninon se dégagea furieusement et lança clairement en le regardant de ses prunelles flamboyantes :

— La prochaine fois, je m'en vais.

— Tu ne pourras jamais, ricana-t-il.

— Recommencez et vous verrez.

Cézaire avait pris la mesure de la hardiesse de Ninon. Dans le doute, dans la crainte, il ne recommença jamais.

Le lendemain, vers cinq heures du soir, alors que la nuit assombrissait à peine la cuisine, contrairement à ses habitudes qui les laissaient dans la pénombre jusqu'à la nuit, Cézaire demanda à Ninon d'allumer la lampe et de pousser son fauteuil jusqu'à la table. Alors, à l'aide d'une clef qu'il prit dans sa poche, il ouvrit un minuscule tiroir, en sortit deux feuilles de papier blanc de petite taille, un encrier, un porte-plume, puis il se mit à écrire.

Ninon, qui le regardait faire, s'étonna de voir des lettres élégantes naître sur le papier et les phrases couler sans peine de la plume. Jamais elle n'aurait cru le vieillard capable de cela.

— Vous écrivez bien, risqua-t-elle, sincère.

Cézaire se redressa et lui sourit complaisamment.

— A l'école, j'étais un bon élève.

Mais ce qui enchanta Ninon fut de découvrir qu'il y avait là, dans ce tiroir, à portée de sa main, d'autres feuilles encore, de l'encre, quelques timbres, enfin tout ce qu'il fallait pour écrire, écrire une lettre pour Mihoun, une autre pour Joséphine, autant de bouteilles à la mer...

Tout en épluchant les légumes, le cœur battant, elle se demandait si elle parviendrait jusqu'au bout du songe merveilleux dans lequel elle baignait.

Cézaire prit une enveloppe dans le tiroir aux merveilles, la scella et l'adressa à un notaire.

Le lendemain matin, il commanda à Ninon d'aller la déposer sur la pierre plate, au tournant du chemin.

— Tu mets un caillou dessus pour ne pas qu'elle s'envole.

— Qui la prendra ?

— Le facteur, pardi !

Elle n'avait jamais vu de facteur rôder dans les parages et n'imaginait pas qu'il puisse venir jusqu'à cet endroit perdu.

— Il vient donc jusqu'ici ?

— Tous les jeudis.

Elle en conclut qu'il fallait patienter jusqu'à une nuit prochaine pour s'emparer de la clef, puis jusqu'à un prochain jeudi – elle ne savait pas lequel – à l'heure où passe le facteur. Elle soupira. Ce serait long encore, mais quelque part là-bas, là où la mer se confondait avec le ciel, elle distinguait une lueur, un dernier rayon de soleil, comme un éclair de certitude.

7

Quelque temps plus tard, Mihoun et Joséphine reçurent une lettre que Ninon avait écrite vraisemblablement à tâtons puisque les mots s'y chevauchaient sur des lignes emmêlées. Ninon, qui ne disait pas tout, décrivait la tristesse de son sort et parlait des deux féroces chiens qui l'empêchaient de s'éloigner de la maison.

Très émue, Joséphine attendit le soir pour en faire la lecture à Marius qui éleva la voix au seul nom de Timoléon.

— Je me doutais bien que Ninon n'était pas à Grasse, mais comment imaginer que ce fumier donnerait sa fille en pâture à ces deux sauvages ! Timoléon passe encore, ce n'est qu'un choucatoun à moitié fada, mais l'autre, rappelle-toi ce qu'en disait sa femme quand elle est partie : un dévergondé, une saloperie ! Espérons qu'avec l'âge, cela lui a passé !

Dès qu'il sut où se trouvait Ninon, un sombre tourment assombrit l'humeur de Marius. Il était furieux, inquiet, prêt à chercher querelle à Giuseppe mais, raisonnable, il préféra aller voir Fernand et s'en ouvrir à lui :

— Tu te rends compte, une petite jeune fille chez ces deux galavards ! Rappelle-toi ce qu'en disait la Rose quand elle est partie ! Pourtant la Rose n'avait rien d'une rosière, fan de lune, quand elle parlait du vieux elle savait ce qu'elle disait.

Fernand resta songeur, un rien agacé par ce garde champêtre qui le mettait toujours dans l'embarras. Mais comme c'était un homme de devoir, il décida, plutôt que de questionner Timoléon, de monter au jas des Graïs et de voir, de ses yeux, ce qui s'y passait.

Il arriva en vue de la ferme vers onze heures du matin. Il faisait triste et gris. Il avança sa Citroën jusque sur le devant de la porte sans se préoccuper de la chienne qui aboyait. Il arrêta son moteur, klaxonna, ouvrit le battant de sa portière et attendit. Bientôt il vit un doigt gommer la buée du carreau et, enfin, la porte s'ouvrir. Ninon sortit et se glissa sur le côté de l'entrée béante, comme pour laisser passer, venus du fond de la cuisine, les hurlements de Cézaire.

— Qu'est-ce que c'est que cet emmerdeur !

— Adieu Cézaire ! C'est moi, Fernand. Fais donc taire tes chiens que je puisse entrer.

— Personne ne t'a demandé de venir.

— Fais taire tes chiens ! J'ai à te parler.

— Jamais de la vie. Je n'ai rien à te dire. Tu peux foutre le camp !

Fernand était toujours dans sa voiture, la portière assiégée par le molosse et Cézaire dans le fond de sa cuisine. Les deux chiens hurlaient. Les deux hommes aussi.

— Rappelle tes chiens ou je sors mon fusil.

— Essaye un peu pour voir, le mien est prêt.

Ninon, affolée, étourdie, se pressait contre le mur. Fernand abandonna sa querelle avec Cézaire et voulut lui parler :

— Alors Ninon, ça va ? Approche un peu que je te voie...

Il la regarda intensément. Il eut juste le temps de constater qu'elle était sale au-delà de tout et visiblement épouvantée.

— Rentre, Ninon, et ferme la porte ! hurla Cézaire. Ou bien j'appelle Tomi.

Alors elle esquissa un pauvre sourire vers le maire puis rentra précipitamment.

Fernand fit une manœuvre et reprit la route.

Cela n'apaisa pas le vieillard qui, pris d'une colère folle, vociférait comme un enragé en frappant l'air de ses bras. Soudain, il eut un hoquet. Il sembla s'étouffer, prêt à mourir. Ninon courut remplir un verre d'eau et le lui tendit.

Il balaya le verre d'un geste violent et cracha par terre. Ninon recula d'un pas sans le quitter des yeux. Elle en eut soudain la certitude : à l'idée de la perdre, Cézaire devenait fou.

Dès qu'il revint au village, Fernand gara sa camionnette et partit à pied dans les ruelles. Il sonna à la porte de son adjoint de mairie, à celle de son conseiller, puis il se rendit à l'école et parlementa longuement avec Roger et Paulette, les instituteurs.

C'était un jeune couple tout récemment nommé à Mons à leur sortie des écoles normales de Draguignan. Paulette, toute fluette et passionnée, avait eu dans sa classe les filles de Giuseppe et s'y était particulièrement attachée. Elle avait, tout au long de l'année précédente, tenté de conquérir la confiance des trois gamines en loques qui formaient un clan sur le banc des pouilleuses. Ninon, la première, avait succombé à ses attentions et lui avait témoigné sa reconnaissance en s'appliquant un peu plus à ses leçons. Roger, solide et déterminé, était le secrétaire de mairie.

Fernand termina sa tournée en entrant au presbytère.

A tous, il dit la même chose :

— Rendez-vous ce soir chez moi pour une affaire importante.

La réunion fut rude. Fernand exposa tout d'abord le fait : Ninon avait été placée, enfermée devrait-on dire, par son père chez deux hommes de triste réputation. Devait-on laisser les choses continuer ainsi ou intervenir ?

Aussitôt le débat s'enflamma et partit dans toutes les directions. Georges, l'adjoint, se lança dans la bagarre en rappelant le droit du père à élever ses enfants comme il l'entendait. Paulette, l'institutrice, y opposa l'obligation pour Ninon de fréquenter l'école jusqu'à ses quatorze ans. Roger évoqua le sort d'Yvon qui n'était guère enviable..., et celui de Fanny et de Mireille donc... ajouta sa femme. Le bon père Alfred, déchiré, hésita un peu avant de choisir le camp des enfants. Pascal, le conseiller municipal, assura avec force qu'on ne gagnait jamais rien à se mêler des affaires des autres puis il s'enferma dans un mutisme désapprobateur entrecoupé de « qui de rien se mêle, de rien se démêle ! » chaque fois qu'on pouvait l'entendre.

Fernand, lui, avait toujours en mémoire le lieu sinistre, les hurlements farouches du vieux mêlés aux aboiements des fauves et, surtout, le visage terrorisé de Ninon.

Il reprit la parole et essaya de traduire le plus justement possible l'impression qu'il avait eue en se rendant sur les lieux. Puis il évoqua la fuite de la femme de Cézaire, sans un sou, ne sachant où se réfugier, mais préférant mourir misérablement dans un hospice plutôt que de retourner au jas des Graïs. Il termina son exposé en ajoutant simplement :

— Voyez-vous, si je vous ai demandé de venir, c'est parce que, à compter de ce soir, si l'on ne fait rien pour cette malheureuse petite, je ne pourrai plus dormir en paix.

Ce fut tard dans la nuit que l'on parvint à s'apaiser et que la majorité convint d'intervenir. Avant d'en entendre plus, Pascal préféra quitter la réunion en répétant, une fois encore, qu'on ne gagnait rien à se mêler des affaires des autres. Le maire le laissa partir en lui demandant seulement de tenir sa langue.

— Ne t'en fais surtout pas, répondit Pascal, cette affaire ne me plaît pas et jamais je n'irai me vanter d'en être. Tiens, c'est pas difficile, ce soir, je n'étais pas là.

Un brouhaha suivit cette défection. On entendit le mot de *cagobraille*[1], sans savoir au juste qui l'avait prononcé, puis on se remit au travail.

Roger et Paulette se portèrent volontaires pour faire sortir Ninon du jas des Graïs.

— Nous sommes depuis peu dans ce village. Le vieux Cézaire ne nous connaît pas et Ninon nous aime bien. Cela simplifiera les choses.

Le maire et le père Alfred se mirent d'accord pour régler le reste de l'affaire, le plus difficile : le sort de Ninon.

Il faisait gris et sale au jas des Graïs.

Timoléon attendait que la pluie cesse pour descendre au village. Il s'impatientait, tournait et virait dans la cuisine, et ses allées et venues agaçaient tout le monde.

1. Celui qui, de peur, fait dans sa culotte.

— File donc, lui cria enfin Cézaire, tu te sécheras la couenne contre le poêle d'Albertine !

Alors, Timoléon enfila sa pèlerine et sortit.

Ninon resta seule avec Cézaire.

Depuis que les menaces de Ninon l'empêchaient de se livrer à ses gestes pervers, celui-ci avait inventé un nouveau passe-temps. Il obligeait Ninon à jouer à la crapette avec lui et, chaque fois que c'était au tour de Ninon de poser ses cartes sur la table, il guettait le moment propice pour lui saisir la main. Alors, il la serrait dans la sienne, chaude et sèche, frottait son pouce contre la petite paume avec des soupirs répugnants de contentement.

— C'est juste la main, ça ne te fait pas de mal. Tu vois comme je suis gentil, ma belle.

Mais le contact de sa peau écœurait Ninon tout autant que le reste.

— Apporte les cartes et allume la lampe, ordonna le vieillard.

Ninon soupira et obéit. Elle alluma la lampe à pétrole en prenant son temps, d'avance accablée par le jeu qui allait se jouer.

C'est à ce moment-là qu'à l'extérieur apparut une lumière fantastique qui se rapprocha de la porte vitrée, en illuminant d'un seul coup toute la cuisine. La pauvre chienne, trempée jusqu'aux os, s'égosillait en vain sous la pluie. A l'intérieur, Tomi en fit autant, et le vacarme habituel commença.

— C'est une voiture, dit Ninon.

— Ne bouge pas, dit Cézaire.

Ninon, indifférente, distribua les cartes.

C'est alors qu'ils entendirent un coup de klaxon extraordinaire, comme un air de clairon, et qui n'en finissait pas.

— Chante, Fifi, gronda Cézaire pourtant décontenancé.

On entendit alors faiblement à travers la porte :

— Hello ! Je suis perdou ! Voulez-vous m'aider ?

— Qu'est-ce que c'est encore que cet emmerdeur ?

— Sûrement un étranger qui s'est perdu.

— Pousse-moi jusqu'à la porte.

Cézaire frotta la buée de la vitre et y colla son nez. Il distingua une monstrueuse voiture rouge, rutilante sous la pluie. Il plissa les yeux pour déchiffrer le numéro minéralogique, comprit qu'il était d'un autre pays et se recula en haussant les épaules.

— Va, remets cet âne de touriste sur sa route et assure-toi bien qu'il foute le camp.

Il avait retrouvé sa physionomie coutumière.

Ninon repoussa le fauteuil du vieillard qui gênait le passage et s'approcha de la porte.

— Faites taire les chiens que je puisse comprendre ce qu'on me dit.

Elle mit son fichu sur ses cheveux et sortit.

Tout se passa très vite. A peine approchait-elle de la voiture que la portière arrière s'ouvrit. Ninon reconnut tout de suite sa maîtresse d'école qui la saisit par le bras et la fit plonger sur la banquette. La portière claqua alors que la voiture manœuvrait déjà. Et ce fut tout.

Cézaire entendit le bruit du moteur qui s'emballait, releva la tête en pensant voir revenir Ninon. Il attendit cinq secondes avant de comprendre et de se mettre à hurler :

— Ninon !

Il se cramponna de meubles en chaises jusqu'à la porte. Seul, un rouleau de fumée bleue tournoyait sous la pluie. Loin, là-bas, le monstre soulevait en gerbes l'eau des ornières et ses phares déchiraient violemment l'espace voilé de brume et de pluie.

Quand, tard le soir, Timoléon, plus près de vin que de quarante, revint au jas des Graïs, il y découvrit son père qui sanglotait encore, le nez sur la table, au milieu des cartes à jouer.

Ninon, entre rire et larmes, se serrait contre Paulette qui la rassurait en l'étreignant. Sur le siège avant, Roger se frottait les mains en répétant avec satisfaction :

— Opération réussie !

A côté de lui, un autre homme, un inconnu, conduisait en silence. La puissante automobile dévorait la route, tous phares allumés, tanguait dans les virages, avalait l'espace brumeux. Ninon, qui n'était jamais montée en voiture, eut l'impression qu'elle allait s'envoler.

— Où va-t-on ? demanda-t-elle.

— Loin de Cézaire ! lança le conducteur en souriant à Ninon par l'intermédiaire du rétroviseur.

L'auto quitta la route de Castellane et coupa l'extrémité du village pour prendre celle qui descend vers la mer.

Roger se retourna vers elle :

— Maintenant, Paulette et moi, nous allons descendre de la voiture et revenir à pied jusqu'au village. Ni vu, ni connu. Nous te laissons avec Peter, c'est un ami, il t'emmène dans ta nouvelle place, chez madame de Carlon. Tu y seras bien, je te le promets.

— Madame de Carlon ?

Ce nom lui rappela un mur de pierre qui n'en finissait plus.

La voiture ralentit puis s'arrêta au bord de la route déserte. Avant de descendre, Paulette lui dit :

— Ne dis à personne ce qui vient de se passer. A personne, tu entends.

Elle mit un doigt sur sa bouche comme à l'école et, de son autre main, fit au revoir.

La voiture, tout habillée de cuir brun et de bois exotique, incroyablement silencieuse, glissa doucement sans reprendre de vitesse. Lorsqu'elle dépassa la ferme de Marius, Ninon colla son nez à la vitre et vit, émue, les restanques désertes, là où, il n'y avait pas si longtemps, avançait le cortège des moissonneurs.

Elle en rêvait encore quand la voiture prit un chemin et s'arrêta quelques mètres plus loin devant un majestueux portail séquestrant des arbres centenaires.

Peter descendit et ouvrit nonchalamment les deux battants sans paraître souffrir de la pluie féroce qui mouillait ses cheveux clairs et les collait à son front. Il portait un drôle de manteau avec une courte cape accrochée dans le dos.

Il revint vers la voiture en baissant la tête pour sourire à Ninon dont les yeux seuls dépassaient du siège avant.

Il lui fit un clin d'œil et dit en s'asseyant :

— Vous voilà arrivée, mademoiselle Ninon.

Ninon lui rendit machinalement son sourire. Elle n'avait jamais vu d'homme aussi surprenant que celui-là.

La voiture roula encore un bon moment pour traverser le somptueux parc, contourna un vaste bassin circulaire, brouillé par les gouttes de pluie, et s'arrêta à vingt mètres d'une maison.

Ninon en oublia de descendre. Ce n'était pas une maison à proprement parler, c'était une sorte de petit château rose flanqué sur ses côtés de deux tourelles chapeautées de cônes de tuiles vertes. Sur la façade s'ouvraient dix hautes baies dont les volets pareillement cintrés semblaient des ailes données aux fenêtres pour s'envoler.

Peter descendit prestement, fit le tour de la voiture et ouvrit la portière de Ninon alors qu'elle en cherchait en vain la poignée.

Ils coururent ensemble jusqu'à l'imposante porte de bois sculptée. Peter fit claquer par trois fois le marteau de bronze.

— On vous attend à l'entrée de service, dit, de l'autre côté de la porte, une voix sèche et claire.

8

Peter marmonna en anglais deux mots brefs qui semblaient exprimer un réel agacement. Il reprit la main de Ninon et, de nouveau pataugeant sous la pluie, tous deux contournèrent le château jusqu'à la porte de service. Il s'effaça pour la laisser entrer dans une vaste cuisine où attendait Joséphine. A sa vue, Ninon courut se réfugier dans ses bras et là, bien à l'abri, elle laissa filer tout le désordre de son pauvre cœur malmené depuis des mois.

Peter se tint à l'écart tout le temps que durèrent leurs retrouvailles. De l'office où il s'était réfugié, il entendit les sanglots de Ninon et s'en émut.

Ninon bredouilla longtemps en évoquant la férocité des chiens et sa peine sous les lessives éreintantes avant d'oser parler plus clairement de Cézaire. Quand elle trouva enfin les mots qu'il fallait pour le faire, Joséphine secoua la tête et feignit de prendre la chose à la légère :

— Tu sais, petite, dit-elle, il est bien connu que les cochons deviennent rarement vieux mais que les vieux deviennent souvent des cochons.

Un vague sourire éclaira le visage éploré de Ninon.

Un peu plus tard, Peter revint vers elles, jovial, il s'inclina devant Ninon, un sourire blagueur aux lèvres :

— Bienvenue au château, mademoiselle Ninon.

Puis il disparut dans les profondeurs de la maison.

Tout en papotant, Joséphine entraîna Ninon à sa suite dans un escalier en colimaçon qui montait au plus haut du château et la fit entrer dans une salle de bains toute blanche.

— Madame de Carlon désire que je te débarrasse de tes poux, si tu en as, avant de te laisser entrer chez elle, expliqua-t-elle. Viens par là, tu vas prendre un bain et puis je passerai le peigne fin dans tes cheveux, comme l'autre fois, tu te souviens ? Ensuite, je te conduirai jusqu'à elle et tu feras tout ce qu'elle te demandera puisque, à partir d'aujourd'hui, tu es à son service.

— Je ne retournerai jamais chez vous, à la ferme ?

— Il ne faut pas qu'on t'y voie. Jamais.

La salle de bains surprit Ninon qui s'avança jusqu'à la baignoire pour voir couler l'eau fumante.

— C'est ici que, chaque matin, tu feras ta toilette.

— Chaque matin ?

— Chaque matin.

Ninon ferma les yeux. Cela faisait trois mois bientôt qu'elle ne s'était pas lavée parce que, là-haut, elle aurait dû le faire à l'évier de la cuisine, devant Cézaire. Elle se regarda et prit conscience de sa crasse seulement à cet instant. Elle réalisa alors qu'elle était entrée sale et certainement puante dans la belle voiture de Peter. Peut-être n'avait-il rien remarqué puisqu'il n'avait pas protesté ? Mais elle n'y crut pas et une bouffée de honte la submergea au point qu'elle souhaita ne jamais avoir à le rencontrer de nouveau. Elle n'écouta pas Joséphine qui lui dévoilait les secrets du dentifrice et de la brosse à ongles :

— Ici, tu dois être propre comme un sou neuf... Allez, zou, entre dans la baignoire et lave-toi.

Ninon, humiliée, frotta sa peau jusqu'à l'arracher. Et l'eau généreuse mêlée au savon salutaire emporta avec elle la crasse et l'odeur du jas des Graïs et jusqu'au souvenir même de Cézaire. Ninon en sortit comme purifiée.

Madame de Carlon était quelqu'un de tout à fait étonnant. Elle était âgée de soixante-douze années dont aucune ne lui avait fléchi la tête ni courbé le dos. Chaque matin, elle emprisonnait son opulente chevelure blanche dans une résille de fil noir qui s'étalait sur sa nuque et sur ses épaules et la faisait ressembler à une dame d'antan. Elle avait le visage poupin et la peau fine et rosée, à peine ridée, des femmes qui se sont gardées à l'abri de tout.

Madame de Carlon était la veuve du général de Carlon, mort quelques années auparavant. Mort dans son lit, hélas, et, qui plus est, d'une affection banale et légèrement humiliante qui avait laissé madame de Carlon fort contrite.

Elle était un de ces êtres falots mais orgueilleux qui vivent comme à la remorque des navires, se parent des atours des princes et redisent les mots des gens d'esprit. De tout temps, elle avait vécu enchaînée aux basques des autres : de son père, de son mari, de Peter à présent. S'appuyant sur leur gloire pour se rendre importante, s'abreuvant de leurs idées pour babiller doctement et se pâmant, le soir, en refaisant leurs rêves.

Rien, jamais, n'émanait d'elle. Elle était d'une espèce stérile au sens le plus grandiose du terme. Avare d'argent, bien sûr, mais aussi aride de compassion, sèche d'idées, impuissante d'amitié. Cette femme avait, en un mot, l'âme désertique.

Outre le château et son parc, madame de Carlon, par ailleurs immensément riche, possédait toutes les terres et toutes les fermes des Campestres et des Blaquières, dont celle où vivait Marius, son métayer. Elle employait aussi deux réfugiés espagnols, Pilar et José, qui logeaient au fond du parc.

En 1937, José avait fui l'Espagne pour la France puis en 1943, il avait rejoint le maquis du Malay où il avait rencontré Peter Atkinson. Sa mère, Pilar, était venue le rejoindre un peu plus tard. Et, depuis, cette femme fougueuse et passionnée, privée d'homme, enveloppait son fils dans une tourmente fervente et jalouse. Quand, un jour, José avait parlé de se marier et de faire venir sa belle dans leur minuscule maison, Pilar s'était mise à hurler :

— Tu veux donc me chasser et me regarder mourir devant ta porte…

José jardinait, nourrissait la cheminée du salon, faisait les commissions et conduisait l'antique Peugeot de madame de

Carlon. Pilar, elle, lessivait puis astiquait, chaque jour, sol, meubles et fenêtres, de la cave au grenier. Elle faisait aussi le ménage de Peter Atkinson et enveloppait celui-ci dans la même tourmente passionnée que celle qui étouffait déjà son fils.

Tel un îlot perdu du Pacifique, une place fortifiée, un nuage solitaire, le château de Carlon, planté sur sa petite colline, se gardait de tout, des êtres comme des choses, et vivait à l'écart même du proche voisinage. C'était une citadelle mystérieuse abritant des âmes invisibles. Si les Monsois savaient qu'il existait, bien peu pouvaient se vanter d'en avoir franchi le seuil.

C'était le père Alfred, parce qu'il y venait parfois plaider pour son église, qui en avait eu l'idée.

Ninon, enfermée au château, tout en restant dans la commune, devenait introuvable autant qu'exilée aux confins de la Terre de Feu. Chargé par le maire d'y faire accepter Ninon, le brave curé de Mons avait usé de toute sa diplomatie auprès de madame de Carlon et n'avait remporté la victoire qu'en assurant que le service rendu serait réciproque et gratuit. Gratuit. C'était bien là le mot qu'il fallait dire, le passe-temps favori de madame la générale consistant en la poursuite incessante de l'épargne. Elle économisait sur tout, usant et abusant de tout et de tous, du simple chiffon jusqu'à la trame, du serviteur jusqu'à la haine. Madame de Carlon le clamait très fort, elle se voulait économe. « Econome » était le terme choisi si l'on décidait de rester courtois, mais quand la moutarde lui montait au nez, Marius, son métayer, disait d'elle : « Elle est tellement radin qu'elle resterait accrochée à une vitre. »

Enfin, imperméable aux arômes et aux parfums comme aux souffrances, après trente ans passés en Provence, elle haïssait encore l'ail et l'olive, dédaignait le charme de Mons et choisissait Cannes ou Monaco pour y faire ses emplettes. Ainsi, il en était d'elle comme de son château : si les Monsois savaient qu'elle existait, rarissimes étaient ceux qui l'avaient rencontrée.

Si madame de Carlon accepta de prendre Ninon au château, c'était enfin et surtout parce qu'elle s'y ennuyait à mourir. Cette petite jeune fille que le bon père Alfred lui envoyait – gracieusement – tombait bien à propos pour briser l'interminable désœuvrement des après-midi de sa vie finissante.

Une fois lavée et épouillée, Ninon enfila une robe de laine noire sur laquelle Joséphine noua un tablier ordinaire de toile blanche. Alors Ninon osa poser la question qui lui brûlait les lèvres :

— Qui est donc ce monsieur qui est venu me prendre chez Timoléon avec sa belle voiture ?

— C'est Peter, Peter Atkinson, un Anglais très sympathique qui loue une maison à madame de Carlon, celle que tu vois là-bas. Le mas des Oliviers. Il y vient tous les hivers pour écrire ses livres.

— Des livres ! Comme des livres d'école ?

— Non, des gros livres, des romans pour les grandes personnes.

Ninon en fut très impressionnée. Elle regarda par la fenêtre et aperçut en effet, derrière le mur d'enceinte, accroché aux flancs de la colline voisine, le bolide rouge stationné devant un petit mas de tuiles roses.

— Là où il y a un bassin ?

— Là où il y a une piscine pour se baigner.

— Rien que pour lui ?

— Pour lui et ses amis, et il n'en manque pas. Il vient parfois nous rendre visite à la ferme, c'est un homme très complaisant.

Quand Ninon fut prête, Joséphine lui dit :

— Rappelle-toi bien que madame a horreur du gaspillage. Fais bien attention de ne rien jeter qui puisse encore servir ! Pour le reste, je te fais confiance, je sais que tu réussiras.

Elle lui passa la main dans les cheveux pour les remettre en ordre et ajouta précipitamment :

— Ah, j'oubliais ! Ici, il te faudra parler français. Madame a horreur du provençal. Tu y arriveras ?

Ninon, qui n'avait jamais parlé le français en dehors de l'école, eut une moue hésitante :

— J'essaierai.

Joséphine la conduisit jusqu'à une galerie splendide, entièrement habillée de marbre clair, de tableaux et de dorures, qui traversait le château de part en part, du nord au sud, de la porte d'entrée jusqu'à une terrasse d'où l'on apercevait la superbe tempête de collines courant jusqu'à la mer.

A mi-chemin, une vieille femme, les deux mains croisées devant elle, les attendait. Elle avait les épaules fragiles d'une jeune fille et les hanches larges d'une gaillarde. Elle fixait Ninon.

— Allez, dit-elle à Joséphine sans la regarder.

Joséphine s'éclipsa, et Ninon se retrouva seule face à l'imposante madame de Carlon.

— Comment t'appelles-tu ?

— Ninon.

— Ninon et puis ?

— Ninon Desanti.

— Italienne ?

— Mon grand-père venait de Calabre.

Madame de Carlon eut une moue qui releva son nez et ses lunettes.

— Quel âge as-tu ?

— Treize ans et demi.

— Quand tu me réponds, ajoute « madame ».

— Oui, madame.

— Que sais-tu faire ?

— Le ménage, la cuisine... et la moisson, madame, répondit Ninon, en ayant à l'instant même une vision fugitive des restanques blondes sous le brûle-blé.

— Bon, tu es à mon service, tu le sais. Tu feras donc la cuisine. Va et prépare le thé, tu me l'apporteras quand je sonnerai.

Sur ces mots, madame de Carlon se détourna et entra dans son salon.

Ninon se cogna à quatre ou cinq portes avant de retrouver celle qui s'ouvrait sur la cuisine. Elle y entra à tâtons et se laissa tomber sur une chaise. Elle était en plein désarroi. On ne l'avait pas laissée souffler un seul instant depuis sa fuite du jas des Graïs. Trop de choses lui étaient apparues depuis, trop et trop vite. Et puis cette femme, elle la devinait terrible, aussi terrible que Cézaire sans doute…

Et pour comble de malheur, elle ne savait pas ce qu'était du thé ni, à l'évidence, comment le préparer.

Après quelques instants de confusion, elle bondit de sa chaise en se souvenant qu'on allait l'appeler. Elle entrouvrit les portes d'un placard et y vit une multitude de boîtes de fer soigneusement empilées et étiquetées. Elle lut rapidement les indications jusqu'à découvrir le mot « Thé » que, d'ailleurs, elle n'aurait pas écrit de cette manière. Elle ouvrit la boîte et en resta pantoise. Les petites feuilles noires sentaient fort, mauvais même, et, plus que jamais, elle se demanda qu'en faire. Puis elle se dit que ce devait être une tisane sans doute et elle fit chauffer de l'eau. Elle perdit de longues minutes à trouver les allumettes, le bouton du gaz, une casserole. Elle n'en dénicha qu'une, calaminée, cabossée, branlante du manche… L'eau bouillait à peine quand la sonnette retentit.

Ninon se pétrifia un instant puis se dépêcha de mettre une poignée de thé dans la casserole.

La sonnette, un peu plus vive, agacée sûrement, retentit à nouveau.

Alors Ninon, agacée elle aussi, se dirigea vers la porte. Elle avait bravé Cézaire, elle braverait bien la châtelaine.

Elle entra dans le salon et s'arrêta, la porte à peine franchie.

La générale était assise à une petite table et finissait une réussite. Elle leva les yeux vers Ninon :

— Eh bien ?

— J'ai perdu beaucoup de temps à chercher tout ce qu'il me fallait.

Madame de Carlon en resta bouche bée. Quand elle reprit ses esprits, elle était seule, Ninon s'était envolée.

Trois minutes plus tard, Ninon revint en tenant à bout de bras une grande assiette sur laquelle naviguait un bol plein d'une décoction de thé dont l'odeur âcre l'écœurait.

— Bonne à rien et insolente par-dessus le marché.

Ninon ne répondit pas. Elle regarda seulement madame de Carlon droit dans les yeux, du regard que n'aimait pas son père. Du regard qu'elle avait quand elle se savait innocente et cependant tyrannisée.

— Emporte ça et file à la cuisine.

Ninon retourna à la cuisine et pleura un petit peu, plus de fatigue que de chagrin. Elle posa sa tête sur ses bras repliés et s'endormit.

Madame de Carlon la réveilla par le bruit de ses talons.

— Je ne sais pas ce que je vais faire de toi, lui dit-elle. Joséphine m'a dit que tu étais courageuse mais j'en doute à présent.

— J'apprendrai, madame.

— Eh bien, apprends déjà à n'ouvrir le bec que si l'on t'interroge.

L'air de rien, néanmoins, madame la générale s'apprêta à refaire du thé devant Ninon qui demanda :

— Où se trouvent les casseroles ? Je n'ai trouvé que celle-là, toute vieille et abîmée.

— Elle est encore bonne puisqu'elle chauffe et ne laisse pas fuir l'eau.

Ninon resta pensive, la casserole à la main. Même Cézaire n'en avait pas en si mauvais état. Celle-ci ressemblait au récipient qu'utilisait Joséphine pour servir le grain aux poules. Elle était percée à l'endroit où le manche se fixe ; mais sans doute suffisait-il de ne pas la remplir au-delà ?

Madame de Carlon sortit un plateau sur lequel elle déposa la théière, une tasse sur sa soucoupe, un petit pot de lait, un morceau de sucre et quelques gâteaux secs.

Elle remit la boîte de biscuits à sa place en disant :

— Il est défendu de se servir sans demander la permission. N'essaie pas de me tromper, je m'en apercevrais.

— Je peux avoir la permission d'un gâteau ? demanda Ninon qui mourait de faim.

Madame de Carlon lui fit don d'un seul biscuit et referma la boîte.

Comment madame de Carlon, qui ne s'intéressait vraiment qu'à son propre sort, eût-elle pu se douter de l'ignorance de Ninon et du trouble de son âme ? Alors qu'elle n'imaginait pas qu'il y eût d'autres destins en dehors du sien, d'autres vies contraires à quelques pas de la sienne. Alors que peu lui importait le village de Mons, ses habitants, leur vie et leurs misères.

Elle n'était pas réellement méchante comme celui qui frappe pour faire mal, pas même méprisante par désir d'humilier, elle était seulement barbare, d'une colossale indifférence. Elle se moquait du passé de Ninon parce que, incapable de l'imaginer comme d'y compatir, il lui était plus naturel de l'ignorer.

Le soir, Ninon servit à la châtelaine une salade et une tranche de viande froide, fine comme la feuille d'un chêne, et dut se contenter du même repas. Même chez Cézaire, elle ne s'était jamais couchée ainsi, la faim au ventre.

La chambrette de Ninon était située sous les toits. Il y régnait un froid redoutable, mais elle lui parut cependant magnifique, toute blanche avec un édredon rouge sur le lit.

Avant de se coucher, elle s'accouda à la fenêtre. La nuit resplendissait, superbe d'étoiles toutes proches, et, là-bas, à travers les branches des platanes, elle vit monter la lune, l'amie d'Abel. Ninon lui dit bonsoir, aspira sa clarté et se mit à rêver.

Abel, Yvon, mémé Mihoun... Cela faisait des mois qu'elle ne les avait pas vus. Trois longs mois dont les jours avaient galopé à la queue leu leu, avec leur lot de tracas et de misères, et dont les nuits l'avaient emportée à bout de forces sans lui laisser un instant pour se souvenir un peu.

Plus tard, elle s'endormit en apercevant fugitivement le visage de Peter qui s'inclinait vers elle, puis elle entendit sa voix douce, colorée d'un léger accent, qui disait :

— Bienvenue au château, mademoiselle Ninon.

Jamais elle n'avait jamais rencontré d'homme comparable à celui-là. Sans moustache, sans gestes rudes ou rustres. Jamais aucun qui l'ait appelée : mademoiselle Ninon.

9

Le lendemain matin, elle se réveilla alors que le soleil froid d'hiver brillait déjà haut dans le ciel. De toute sa vie, elle ne s'était si profondément anéantie, sans un rêve, sans une larme, sans un frisson.

Quand elle descendit, madame de Carlon l'attendait au bas de l'escalier de service :

— Les domestiques doivent se lever tôt, dès demain, il te faudra être en cuisine à sept heures.

Ninon s'excusa et promit. Elle prépara le petit déjeuner sous le regard et sous les ordres de la générale qui, comme Cézaire, ne la quittait pas des yeux. Elle apprit ainsi à étaler une fine pellicule de beurre sur une biscotte fragile sans la briser. Puis à faire le thé d'une pleine théière en n'utilisant qu'une seule pincée de feuilles.

L'envie lui prit, parce qu'elle était facilement insolente, de faire preuve, dans l'avenir, de plus d'économie que ce qu'on exigeait d'elle. Elle se vit très bien diminuer encore l'épaisseur de la couche de beurre et le volume de la pincée de thé. Elle en souriait intérieurement.

— Pour savoir ce que tu peux manger, tu n'as qu'à te souvenir de ce que tu as préparé pour moi. Et pas plus, souviens-t'en.

— Oui, madame.

Une femme petite, ronde et échevelée entra dans la cuisine.

— Voici Pilar. Elle fait le ménage et la lessive. Son fils, José, fait les commissions. Toi, tu feras la cuisine, bonne de préférence !

Elle sortit sur ces mots et se dirigea vers un petit bureau dans lequel elle s'enfermait chaque matin pour mettre de l'ordre dans ses comptes.

Dès qu'elle eut disparu, Pilar se tourna vers Ninon :

— Pour faire de la bonne cuisine, il faut y mettre des bonnes choses ! Mais gare, ici, on doit faire des miracles comme le bon Dieu : de la lessive sans eau, de la chaleur sans bois et du pain sans farine, dit-elle dans un curieux provençal mâtiné d'espagnol.

Puis elle secoua la tête d'un air entendu et se mit à rire :

— Le bon Dieu envoie toujours des culottes à ceux qui n'ont point de derrière !

Ninon rit avec Pilar, mais très vite celle-ci reprit son visage sévère. Elle mit sa main aux doigts épais sur l'épaule de Ninon et dit :

— Que la Sainte Vierge soit bonne avec toi, petite.

Et puis elle disparut avec un seau et un balai.

L'après-midi, après avoir servi et desservi le déjeuner, alors que madame de Carlon s'assoupissait un peu, Ninon remonta quelques instants dans sa chambre pour s'accouder à sa fenêtre. De là, elle pouvait voir la campagne environnante à travers les branches dépouillées des platanes. Le mois de février commençait à peine, mais l'air était déjà doux et chaud comme au printemps. Elle devina quelques restanques verdoyantes et se souvint de celles de Marius toutes blondes du blond des blés. Alors accoururent, pour lui pincer le cœur, les frissons du bonheur qu'elle avait eu à faire la moisson. Elle eut la certitude de ne jamais pouvoir se passer de l'absolu plaisir éprouvé en compagnie des moissonneurs.

Soudain, derrière le mur d'enceinte, sur ces mêmes restanques, des paysans apparurent et se glissèrent sous un olivier pour y étendre deux grands draps. Une femme les accompagnait, qui se mit à genoux sous un arbre et entreprit d'y ramasser les olives. Dans le grand silence qui régnait, leurs voix arrivaient jusqu'à Ninon. Il y eut un grand éclat de rire. La femme se redressa, cambra ses reins et remit son chapeau en place. Ninon tressaillit. Ce chapeau garni d'un foulard rouge – elle l'aurait reconnu entre mille – était celui de Joséphine...

Stupéfaite, Ninon se hissa sur ses pointes de pied pour mieux voir. Ses amis étaient là, si proches qu'elle aurait pu les rejoindre en un instant, n'eût-ce été ce stupide mur. Elle reconnut enfin la ferme, son puits, la grange. Elle vit Marius se hisser au faîte d'un arbre et crut entendre l'aïeul Bernard bougonner. Elle tendit ses joues vers l'air frais comme pour se rapprocher d'eux. Derrière sa petite fenêtre, elle trépignait, mourant d'envie de s'envoler de sa prison dorée vers les restanques enchanteresses. N'y tenant plus, elle appela en agitant la main :

— Fine, Marius, je suis là !

Elle vit Joséphine se redresser, tourner la tête vers elle, glisser les yeux sur la façade du château et se remettre à l'ouvrage aussitôt, trop lointaine pour distinguer, dans le fouillis des branches, la tache rose que dessinait le visage de Ninon.

Ninon, dépitée, laissa retomber ses bras et reposa ses talons sur le sol. Elle s'accouda de nouveau à l'appui de la fenêtre et se contenta d'épier tous leurs gestes, s'imprégnant, apprenant par cœur la courte histoire d'un après-midi de cueilleurs d'olives. Elle vit enfin les hommes se saisir des draps lourds et faire glisser les fruits luisants, le précieux butin, dans des banastes béantes...

Un coup de clochette impérieux la fit sursauter et abandonner son rêve.

Quand Ninon arriva au salon, madame de Carlon lui demanda tout de go :

— Sais-tu lire ?

— Oui, madame.

— Alors, assieds-toi ici, prends ce livre de Louis Bromfield et lis à haute voix. Mes yeux sont fatigués.

Ninon prit le livre marqué d'or, l'ouvrit à la première page et lut le titre :

— *La Moisson.*

Elle releva la tête avec un grand sourire. Mais madame de Carlon hurlait déjà :

— Mais non, petite sotte, MOUsson, la MOUsson !

— La Mousson, répéta Ninon, déçue.

Elle baissa la tête avec une moue fugitive sans oser demander ce que ce mot signifiait, tourna une page et lut :

— Chapitre premier.

Ses yeux glissèrent alors un peu plus bas et l'atrocité de sa tâche lui sauta au visage. Le texte était composé d'horribles petites lettres écrasées les unes contre les autres sur des lignes si denses qu'elles s'emmêlaient, inextricables et définitivement illisibles.

Ninon avala sa salive avant de se lancer dans le déchiffrage de la première phrase, qu'elle parvint à lire comme on lit quand on a passé ses années d'école sur le banc des pouilleuses.

— C'était l'heure favorite de Ransome. Assis sur la véranda, sirotant son vi...

— Whisky ! aboya madame de Carlon.

— Son viski, reprit Ninon.

— Arrête-toi, par pitié ! Mais tu ne sais donc pas lire !

Ninon ne répondit pas. Tête baissée mais sans honte aucune, elle sentait monter en elle une étrange mauvaise humeur, comme une petite révolte.

Madame de Carlon se saisit du livre et se mit, nonobstant sa courte vue, à lire, haut et clair, toute la première page.

— Vous lisez bien, madame, dit mollement Ninon, dont l'esprit s'échappait constamment vers Joséphine, courbée sous l'olivier.

Madame de Carlon, étrangement flattée par le compliment de Ninon, eut une moue modeste et reprit sa lecture. Elle y mettait le ton et la conviction qu'il fallait et, tout compte fait, elle lisait remarquablement bien. Ninon entendait les mots se succéder comme une mélopée sans chercher à en comprendre le sens. Elle voyait très clairement devant elle d'interminables flots d'olives couler des grands draps blancs jusqu'aux lourdes banastes, et imaginait que peut-être l'anchoïade magique embaumait encore les restanques.

— C'est un livre difficile, fit-elle timidement remarquer lorsque madame de Carlon s'arrêta.

— Eh bien, ma chère petite, l'après-midi, jusqu'à l'heure du thé, au lieu de rester à ne rien faire, tu vas apprendre à lire le français. J'aimerais que dans un mois tu sois capable de me faire la lecture... intelligemment, cela va sans dire.

Ninon, qui était encore sur les restanques, osa dire :

— J'aimerais aussi aider Joséphine à cueillir les olives.

Madame de Carlon la regarda, interloquée. Elle secoua la tête misérablement puis son visage redoubla de sévérité :

— Et moi, je te demande d'apprendre à lire correctement. C'est un ordre. Au travail donc.

Elle se leva, se dirigea vers la bibliothèque, caressa du bout des doigts les dos alignés des livres reliés de cuir et arrêta son choix sur l'un d'eux, plus mince que les autres.

— Voilà, assieds-toi là et lis à voix basse. Quand tu auras fini le premier chapitre, tu me le raconteras.

Ninon ouvrit le livre et en lut le titre : *Les Malheurs de Sophie*. Ce titre-là, au moins, elle le comprenait.

Elle peinait encore sur la première page quand le marteau de la porte retentit.

— Va ouvrir.

C'était Peter avec son air moqueur et son sourire morose qu'il éclaira dès qu'il la vit :

— Hello, mademoiselle Ninon. Tout va comme vous le désirez à présent ?

— Oui, monsieur.

Il fut surpris par sa transformation. La gamine sale et malodorante était devenue un petit bout de femme toute mignonne et pimpante dans ses habits de servante. Il lui donna son manteau et se dirigea vers le salon. Ninon resta figée, le lourd manteau dans les bras, et elle réalisa soudain ce qu'on attendait d'elle. Elle fit, des yeux, le tour de l'encadrement de la porte, puis examina attentivement toute la surface des murs. Elle eut beau chercher, elle n'y trouva pas un seul long clou comme chez elle, pas une seule corne de chèvre comme chez Cézaire pour y suspendre le manteau. Le petit bout de révolte qui l'avait titillée tout à l'heure revint l'agacer. Dans cette maison, se disait-elle, on passait son temps à lui donner des tâches qu'elle ne savait pas accomplir.

Ne sachant que faire du manteau, elle le déposa en travers d'une console dorée et entra au salon.

— Retourne dans la cuisine et prépare le thé, lui ordonna sèchement la générale.

Ninon pivota d'un demi-tour, puis d'un autre, et demanda d'une voix claire :

— Je dois aussi continuer à lire ?

Madame de Carlon, un instant décontenancée, se mit à rire aux éclats :

— Ah oui, figurez-vous, Peter, que je me suis aperçue que cette petite ne savait quasiment pas lire ! Qu'auriez-vous fait à ma place ? N'est-ce pas mon devoir que de lui apprendre ?

Peter se retourna nonchalamment vers Ninon qui se tenait droite dans l'encadrement de la porte. Il s'accouda différemment à son fauteuil et prit le temps de la contempler. Quelque chose en elle le surprit. Son attitude. Fière, oui, certainement. Mais cela ne suffisait pas. Le menton dans le cou et le regard furibond le disaient clairement : elle était prête à se battre, bravache et rebelle. Madame de Carlon ne s'en doutait pas mais lui le ressentit à l'instant. Ce petit bout de femme n'avait rien d'une captive que l'on opprime et que l'on humilie à sa guise. En ce moment, elle était en totale rébellion à peine contenue.

Il sourit ironiquement et dit :

— Bien sûr qu'il faut savoir lire, sinon qui lirait les livres que j'écris ?

Le regard de Ninon se tourna vers lui, juste le temps de jeter un défi.

Pour faire plaisir à cet homme si différent, si plein de grâce et de belles manières, Ninon se sentait prête à tout. Alors pourquoi ne pas apprendre à lire puisqu'il semblait le désirer ?

Revenue dans la cuisine, elle prépara la théière, le lait et les tasses avec un soin qui trahissait un besoin instinctif de lui plaire.

Une fois prêt, porcelaine blanche sur fond noir, le plateau lui parut triste. Elle se rendit au jardin et cueillit quelques fleurs et quelques feuilles d'un cyclamen pourpre et les éparpilla entre les pots et les tasses. Le résultat lui sembla parfait. Elle mit le plateau sur la paume de sa main et avança vers le salon.

— Ciel, quelle jolie présentation ! Je vais avoir l'impression charmante de prendre le thé dans le jardin. Merci, Ninon.

Rose et fière, Ninon tardait à s'en retourner.

— Eh bien ! dit madame de Carlon, pincée, sans quitter des yeux l'abominable sacrilège, ses fleurs massacrées…

Ninon sortit.

Une demi-heure plus tard, la sonnerie la rappela. Elle se précipita, traversa le hall en courant pour se heurter à madame de Carlon qui raccompagnait son visiteur.

— Donnez son manteau à monsieur Atkinson.

Ninon détourna son regard vers le fond du hall où se trouvait la console. Le manteau avait glissé et gisait en tas sur le sol, au milieu des débris d'un bibelot de porcelaine éclaté.

— Mon Dieu ! Tu ne sais donc rien faire correctement !

Et le hall résonna d'un flot de reproches et de mots méprisants que Peter interrompit :

— Ma chère amie, il n'y a pas là de quoi faire un drame ! Je pense que vous n'avez aucune idée de l'endroit d'où vient cette enfant. Ce n'est certainement pas dans la maison de ce Cézaire qu'elle aurait pu apprendre comment l'on range les vêtements des visiteurs. Comment pourrait-elle le deviner si vous ne lui dites pas ? Je m'en veux de ne pas y avoir pensé moi-même ! Chère amie, demandez donc à Ninon de vous parler de sa vie passée, je suis certain qu'alors vous comprendrez.

Madame de Carlon haussa les épaules pour signifier qu'elle était capable de vivre sans rien connaître des manières de Cézaire ni du passé de Ninon.

Peter ramassa lui-même son manteau puisque madame de Carlon se désolait encore, courbée sur les débris de porcelaine et que Ninon s'était enfuie en sanglotant.

Jusqu'au soir et tard dans la nuit, Ninon, les yeux rouges, ânonna *Les Malheurs de Sophie* d'une petite voix mouillée par trop de pleurs non encore apaisés. Elle ne se consolait pas d'avoir flanché sous les reproches de madame de Carlon. Jamais les injures de Cézaire ne l'avaient fait fuir en pleurant. D'ordinaire, la rage la maintenait en place. Alors, pourquoi ? Pourquoi, puisque Peter avait pris sa défense, fermement, sans élever la voix... sans frapper sur la table comme le faisait son père...

Les premières pages des *Malheurs de Sophie* lui plurent beaucoup, bien que la signification des mots lui fît souvent défaut. Elle relut trois fois le premier chapitre à voix haute. Quand elle en eut compris ou deviné le sens, elle ferma le livre en disant :

— Pauvre Sophie.

Avant de se fondre dans un profond sommeil, elle répéta plusieurs fois avec l'intonation délicieuse qu'à présent elle savait bien imiter : « Quelle jolie présentation ! Je vais avoir l'impression charmante de prendre le thé dans le jardin... » Puis, changeant de ton : « Comment pourrait-elle deviner si vous ne lui dites pas ? »

10

A compter de ce jour, Ninon consacra toute son énergie à faire en sorte que renaisse la petite flamme amicale qu'elle avait surprise dans les yeux de Peter. Tout son être s'emmitoufla candidement dans ce projet essentiel : se faire remarquer de la personne qu'elle admirait le plus au monde.

Puisque Peter écrivait, elle se devait de savoir lire et chercha mille occasions pour s'y exercer. Tout au long de ses mornes journées, elle s'imaginait déclamant tout aussi brillamment que madame de Carlon, les innombrables assemblages de lettres entassées sur les pages des livres écrits par Peter. Un de ceux qu'elle avait découverts dans la bibliothèque, si démesurément épais et dotés d'un vocabulaire à ce point luxuriant qu'elle en avait abandonné la lecture dès la première phrase.

En cachette, elle consultait un vieux dictionnaire aux pages fines comme de la soie afin d'y trouver le sens des mots qu'elle ignorait. Elle chipait quelques-unes des vieilles revues qui s'empilaient sur les étagères du salon pour y dénicher des articles qu'elle lisait et relisait à l'infini, le soir venu, avant de s'endormir.

Madame de Carlon se mettait à table à midi moins dix. C'était un peu tôt, mais elle préférait attendre ainsi. Cela faisait si longtemps que, par économie, elle n'avait plus de cuisinière ni de servante. Cela faisait si longtemps que, par paresse, elle grignotait dans sa cuisine des quignons de pain et des bouts de fromage, qu'elle s'empiffrait de gâteaux secs pour couper son vaillant appétit et qu'elle n'invitait personne à sa table, pas même Peter, de peur de se retrouver, incapable, devant son fourneau. Elle exécrait faire la cuisine et y était fort maladroite. Elle le savait. Le général de Carlon, Dieu ait son âme, s'en était plaint suffisamment tout au long de sa vie pour qu'elle ne l'oubliât jamais.

Elle posait ses coudes de chaque côté de l'assiette et croisait ses doigts sous son menton. Dieu merci, pensait-elle avec béatitude, cette époque était révolue puisque Ninon était là. Et elle frémissait de volupté en imaginant le repas tout proche. Elle s'étonnait souvent de devoir admettre qu'elle était devenue sensible aux petits plats, aux sauces et aux gâteries. L'âge, sans doute.

Lorsque, ce jour-là, madame de Carlon entendit les pas de Ninon sur le marbre du hall, elle se redressa et mit du froid dans ses yeux pour voiler son impatience. Le plat merveilleusement gratiné que Ninon portait à bout de bras attira son regard plus qu'elle ne l'aurait voulu. Elle résista à l'envie de tendre le cou pour en humer la bonne odeur mais, plus forte qu'elle, une langue gourmande mouilla ses lèvres. Elle se régalait déjà quand, soudain, la vue du gratiné, frémissant encore et doré à souhait, fit sourdre en elle une anxiété qu'elle ne put réprimer :

— Qu'est-ce que tu as mis dedans ?

— Trois aubergines, deux cuillerées de coulis de tomate, un petit oignon et une goutte d'huile bien sûr, répondit Ninon avec précision et un brin imperceptible d'insolence.

— Et puis ?

Le ton était sévère.

— Du parmesan pour gratiner, comme il se doit.

Quelques secondes planèrent pendant lesquelles le prix exorbitant du parmesan livra bataille aux papilles exaltées de madame de Carlon. Elle déglutit en comptant, recompta en déglutissant une salive que le fumet du gratin rendait abondante et fluide. Elle aurait aimé protester, ne fût-ce que par principe, ne fût-ce que pour habituer Ninon à ne pas se laisser aller… mais elle ne trouva pas la force de combattre sa gourmandise sous le regard lumineux qui l'observait. Ce fameux regard candidement impertinent dont aurait pu lui parler Giuseppe.

— Ça va, dit-elle, la fourchette frétillante, piques en l'air.

Désormais, l'après-midi, Ninon étudiait. Madame de Carlon prenait un grand plaisir à cette occupation pédagogique qui lui donnait à la fois le fabuleux vertige de ne pas voir le temps passer et la conviction qu'aux yeux de Peter elle faisait la charité.

Ninon devait lire à haute voix et recopier un texte sans fautes ni ratures.

Madame de Carlon s'accoudait alors au dossier de la haute chaise et se penchait au-dessus de l'épaule de Ninon. Ainsi, rien n'échappait à son intransigeance. A la moindre bévue, la page volait en petits débris rageurs. Bien que le papier blanc, donné par Peter, ne comportât ni traits ni marges, elle exigeait cependant que Ninon écrive d'aplomb sans que les mots s'envolent ou dégringolent indéfiniment.

Madame de Carlon n'imaginait pas la chance qu'elle avait d'avoir Ninon comme élève. La Ninon vaillante et fière qu'avait repérée son ami Peter. Présomptueuse, elle pensait que son talent et sa sévérité avaient seuls suffi à dompter cette gamine inculte. Elle ne se doutait pas que son élève l'écoutait peu et l'entendait à peine, qu'elle en aurait fait autant, plus peut-être, si elle avait été seule. Tant était considérable et salutaire son désir de pouvoir lire les livres de Peter. Tant était grand son besoin de faire naître un sourire, peu importait son éclat, sur les lèvres de leur auteur.

Ninon achevait sa page d'écriture jusque-là irréprochable. A la dernière ligne, pourtant, son attention faiblit. Elle sauta un mot et inversa l'oblique d'un accent. Madame de Carlon haussa le ton et s'insurgea sans comprendre ce qui se passait.

Ce n'était rien. Ce n'était que la grande aiguille de la pendule qui montait doucement pour bientôt sonner cinq heures. Ce n'étaient que les prunelles de Ninon qui se détournaient en secret pour surveiller son imperceptible ascension. Ce n'était qu'une fillette en mal d'aimer qui se demandait si, aujourd'hui aussi, celui qu'elle avait choisi viendrait prendre le thé.

Le marteau de la porte cogna trois coups. La plume Sergent-Major tressaillit. C'était lui.

— Reste là et continue ta copie, ordonna madame de Carlon qui rêvait secrètement d'être surprise en plein exploit.

Elle désirait absolument montrer à son ami combien elle était méritante de sacrifier son temps à cette œuvre philanthropique et combien elle y déployait de talent.

Ninon s'arrêta d'écrire. C'était préférable car sa main qui tremblait aurait emmené le prochain mot s'étaler tout de guingois.

Dans le hall, comme de coutume, madame de Carlon papillonnait autour de Peter.

— Aujourd'hui, annonça-t-elle, je vous ai réservé une surprise, quelque chose qui va vous étonner. Vous souvenez-vous de l'ignorance crasse de cette petite qui ne savait quasiment ni lire ni écrire ?

— Ninon ? s'étonna Peter.

— Bien sûr, qui voulez-vous que ce soit ?

Peter entra dans le salon et n'aperçut qu'un ruisseau de boucles noires qui dissimulait l'oreille et la joue avant de s'en aller frôler la feuille blanche.

— Hello, Ninon !

Ninon releva la tête pour répondre, mais les larges hanches s'interposèrent entre elle et Peter. Madame de Carlon prit sur la table la page de copie pour l'exhiber fièrement.

— Regardez, cher ami, ce que j'ai obtenu de cette petite en quelques jours à peine !

— Magnifique, murmura Peter en se penchant sur la page d'écriture.

Puis il la saisit pour la regarder plus attentivement. Quand il releva la tête, il sourit ironiquement :

— Qui doit-on féliciter, la maîtresse ou l'élève ?

Madame de Carlon protesta, s'esclaffa avec indulgence, sûre d'elle.

— Ah, cher ami, aujourd'hui, votre humour vous rend bien cruel !

Elle continua d'occuper l'espace en pérorant : Peter devait bien se douter que, sans tout le mal qu'elle s'était donné, Ninon écrirait encore comme un chat et lirait comme une sotte. Elle expliqua ses ruses de pédagogue et, surtout, sa sévérité inébranlable.

Peter, impassible, s'amusait beaucoup. Il regarda vers Ninon mais ne vit, cette fois encore, que le flot immobile de ses cheveux.

— Et que pensez-vous de votre élève ? Y met-elle de la bonne volonté ? demanda-t-il enfin.

Madame de Carlon en resta coite. Incrédule. Avait-elle bien entendu ? Etait-on là pour parler de Ninon ?

Trahissant sa pensée, elle renvoya son élève vers la cuisine d'un geste agacé :

— Va préparer le thé.

Puis elle changea de sujet de conversation.

Quand plus tard Ninon apporta le plateau, Peter lui dit en blaguant mais dans l'intention réelle de l'encourager :

— Continuez, petite Ninon, un jour peut-être, vous pourrez écrire les livres que je vous dicterai...

Madame de Carlon, à qui l'ironie perfide de la suggestion n'avait pas échappé, éclata d'un rire nerveux.

Dès lors, lassée et vraisemblablement déçue par l'enthousiasme mesuré de Peter, madame de Carlon n'éprouva plus autant de plaisir à faire travailler Ninon. Les leçons d'écriture devinrent rares, exceptionnelles jusqu'à disparaître totalement. Madame de Carlon proposa alors à Ninon de jouer aux cartes avec elle.

— A quels jeux sais-tu jouer ?

— A la bataille, au mistigri et à la crapette, répondit Ninon éberluée, en replongeant soudain dans ses face-à-face avec Cézaire.

Comme ce dernier, précisément, madame de Carlon choisit la crapette.

Ninon était assise de l'autre côté de la petite table carrée et balançait ses pieds sous sa chaise. Madame de Carlon prépara les cartes puis elle frotta ses mains froides l'une contre l'autre avec délectation.

Ninon était de mauvaise humeur. Elle détestait jouer à la crapette et aurait préféré apprendre à écrire sous la dictée sans faire de fautes d'orthographe. Elle n'imaginait pas un seul instant que, l'autre soir, Peter ait pu se moquer d'elle en lui disant qu'un jour peut-être il lui dicterait ses textes. Elle ne pensait plus qu'à se préparer à cette tâche et enrageait de ne pas pouvoir le faire toute seule.

— Je voudrais faire une dictée, demanda-t-elle.

— Tu-tu-tut, tu en sais bien assez comme cela à présent.

Jouer à la crapette ennuyait Ninon d'autant plus que madame de Carlon, comme Cézaire, ne supportait pas la défaite et trichait pour s'en préserver. Elle réinventait à son gré les règles du jeu et faisait disparaître subrepticement les cartes gênantes... D'ordinaire, n'osant pas faire honte à cette femme imposante, Ninon faisait semblant de ne s'apercevoir de rien. Mais ce jour-là, elle était à cran.

Madame de Carlon commença. Elle forma sa crapette. Comme de coutume, elle n'y mit pas le compte. Ninon engagea les hostilités sans se demander où cela l'emmènerait.

— Il en manque deux, dit-elle d'une voix claire et sonore.

— Mais non !

— Recomptez, vous verrez, insista Ninon.

Madame de Carlon recompta et s'écria :

— Mais tu as raison ! Quelle sotte je suis ! J'ai dû compter trop vite sans doute.

L'incident était clos, mais Ninon garda l'œil bien ouvert.

Quand ce fut à elle de jouer, la chance l'accompagna. Elle plaça huit cartes avant de céder la main à madame de Carlon pour qui, hélas, le sort se montra contraire. Le dix de cœur qu'elle venait de découvrir ne trouva pas d'endroit acceptable où se poser. Ninon frétilla, aiguisa en pointe son petit bout de langue. Elle savait que l'incident escompté approchait.

Le dix de cœur au bout des doigts, madame de Carlon promenait sa main au-dessus du jeu, l'air préoccupé, puis, désinvolte, elle plia son coude et laissa pendre la carte entre son ventre et le bord de la table. Comme pour réfléchir... A présent invisibles, les doigts lâchèrent la carte qui tomba en tournoyant sur le sol tandis que la main réapparaissait, toute vierge, prête à continuer.

— Si vous pensez que je n'ai rien vu ! dit Ninon dont les yeux flamboyaient.

Et comme madame de Carlon faisait l'étonnée, Ninon se leva et ramassa le dix de cœur et le jeta en travers de la table.

Madame de Carlon prit très mal cette insolence et renvoya Ninon dans sa cuisine. Puis elle regagna son fauteuil, s'y assit, regarda l'heure.

Et soupira.

Ninon monta dans sa chambre et s'accouda à la petite fenêtre. Là-bas se continuait la cueillette des olives. Maintenant experte, elle s'amusa à prévoir l'enchaînement des événements et chaque geste de Fine. Pour l'aider une fois encore, elle ferma les yeux, s'envola vers les restanques et se faufila sous les branches où nul ne s'étonna de la voir prendre place. Elle grimpa sur le chevalet et frappa les branches. Elle entendit les olives tomber sur le drap comme la grêle sur le chemin...

Un coup de sonnette marqua la fin de son escapade. Il lui fallait aller préparer le thé. Un thé désolé et désolant puisque sans Peter.

Quelques jours plus tard, feignant d'avoir tout oublié, madame de Carlon ordonna à Ninon d'apprendre à jouer au rami. Ninon laissa paraître sa lassitude dans un soupir insolent puis elle parla à nouveau de dictée mais se heurta à un refus cinglant.

Enfin, un soir d'orage, Ninon, sans doute galvanisée par les charges électriques qui tombaient des nuages, refusa catégoriquement de jouer à quelque jeu de cartes que ce fût. Madame de Carlon entra dans une colère épouvantable, tapa du poing sur la table aussi méchamment que Giuseppe, menaça, fulmina, mais elle ne fit pas ce que logiquement elle aurait dû faire : renvoyer Ninon chez son père.

Bien au contraire, dès le lendemain, elle lui proposa une dictée suivie d'une partie de crapette. Ninon accepta le marché.

Qu'il en fût de Cézaire, pauvre rustre, ou de madame de Carlon, riche mondaine, la similitude de leurs solitudes troublait Ninon. De même qu'au jas des Graïs, la vieille dame du château se montrait prête à abandonner bon nombre de ses privilèges plutôt que de perdre cette cuisinière sans gages, cette gamine suffisamment intéressante pour distraire l'ennui de ses interminables après-midi.

11

Un matin, madame de Carlon attendit que Ninon fût en bas de l'escalier pour lui dire :

— Je vais à Cannes. Tu en profiteras pour lessiver la cuisine et faire les vitres.

— Bien, madame, répondit Ninon.

Quelques instants plus tard en effet, madame de Carlon, emmitouflée dans une fourrure grise, légèrement râpée là où elle se frottait à la nuque, traversa la galerie de marbre en laissant derrière elle un sillage de parfum. Devant le perron, José l'attendait près d'une voiture à la carrosserie éclatante. Ninon n'en avait jamais vu de semblable : cocasse, parallélépipédique, haut perchée sur des roues minces comme celles d'une bicyclette…

— C'est une voiture d'avant la guerre de 14, exagéra Pilar qui justement arrivait. Pour la faire démarrer, il faut que mon fils se démonte le bras sur la manivelle ! Sans parler de la honte qu'il a de se promener avec ce tas de boulons qui traîne sur la route comme une limace sur le chemin. Il va leur falloir pas moins de trois heures pour aller à Cannes et autant pour en revenir !

— Mais elle roule encore, pourquoi en changer ! dit Ninon en imitant la voix de madame de Carlon.

Ninon ne réalisa pas tout de suite ce que signifiait pour elle ce départ inattendu. Ce ne fut que lorsque le portail se referma au dos du catafalque qu'elle en saisit toute l'importance. Elle était libre enfin, seule au château, souveraine de son temps et de l'espace.

— Je m'en vais nettoyer cette cuisine à toute vitesse, ensuite j'irai cueillir les olives avec Joséphine ! Pilar, dites-moi, à quelle heure vont-ils revenir ?

— Si tout va bien, pas avant la nuit. Mais il faut toujours se méfier. Il arrive parfois que madame change d'avis en cours de route...

Ninon, parce que ça l'arrangeait, n'entendit que le début de la phrase et pas la fin. Elle eut une moue de plaisir que Pilar prit, à tort, pour du désenchantement.

— Va, petite, va donc prendre un peu l'air chez Marius. Peuchère, tu as bien mérité de te dégourdir les jambes puisqu'elle ne te laisse jamais sortir. Mais il vaut mieux que tu ailles faire ta cueillette maintenant. Va donc, en même temps que le reste, je donnerai un coup de torchon dans ta cuisine, qui d'ailleurs n'en a pas besoin.

Ninon sauta au cou de Pilar puis remonta dans sa chambre enlever sa robe de ville pour s'habiller de sa robe des champs. Elle se contorsionna pour l'enfiler car son corps avait changé. Une couture céda sur la hanche, mais Ninon haussa les épaules. Ce n'était pas cela qui allait l'arrêter. Elle dévala les escaliers, embrassa encore une fois Pilar à la volée et fila vers le portail.

— Où vas-tu ? C'est fermé ! Tu ne connais donc pas la porte du fond du parc ? Attends un peu, je vais t'y emmener.

Pilar et Ninon prirent un petit sentier qui conduisait à la maison cachée tout au fond du bois. A sa gauche, se trouvait une petite porte de fer. Pilar se hissa sur la pointe des pieds, prit la clef sur le linteau et ouvrit la porte.

— Tiens, voilà la clef. Garde-la et referme derrière toi. Comme ça, tu reviendras quand il te plaira. Pas trop tard toutefois, souviens-toi !

Ninon n'écouta pas et s'envola, la porte à peine franchie. Elle courut à travers champs, murets et taillis jusqu'à la ferme de Marius où elle se jeta enfin, toute tremblante, contre le tablier de Joséphine.

— Je viens avec vous pour cueillir les olives, madame de Carlon est partie et ne revient qu'à la nuit ! cria-t-elle, très excitée, en gommant tout ce qu'il y avait d'hypothétique dans ce grand moment de liberté.

Joséphine la fit entrer vivement dans la maison avant de gronder :

— Malheureuse, je te l'ai déjà dit, il ne faut pas qu'on te voie ici ! Imagine un peu les histoires que ferait ton père si, par malheur, il apprenait que tu es chez nous. Il te cherche encore partout !

Ninon, dans son envie de les rejoindre, l'avait oublié.

— Pauvrine, tu ne peux pas rester ici, comprends-le !

Ninon secoua la tête et baissa ses paupières sur des larmes chaudes.

— L'autre jour, de ma fenêtre, je vous ai vus cueillir. Je voudrais tant le faire une fois, rien qu'une fois !

— Mais il se trouvera sûrement quelqu'un pour passer sur la route et pour venir nous saluer. Le facteur, un voisin, un chasseur. Il ne faut pas que ce quelqu'un te voie !

Assis à la table, Marius et Bernard, l'aïeul, déjeunaient de pain et de lard sans paraître entendre. Mais quand il se leva enfin, Marius dit simplement :

— On pourrait cueillir sur les restanques du bas, loin de la route. Du haut de l'arbre, s'il passe quelqu'un, je le verrai venir.

— Et qu'est-ce que cela changera ?

— Elle aura le temps de se cacher.

— Où donc ?

— Je ne sais pas, moi, on trouvera bien. Ce que je sais, c'est qu'il me plaît que cette gosse veuille cueillir au lieu de radasser comme les autres de son âge. Il ne faut pas l'en empêcher.

— Bien parlé, approuva Bernard. Les oliviers aussi ont besoin de voir de la jeunesse. Et, comme aujourd'hui je me sens fatigué, cela m'ira, je ferai le guet.

Ils descendirent aussitôt jusqu'aux restanques les plus basses du vallon. Peu après, un voisin, Jules, métayer lui aussi de madame de Carlon, vint se joindre à eux, comme de coutume, pour aider à la cueillette.

— Ne t'inquiète pas, dit Joséphine à Ninon. Celui-là est un ami, il joue de l'accordéon et, le reste de son temps, il est muet comme la pierre du chemin.

— Les bœufs se prennent par les cornes et les hommes par la langue, conclut Jules en clignant de l'œil.

Et l'enchantement que Ninon pressentait commença. Elle apprit avec Joséphine à faire glisser prestement chaque olive tombée au sol dans le creux de sa main. Puis elle se mit à frotter les branches pour en faire gicler les fruits et, comme elle en avait rêvé, à gauler du haut du chevalet.

Elle riait pour un rien, pour une olive qui lui tombait sur la tête, pour une branche qui fouettait son visage. Elle déployait une vigueur qui faisait plaisir à voir. Marius et Bernard, qui taillaient le haut de l'arbre, s'arrêtèrent un instant pour la regarder faire et sourirent d'un air entendu.

Les heures passaient. Deux lourdes banastes s'affaissaient déjà, toutes ventrues des olives qu'elles portaient.

Ce fut alors le moment de la pause et du repas. Comme le temps était doux et chaud, ils décidèrent de rester sur la restanque. Joséphine enleva le torchon qui recouvrait son panier, en sortit une omelette gigantesque, baveuse à souhait et qui sentait bon la morille.

Ils s'étaient assis en rond sur un drap comme pour un pique-nique à quelques pas de leur maison. Ninon les regardait l'un après l'autre. Comme au temps des moissons, ils levaient le nez pour se régaler de la douceur du temps puis ils faisaient le compte des olives cueillies, de celles qui restaient à cueillir.

— Deux mottes ici et peut-être une autre avec ces deux arbres-là.

De l'autre panier, Joséphine fit apparaître une pyramide de ganses croquantes et sucrées qui, aussitôt, donnèrent des moustaches blanches aux bouches des cueilleuses et des fils gris aux moustaches des cueilleurs.

Jules, diabétique, tourna le dos au panier et prit son accordéon pour s'élancer, le nez en l'air, dans une valse.

Mais en février les jours sont courts encore. Pour ne pas perdre une minute de soleil, ils reprirent le travail, la dernière ganse en travers du gosier.

Tout en faisant gicler des gerbes d'olives déjà luisantes d'huile, Joséphine donna à Ninon la recette des ganses. Ninon l'écoutait, rayonnante, gourmande de tout savoir, de tout réussir. Puis elle se précipita pour aider à soulever un drap trop lourd, se grandit pour y faire courir les fruits, tria les feuilles et les brindilles et amoncela enfin les branches coupées. Elle ne pouvait pas s'arrêter. Preste comme trois cueilleuses, elle se gorgeait du plaisir de faire, comme on se gave d'un délice qui ne durera pas.

Le soleil disparut en un instant derrière la montagne.

— Dieu garde ! Il fait nuit bientôt, il faut que je m'en aille !

— Attends un peu, dit Joséphine en la retenant par l'épaule. Dimanche, à la foire, on m'a dit que Mihoun Gangacette n'allait pas très bien. Elle a une grosse fièvre, à ce qu'il paraît…

— Mémé Mihoun ? répéta Ninon, hébétée.

Et c'est à petits pas qu'elle se dirigea vers la porte de fer.

Mémé Mihoun ?

Depuis combien de temps n'avait-elle pas pensé à elle ? Penser à elle vraiment ? Pas en passant, pas au bout d'une phrase ou d'un soupir vague.

Vraiment ?

Il y avait longtemps. Elle chercha à en faire le compte mais elle dut remonter si loin qu'elle n'y arriva pas. C'était pourtant facile : précisément depuis que, balayant le souvenir des caresses d'antan, les yeux rieurs de Peter venaient lui dire bonsoir.

Quand elle ouvrit la petite porte par où elle était sortie, elle se trouva nez à nez avec Pilar :

— Ah, te voilà enfin ! Bonne mère, cette fois c'est le désastre ! Madame est rentrée depuis une demi-heure, elle t'a cherchée partout et, à présent, elle monte la garde devant la porte ! Pauvre ! Si tu voyais la figure de trois pans qu'elle fait ! Il ne faut surtout pas qu'elle sache que tu étais chez Marius, elle est si furieuse qu'elle pourrait le renvoyer de la ferme !

— Le renvoyer de la ferme ?

— Eh oui, la ferme lui appartient ! Comme tout le reste d'ailleurs ! Va vite, petite ! Repasse la porte de fer et prends le chemin qui s'en va sur la droite. Monte jusqu'en haut. Tout au bout, tu verras une maison, c'est celle de Peter. Va le voir, il est malin, il trouvera bien une explication pour arranger ton affaire. Et laisse-le parler. Quand c'est lui qui dit, la patronne ne trouve jamais rien à redire.

Ninon obéit et courut jusqu'à la maison de Peter qu'elle reconnut sans peine grâce à la Jaguar rouge stationnée devant. Elle frappa à la porte. Personne ne répondit. Elle s'affola aussitôt en imaginant Joséphine et Marius jetés à la rue par sa faute. Elle tambourina de toutes ses forces.

Peter vint ouvrir. Il était en chemise blanche froissée et en pantalon de velours. Il avait les cheveux défaits et la mine triste. Il sourit néanmoins en reconnaissant Ninon et se mit à rire en l'entendant bégayer son histoire :

— Entrez, Ninon, et calmez-vous avant de me répéter tout cela. Voulez-vous un jus d'orange pour vous aider à y voir clair ?

Ninon ne répondit pas.

— Pardonnez-moi, il n'y avait pas de jus d'orange chez Cézaire, il n'y en a pas non plus au château… Alors, entrez, je vous invite à boire le premier.

Il la fit pénétrer dans une salle voûtée, profonde, éclairée par de mystérieux jets de lumière et où les livres se pressaient et s'étageaient contre les murs de pierre dorée. « Il y en a des centaines, des milliers peut-être », se dit Ninon stupéfaite. Un long bureau et d'immenses canapés de cuir brun occupaient le milieu de la salle, qui s'ouvrait par une large baie sur les collines et sur la mer.

— Que c'est beau, s'émerveilla Ninon.

Puis elle but son jus d'orange d'une seule lampée et raconta, la lèvre humide encore, son escapade et le piège dans lequel elle était tombée.

Peter l'écoutait en aspirant la fumée de sa cigarette et en souriant furtivement :

— Vous avez bien fait de venir me voir, dit-il quand elle eut terminé son récit. Je ne veux pas que quelque désagrément que ce soit arrive à mon ami Marius. Que vais-je donc pouvoir inventer pour arranger cette histoire de cueillette d'olives clandestine ?

Ninon était assise au bord d'un des canapés de cuir et regardait autour d'elle. Tout y était beau, lumineux et serein. Puis elle découvrit avec stupéfaction les immenses tapis qui recouvraient les dalles de pierre. Elle se pencha pour voir de plus près les brins de laine et les courbes colorées du dessin qui couraient en s'entremêlant. En se penchant pour suivre jusqu'à son extrémité l'une de ces courbes somptueuses, elle rencontra... des galoches noires, cloutées et poussiéreuses desquelles jaillissaient des jambes maigres et blafardes comme deux bougies blanches se dressent d'un chandelier. Le contraste de l'ensemble était si flagrant que la disgrâce de sa mise lui apparut pour la première fois. Elle rougit, dissimula sous elle jambes et souliers ferrés et tira sur sa jupe. Mais celle-ci était trop courte, étriquée, décousue... Quand elle releva son front cramoisi, Peter regardait de l'autre côté.

Puis il se servit un autre verre, usant pour ce faire de gestes mesurés et élégants. Ses mains blanches et longues fascinaient Ninon. A les regarder, elle oubliait tout, ses galoches, mémé Mihoun et la colère de madame de Carlon. A les regarder, le temps s'étirait et devenait différent. Elle aurait aimé qu'à cet instant il se figeât et l'empêchât de devoir partir ailleurs.

Les coudes sur ses cuisses, les mains jointes et le front baissé, Peter réfléchissait. Puis il laissa aller sa tête sur le dossier du canapé et leva les yeux vers les superbes voûtes du plafond, comme pour y chercher l'inspiration. Son regard flotta un instant autour de la pièce. Quand Peter s'éloignait ainsi, au-delà des êtres et des choses, il se posait sur ses yeux une sorte de brume que Ninon surprit pour la première fois. Un voile qu'il écartait à volonté dès qu'il se sentait observé, juste avant de remettre du bleu sur ses prunelles. Et l'on pensait avoir rêvé.

Il se leva d'un bond et dit d'une voix claire :

— Venez avec moi, je vous raccompagne dans ma voiture, nous allons faire une arrivée triomphale au château.

Il posa sa main sur l'épaule de Ninon, cordial et frondeur.

— Rappelez-vous bien ce que nous avons fait de notre après-midi : je suis venu vous chercher parce que mon ami, le célèbre peintre Christian Sorre, désirait un modèle de jeune paysanne. C'est moi qui vous ai demandé de mettre cette robe printanière. Vous avez posé, assise sous un olivier pendant deux heures entières et puis nous avons pris le thé. Cet ami est grisonnant, il fume la pipe, il est grossier quand il parle mais, en fait, il ne parle guère. Quant à moi, je suis resté à mon bureau et j'ai bu du whisky tout en écrivant. Vous vous souviendrez ? Mais, ne vous inquiétez pas, c'est moi qui parlerai.

— Et ce monsieur, le peintre, que dira-t-il ?

— Ce monsieur est à New York, madame de Carlon ne risque donc pas de le rencontrer.

La Jaguar rutilante arriva au portail sous la fanfare de son klaxon impertinent. Madame de Carlon, toute frémissante, accourut, s'étonna, se réjouit de voir Peter et, sans plus se préoccuper de Ninon, tourna autour de lui en bourdonnant. Puis elle avala le mensonge avec ravissement.

— Il ment aussi bien qu'Yvon, pensa Ninon.

Ninon se coucha, brisée par la fatigue de la cueillette. Avant de s'endormir, elle ne rêva pas un seul instant aux olives pétaradant sous la gaule ou, toutes luisantes, emplissant les paniers.

Comme chaque soir, Peter l'attendait. Elle s'assit avec lui sur le canapé brun, dans le salon lumineux. Elle revit ses mains autour du verre et la brume au fond de ses yeux.

Mais soudain, alors que ses paupières palpitaient au bord du sommeil, le visage plaintif de mémé Mihoun surgit et la fit sursauter. Elle l'avait encore oubliée ! Le remords au bord des lèvres, elle décida d'aller au village, dès la nuit prochaine, pour l'embrasser. Elle fit son plan de route de la petite porte du fond du parc jusqu'à sa ruelle en passant par les chemins secrets d'Abel.

Abel, Yvon…

Elle ferma les yeux, sûre de pouvoir, comme autrefois, penser à eux.

Mais Peter s'impatientait.

Pour lui seulement, elle resta éveillée encore et revécut à l'infini la fin d'un après-midi magique dans un salon lumineux, sous le regard changeant de Peter.

12

Au matin, elle glissa du sommeil à l'éveil, la bouche amère et les paupières douloureuses. Il lui semblait avoir pleuré toute la nuit. Elle n'avait pas pleuré, elle avait eu des rêves pleins de larmes.

Elle referma les yeux.

Non, elle n'avait pas rêvé. Elle avait bien vu le petit Abel errant seul dans les ruelles de la Roque Esclapon à la recherche d'une lune absente.

Yvon, lui, était assis sur le petit lit des garçons et parlait en tremblant des gendarmes qui viendraient bientôt le prendre.

— Où sont les petites ? avait demandé Ninon.

— Elles sont parties.

— Avec le bébé ?

Yvon n'avait pas répondu. Il avait mis un doigt sur sa bouche parce que, dans le lit des filles, juste à côté, il y avait mémé Mihoun qui grelottait.

Cette nuit, ils étaient tous revenus : tous les trahis, tous les disparus de sa mémoire.

A la lumière du petit jour, elle écrivit une longue lettre à Abel, une lettre pleine d'une tendresse négligée qui revenait au galop. Elle lui parla de la lune d'hiver si différente de celle de l'été. Elle jura qu'elle la saluait toutes les nuits comme il le lui avait appris. Elle mentit avec vigueur pour le consoler et pour se consoler.

Le soir vint, glacial, avec un plein bon Dieu d'étoiles éparpillées autour d'une lune blanche, infime et légère comme une plume.

Ninon, qui n'avait pas de manteau, mit ses deux robes de laine l'une par-dessus l'autre, noua son châle autour de sa tête et attendit l'assoupissement de la maisonnée. Alors, elle descendit à petits pas jusqu'à la cuisine, sortit par la porte de service, courut jusqu'au fond du parc et s'enfuit dans la nuit par les chemins qu'Abel lui avait enseignés.

Elle arriva à la maison de Mihoun et frappa à la porte plusieurs fois avant d'entendre approcher les petits pas de la pauvre vieille femme.

— Qu'est-ce que c'est ?

— C'est Ninon !

Dire ce que fut cet instant est une chose impossible tant il fut immobile. L'une serrant l'autre dans un désordre de soupirs et d'étreintes profondes. L'une serrant l'autre sans un mot, comme si l'une était un tout petit enfant et l'autre, sa mère.

Comme avant.

Mais lorsqu'elles se séparèrent, Ninon apparut grandie, mûrie, vaillante comme une femme, et Mihoun faible, légère et fragile comme une enfant.

Lorsqu'elle souleva les pauvres jambes usées dans ses bras pour les déposer sur le drap, Ninon découvrit, horrifiée, un monstrueux mollet noirâtre entouré d'une bande dérisoire.

Mais Mihoun parlait encore :

— Tous les soirs de toutes les nuits, j'ai attendu que tu viennes frapper à ma porte comme aujourd'hui. Je ne prenais pas de tisane de peur de m'endormir et de ne pas t'entendre cogner. Tout à l'heure, j'ai su tout de suite que c'était toi, sinon je ne me serais pas levée, je suis si fatiguée en ce moment. J'ai bien fait de coudre un peu en attendant que tu viennes.

Ninon fit une tisane tout en narrant les belles choses de sa vie. Elle raconta son travail au château de Carlon et sa fugue jusqu'aux restanques pour la cueillette des olives. Puis elle parla de Peter avec des frémissements dans la voix que Mihoun, pas née de la dernière pluie, remarqua à l'instant. Elle, si lasse pourtant, ouvrit un œil pour regarder en biais du côté de Ninon :

— Qui est ce Peter ?

— Un Anglais qui habite une maison à côté du château.

— Et qu'est-ce qu'il fait, ce Peter ?

— C'est un grand écrivain qui écrit des livres gros comme le poing.

— Ah vouïé ?

Mihoun resta un instant sans rien dire puis elle demanda encore :

— Et dis-moi, il a quel âge, ce Peter ?

— Je ne sais pas, répondit franchement Ninon, qui, en effet, ne s'était jamais posé cette question.

Mihoun reposa sa tête sur l'oreiller en soupirant. Elle aurait bien aimé rencontrer l'homme qui bouleversait tant sa Ninon, mais elle savait aussi qu'elle n'en aurait pas le temps.

— C'est Yvon qui vient me voir à présent, il fait mes commissions et nous parlons de toi. Je gâte aussi tes petites sœurs, pauvrines. Hier soir, la petite Mireille est rentrée bien malade de l'école. Depuis, elle est couchée, mais le docteur n'est toujours pas venu. Ta mère l'avait pourtant promis à la maîtresse d'école.

Ninon, qui allait et venait dans la petite pièce, recevait les coups les uns après les autres et en avait le cœur tout démonté. Comme Mihoun se taisait, elle regarda vers elle, et, à son abandon au creux de l'oreiller, à ses paupières fermées par la fièvre qui les embrasait, elle pressentit qu'un drame se préparait.

Ninon gratta doucement à la porte de chez elle. Ce fut Yvon qui vint ouvrir en battant des paupières.

— Toi ? Où es-tu à présent ?

— Je te le dirai bientôt.

Elle l'embrassa et glissa jusqu'au lit des filles, où Mimi dormait du même mauvais sommeil que Mihoun.

Ninon s'assit contre sa petite sœur qui gémissait, la tête renversée. Elle caressa les joues grises et les bras maigres. Ils étaient brûlants, durs et raides comme des bâtons. Fanny, toujours placide, dormait à ses côtés.

Yvon murmura :

— Maman n'est même pas venue jusqu'au pied du lit pour voir ce que Mimi avait. Ce soir, à table, elle a dit à papa : « Mimi ne mange pas parce qu'elle a mal à la tête. »

— Cours vite à l'école et téléphone au docteur pour lui demander de venir, pour Mihoun et pour Mireille.

Quand Yvon revint quelques instants plus tard, il annonça :

— Le docteur était absent mais il viendra demain matin.

Puis il sortit le chapeau de paille de dessous le lit :

— Tiens, tu l'avais oublié.

Ninon ne prit pas le temps de s'attendrir :

— Demain, ne va pas à l'école, je t'en prie, trouve une excuse pour rester là et écoute bien ce que le docteur dira.

— Tu reviendras ?

— Je reviendrai.

Quand Ninon retourna chez Mihoun, celle-ci ne dormait pas encore. Elle respirait par saccades et, pour la première fois, sa gangacette l'avait quittée. Ninon prit sa main et sentit, au poignet, le sang qui battait à la folie. Elle déposa un baiser sur le front brûlant qui s'apaisa sous ses lèvres.

Puis elle s'enfuit, le chapeau au bout de son bras sans se réjouir du ruban bleu qui voletait pourtant plus que jamais. Elle dévala le chemin de terre creusé par les sabots des chèvres en tentant de mettre de l'ordre dans sa conscience. Une chose, une seule, lui revenait sans cesse à l'esprit : comment avait-elle pu laisser s'effacer de sa mémoire tout ce qui avait été l'essentiel de sa vie ? Mihoun bien sûr, mais aussi Mimi, Yvon, et Abel qui croyait tant en elle.

Elle aperçut la lune qui flottait au-dessus de la Roque Esclapon. Chancelante encore, elle se redressa, écarta les bras et se laissa envahir par ses rayons obliques, menton levé, yeux brouillés, écarquillés.

— Je promets…

La lune disparaissait derrière la colline lorsque Ninon traversa le parc du château.

Le lendemain matin, en se réveillant, Fanny trouva sa petite sœur toute froide, à côté d'elle.

— Une méningite sans doute, dit le docteur en arrivant.

Maria ne s'approcha pas du petit lit, elle laissa aller son regard lunaire vers l'alcôve, puis elle s'assit à la table et se plongea dans d'obscures prières. Giuseppe, qui buvait son café noir, enleva sa casquette et la jeta sur la table :

— Tron de Dieu, répéta-t-il au moins cent fois.

Le médecin s'installa entre eux pour remplir quelques papiers. Quand il eut fini, il jeta un œil en direction de l'alcôve et aperçut les deux enfants survivants de Giuseppe, assis près de la petite morte. On eût dit, tant ils étaient immobiles, les Rois mages d'une crèche.

Le médecin sortit de chez Giuseppe en frissonnant et entra chez Mihoun Gangacette. Celle-ci luttait inlassablement contre l'infection qui pourrissait son sang. Il lutta avec elle toute la matinée. Hélas, vers midi, le cœur céda, et Mihoun rejoignit la petite Mireille. La petite Mimi, depuis toujours si maigre et si triste, qui attendait un peu plus loin que la vieille femme, enfin, lui prenne la main.

Dans la soirée, Roger téléphona au château et demanda à parler à Ninon. Madame de Carlon refusa d'aller la chercher, prétextant que Ninon était occupée à la préparation du repas et que, en tout état de cause, son téléphone n'était pas fait pour les domestiques. Enfin, parce que Roger insistait beaucoup, elle accepta de transmettre le message.

— Ta sœur Mireille et ta mémé Mihoun sont mortes aujourd'hui. On les enterrera jeudi, toutes les deux en même temps, annonça-t-elle à Ninon.

Elle sentit bien à cet instant qu'elle aurait dû dire la chose autrement, mais les mots terribles étaient sortis de sa bouche sans qu'elle eût le pouvoir d'en imaginer d'autres.

Elle n'était pas méchante mais seulement une barbare sans imagination.

Ninon disparut dans sa chambre jusqu'au lendemain. Madame de Carlon, tout de même ennuyée, se priva de déjeuner et n'osa pas venir la relancer à l'heure du dîner. Tout en grignotant quelques biscuits, elle considéra que son abnégation en cette circonstance avait quelque chose de sublime et se promit d'en faire part à son ami Peter.

Ninon attendit que le château s'endorme pour descendre à pas feutrés jusqu'au téléphone. Elle n'en avait jamais utilisé auparavant, mais elle sut refaire les gestes qu'elle avait observés. Elle demanda à l'opératrice de parler au maire de Mons et sursauta quand elle entendit la voix du brave homme.

Ninon lui expliqua qu'elle monterait au village pour l'enterrement.

— Malheureuse, je te le défends bien ! Tout le village te verra et ton père aussi, n'oublie pas !

— Cela m'est égal et puis, en revenant, j'emmènerai Yvon et Fanny avec moi. Je ne peux pas les laisser là-bas.

Fernand tenta de la raisonner mais il se heurta à un mur de détermination.

— Où comptes-tu les faire vivre ? Avec quoi ?

— Avec moi et comme moi.

— Et que dira madame de Carlon ?

— Elle ne dira rien.

— Tu en es sûre ?

— Sûre.

— Ben, ma foi, puisque tu en es sûre, je m'en vais faire mon possible pour que tout se passe au mieux, dit Fernand, un peu pris de court par le discours de Ninon.

— S'il vous plaît, dites à Yvon que je les attendrai à la porte Boufadisse après l'enterrement.

A Mons, la porte Boufadisse est une petite porte de bois, aujourd'hui disparue, mais que l'on fermait jadis les jours de grand mistral afin que ses bouffées glacées ne s'engouffrent pas dans les ruelles.

13

Peter s'éveillait toujours lentement. Plusieurs fois de suite, il écarquillait largement ses paupières avant de les laisser refluer sous la seule contrainte de leur propre langueur. Elles ne se refermaient jamais totalement et, à travers la broussaille de ses cils, il découvrait un monde flou qu'il contemplait à la manière d'un chat à l'aube du sommeil.

Grâce à la bienveillante douceur de l'hiver provençal, il avait coutume de dormir devant sa fenêtre grande ouverte sur la magnificence. De son lit jusqu'à l'horizon, il n'y avait qu'azur et beauté. Il abaissa doucement la couverture qui l'emmitouflait jusqu'au nez, et l'air frais de la nuit vint rafraîchir son visage de la moiteur de l'oreiller. Les yeux encore mi-clos, il contempla la superbe dégringolade des collines jusqu'à une mer déjà cuivrée par l'apparition imminente du soleil.

Il aimait infiniment vivre dans cette maison. Il aurait aimé pouvoir dire « sa maison », mais elle n'était pas la sienne. Et, comme chaque matin à la même heure, il eut un léger froncement au cœur en pensant à madame de Carlon qui s'obstinait à décliner ses offres d'achat en prétextant qu'un profond attachement la liait à cette ancienne bergerie.

— Elle a toujours été le refuge de mon mari, son abri préféré… Il aimait tant venir s'y promener le soir… Je ne pourrai jamais m'en séparer…

Peter savait qu'en réalité elle exerçait ainsi sur lui une sorte de chantage. Ne lui avait-elle pas dit un jour :

— Si vous n'étiez pas si aimable, si vous ne me teniez pas si souvent compagnie, je ne vous louerais pas ma maison. J'y habiterais volontiers moi-même car elle est réellement très plaisante. Mais comme vous êtes charmant et serviable, je vous la laisse.

Il se l'était tenu pour dit.

Madame de Carlon faisait naître en lui des sentiments dont il aurait aimé se savoir exempt. Il la détestait. Ce mot lui sembla puéril et le fit rire en sourdine. Mais quels sentiments pouvait-on avoir pour cette femme tyrannique et pitoyable à la fois ? Il n'osa pas prononcer le mot « pitié », mais il convenait bien, même s'il ne suffisait pas. Une « pitié exaspérée ». Voilà, il éprouvait pour elle une pitié exaspérée et, du même coup, exaspérante. Mais pas de haine.

Il soupira et, pour se consoler, il se rembobina dans ses couvertures encore tièdes de la chaleur de son corps.

Il aurait aimé avoir une femme près de lui. Il eut un bref frisson de désir en évoquant Jacqueline mais le frisson ne dura pas. Jacqueline ne déployait sa séduction que pour conquérir un époux fortuné, alors que lui n'aspirait qu'à l'amour absolu. Vaine poursuite qui lui donnait, disait-on, un talent incomparable pour décrire les troubles déchirements de l'âme. Peter songeait souvent aux amours des chevaliers, à leurs longues quêtes, à leurs prouesses, à leurs cours sans fin pour apercevoir le rond d'un mollet. Il enviait leur désir inaltérable, fait d'incertitude mêlée de foi et d'amour. Comme eux, il rêvait de rencontrer une femme inaccessible qui l'aurait fait attendre, souffrir et se damner avant de succomber. Non pas qu'il aimât la souffrance, il aurait aimé seulement pouvoir enfin courtiser, séduire, conquérir, gagner.

Hélas, il ne le pourrait jamais. A peine y était-il entré que la vie l'avait déjà trop gâté. Avant qu'il en ait eu envie, avant qu'il ait eu à se battre, elle lui avait tout donné. La séduction, l'argent, la renommée. A Londres, à la seule évocation de son nom, le cœur des femmes palpitait. Il s'ennuyait souvent en leur compagnie parce qu'il n'y avait jamais ce long chemin de désir, de pensées et de tourments impatients pour arriver jusqu'à elles. Et, immanquablement, toutes ses passions, amours ou amourettes se déroulaient à fleur de peau.

Quant à ces femmes souvent charmantes répandues à ses pieds, était-ce Peter qu'elles embrassaient avec ferveur ou bien l'auteur adulé de best-sellers ? Il ne parviendrait jamais à se délivrer de cette suspicion terrible qui lui faisait craindre de ne pas être aimé pour lui-même et il songeait avec mélancolie à ses flirts d'adolescent comme à une sorte de pureté.

Il n'avait pourtant pas autant de vague à l'âme au temps de sa jeunesse, il n'y a pas si longtemps… Au temps où, au Clare College de Cambridge, il était le boute-en-train, l'étudiant le plus gai d'entre ses congénères. Au temps où il récitait des poèmes, déclamait ou chantait à pleine voix aussi facilement qu'il ramait et jouait au cricket. Au temps où, à l'heure du thé, dans sa chambre, ses amis devaient s'asseoir sur la table et sur la commode tant ils étaient nombreux. Au temps où il plaisantait, se moquait avec art des fâcheux et se passionnait pour tout ce qui fait l'Histoire. Ses camarades se pressaient pour entendre son humour désabusé, déjà, lacérer le monde en tranches sanglantes et le recommencer d'une manière qui les faisait rêver…

Les rayons du soleil illuminèrent d'un seul coup les murs de sa chambre et descendirent lentement vers lui. Il surveilla leur approche et, comme un petit enfant se pelotonne sous le baiser maternel, il se prépara à l'extase. A l'extase de l'instant où leur caresse tiède viendrait effleurer son visage puis son corps tout entier. Il s'étira et s'apprêta à se gorger de leur douceur aussi profondément que le petit Abel aspirait les rayons de lune.

« Le soleil provençal », c'est ainsi qu'il appelait l'astre qui le réveillait depuis tant d'hivers de la même façon que la première fois.

La première fois… Peter ferma les yeux et se souvint. Après Cambridge, il y avait eu la guerre…

Il ne voulait pas y penser, c'était de là que datait la blessure. Etait-ce à Londres sous les bombardements, dans les sables d'Afrique ou dans les rues de Berlin qu'il avait perdu ses illusions ? Mais il savait maintenant que l'homme n'est qu'un imposteur qui met son poing sous son menton pour faire croire qu'il pense, alors qu'en vérité il s'ennuie à mourir en n'attendant qu'un prétexte pour montrer les dents.

Je pense donc je suis ? Allons donc ! Je suis donc je tue...

Il les avait tous rencontrés, les prédateurs universels, les jouisseurs de carnage, les destructeurs méthodiques que l'harmonie dérange, les hystériques de puissance... Trois mille ans de civilisations diverses n'avaient pas suffi pour les faire disparaître. Il en naissait chaque jour des centaines sous l'apparence de gros bébés joufflus.

Et, quand il se revoyait dans la tourmente guerrière, lui, Peter, haineux et tremblant, tirant sur l'ennemi haineux et tremblant lui aussi, il savait l'humanité maudite.

Dieu du ciel, parviendrait-il à oublier un jour ?

La petite brume qu'avait repérée Ninon s'abattit sur ses prunelles.

Il soupira et sauta quelques années. Il avait pour le faire une technique à nulle autre pareille : à sa sortie de Cambridge en 1939, il fermait les yeux et ne les ouvrait qu'à son arrivée en France en 1944.

Il avait alors vingt-quatre ans et il s'était engagé dans l'Organisation britannique de soutien à la Résistance française. De la guerre, il ne lui restait plus, en apparence, que le petit nuage gris au fond des yeux.

Le 5 août, il avait été désigné pour accompagner un parachutage sur le maquis du Malay. Il était deux heures du matin quand, en compagnie de son ami américain Geoffrey Jones, il avait sauté dans le ciel de Provence...

Le Malay... sa belle colline, sa petite montagne... Elle était là, juste devant son lit, encore brune et vaporeuse avant de resplendir au soleil de midi. Son invincible et immuable petite montagne qu'il avait besoin de retrouver chaque matin parce que seules les choses éternelles, à présent, le rassuraient.

Tout en traversant l'air doux de Provence, il avait eu le temps de voir au-delà de l'horizon l'aube à peine naissante alors que, sur le Malay, c'était encore la nuit. De si haut, un seul regard lui avait suffi pour contempler à la fois la montagne, les collines et la mer sous la lumière finissante des étoiles. Cela avait été sa plus belle traversée de ciel. Il avait été immédiatement fasciné par ce fantastique petit bout de terre.

Le plateau du Malay était bien éclairé mais, hélas, il n'était fait que de rochers et d'épines. Peter allait s'en apercevoir bientôt. Etait-ce parce qu'au lieu de se préparer à l'atterrissage, il rêvait encore ? Ce qui était sûr c'est qu'en fin de course, il était durement tombé sur la pointe d'un rocher.

Au petit matin, il s'était réveillé bandé, soigné, dorloté, au plus haut de la ferme de Préfagous, sur la paille, devant la fenêtre…

… et l'aube qu'il avait vu poindre tout à l'heure se faisait maintenant toute proche et splendide,

… et le soleil se leva.

Le soleil provençal. Jamais il ne l'oublierait. Chaud dès le premier rayon, violent dès le second, toute la chaleur du monde.

Une fois la guerre finie, il avait découvert Mons, village incomparable, page préservée de l'histoire des hommes. Il s'était émerveillé du silence absolu qui y régnait, un silence sidéral. Mons, perché sur le fil du rasoir, à l'endroit même où la mer et la montagne se rejoignent.

Plus tard, dès qu'il avait pu, il y était revenu ; comme pour répondre à une promesse qu'il s'était faite un jour de fin de guerre et qu'il n'avait jamais oubliée. Il avait longtemps cherché « sa maison », une maison d'où l'on pourrait voir ce qu'il avait vu du ciel : la mer, les collines et le Malay. Une maison qui lui permettrait de revivre chaque matin, à l'infini, l'éblouissement du premier jour.

Peter se leva et enjamba l'appui de sa fenêtre. Là-bas, Joséphine et Marius cueillaient les dernières olives de l'année. Il les regarda accomplir les gestes millénaires, héritiers inconscients et mémoire de la terre. Il les regarda avec affection parce qu'il avait devant lui une image de l'homme qu'il aimait.

Il fit quelques pas en buvant son café, entra sous la treille et laissa aller son épaule contre le mur de sa maison, tendrement, comme s'il s'appuyait sur l'être aimé.

Ce n'était encore qu'une bergerie quelques années auparavant mais était-ce par génie ou par hasard qu'elle paraissait à ce point en résonance avec ce qui l'entourait ? Elle semblait être sortie toute faite du sol sur lequel elle reposait. Pierres courbes, lisses, emboîtées, empilées corps à corps. Tuiles roses en camaïeu, si proches qu'on les touchait de la main. Pierres lourdes posées sur chaque tuile que le vent peut emporter. Murs courts et droits dans l'ombre et la lumière du mûrier silencieux.

Le mas des Oliviers, sa maison.

Celle qu'il devait payer de sa présence, le soir, à l'heure du thé.

Il approcha de la grande salle qui logeait jadis les bêtes. Chef-d'œuvre du génie paysan transmis de main en main depuis le fond des âges. Voûtes en croix, superbes d'harmonie et d'ocre léger. Fenestrons éparpillés au levant, oubliés au couchant trop étouffant. Sol de dalles immenses et blanches, éternelles parce qu'insensibles aux sabots des chèvres comme aux souliers.

Le soleil y entrait par la porte élargie. Il entra avec lui, s'assit à son bureau et se mit à écrire.

Soudain, des murmures et des cris montèrent des restanques. Peter leva la tête. Là-bas, sous les oliviers, près de Joséphine, il reconnut la silhouette frêle de Ninon. Il se leva sans l'avoir décidé et avança jusqu'à la terrasse. Ninon portait sa robe noire mais pas son tablier blanc. Elle allait et venait sous les arbres sans prendre garde aux olives qu'elle piétinait. Elle se réfugia soudain contre la poitrine de Joséphine, et Peter fut certain qu'elle pleurait. Il se demanda quel chagrin d'enfant parvenait à la bouleverser à ce point. Etait-ce une réprimande de madame de Carlon ? Peter haussa les épaules.

Non. Jamais cette femme sans âme ne parviendrait à faire pleurer Ninon.

Ninon. La petite rebelle aux yeux clairs, le rayon de soleil qui illuminait son martyre à l'heure du thé.

Il sourit. Ninon, son instinctive complice dans le combat feutré qu'il livrait chaque soir, négligemment accoudé à la tapisserie du fauteuil.

Il remarqua l'attitude compassée de Marius et s'en inquiéta, l'affaire devait être grave. Il descendit une autre restanque.

Ninon pleurait encore et il se sentit peiné. Il pressa le pas mais, lorsqu'il arriva enfin à leur portée, aussi soudainement qu'un papillon quittant la rose, il vit Ninon s'envoler.

Joséphine l'accueillit avec simplicité et lui raconta aussitôt le drame. Pour en faire apparaître toute la cruauté, elle dévoila pour lui un lambeau du passé de Ninon. Elle le fit pudiquement et par petits bouts, la gorge serrée tant elle était bouleversée. Puis elle ajouta que Ninon s'entêtait à vouloir assister à l'enterrement et qu'elle s'apprêtait à monter au village, en plein jour.

Marius l'interrompit et ronchonna :

— S'il la voit, jamais Giuseppe ne la laissera revenir.

Puis il s'éloigna en donnant des coups de pied dans les pierres.

Ninon, enveloppée dans un des grands châles noirs de Pilar, traversa le hall. Madame de Carlon se précipita vers elle et lui demanda :

— Où vas-tu ?

— A l'enterrement.

Madame de Carlon ne protesta pas. Les yeux de Ninon disaient trop clairement que, à l'en empêcher, elle aurait plus à perdre qu'à gagner.

— Tu aurais pu me prévenir, tout de même !

Ninon se dirigea vers le mimosa gonflé de pompons jaunes auquel elle arracha une brassée de branches qu'elle emporta avec elle. Elle traversa les restanques, enjamba le fossé et s'engagea sur la chaussée. Elle était glacée en dehors et flamboyait en dedans.

Elle avait à peine dépassé le premier virage que faisait la route que le museau rouge d'une voiture la frôla et s'arrêta. Ninon tressaillit et crut défaillir en reconnaissant Peter qui se penchait pour ouvrir la portière :

— Dépêchez-vous de monter. Je vous emmène.

Ninon, bouleversée, de bonheur ou de peine, se jeta sur le siège de cuir brun, mais se retrouva très vite dans les bras de Peter qui voulait à tout prix la consoler.

Leur étreinte fut longue. Peter tapotait affectueusement le dos de Ninon qui, comme une bête qui se noie, s'agrippait à la racine qu'elle espérait.

Le bouquet de mimosa avait glissé à ses pieds.

La Jaguar monta doucement jusqu'au village et se faufila vers le fond de la place San-Bastian.

Déjà, le glas sonnait dans le silence, et son battement grave glaça le cœur de Ninon. Elle ouvrit la portière pour partir vers l'église, mais Peter la retint.

— Dois-je vous attendre ici pour revenir ?

Le soleil que Ninon avait dans la tête transperça la désolation de ses yeux mouillés :

— Plutôt en dessous de la porte Boufadisse, il y aura ma sœur et mon frère avec moi.

Et elle s'enfuit en rabattant le châle noir sur son visage, ne laissant apparaître ainsi qu'une parcelle bleue de ses yeux.

Elle avança vaillamment vers l'église à travers les rues désertes car, ainsi qu'une ruche rassemble ses abeilles, l'église avait aujourd'hui réuni toutes ses âmes.

Devant l'église, où les mécréants n'entraient pas, ils attendaient sur le parvis, les mains dans leurs poches. Ils la regardèrent passer. Mais elle marchait vite, grandie et devenue si vigoureuse que tous ne la reconnurent pas.

Elle grimpa les trois marches. A gauche de la grande porte béante, sous le petit porche, Fernand, Roger et Paulette l'attendaient. Ils l'entourèrent et l'accompagnèrent jusqu'à un banc, presque le dernier.

Les cercueils étaient posés, misérables, devant l'autel. Pareillement humbles et petits avec quelques fleurs sur leurs planches. Où était Mihoun, où était Mireille ?

Avant de s'engager dans la travée, Ninon faussa compagnie à sa garde protectrice et avança crânement vers le centre de la nef. Alors qu'elle longeait les bancs, l'un après l'autre les villageois étonnés la découvrirent et la suivirent des yeux.

Elle posa quelques fleurs aux pieds de Mihoun et le reste aux pieds de Mireille.

Assis au premier rang, Giuseppe regarda ce petit bout de femme qui venait fleurir les défuntes. Quand le petit bout de femme se retourna, il sursauta en reconnaissant le bleu d'un de ses yeux. C'était bien elle : sa fille. Sa fille qui le narguait publiquement, encore une fois. Il s'agita, piaffa et donna un coup de coude à Maria qui n'avait rien vu. A leur côté, Yvon et Fanny resplendirent d'étonnement.

Ninon regagna sa place à côté de Paulette. Giuseppe se retourna pour la suivre du regard puis il fit un pas vers le bout de la travée. Le père Alfred avança vers lui et lui mit la main sur l'épaule. Une main si lourde qu'elle le riva à son banc.

A sa gauche, Yvon se haussait sur ses pieds et se démontait le cou pour apercevoir sa sœur. L'ayant repérée, il amorça une marche en crabe vers la gauche en entraînant la petite Fanny qui frissonnait de froid.

Giuseppe gronda, Yvon s'arrêta.

Le père Alfred disait la messe en latin et Ninon ne l'écoutait pas. Elle préférait jouer une dernière fois à la marelle dans les rues de Mons avec la petite Mireille sous le regard bienveillant de Mihoun. Soudain elle entendit la voix du bon père qui disait en provençal :

— Tout le village est là pour toi, Mihoun Gangacette... Tout le village est là pour toi, petite Mireille.

De tant penser à Ninon qui était derrière, Yvon et Fanny en oubliaient Mireille et Mihoun qui étaient devant. Ils avaient peur. Peur de revenir chez eux et d'être emmenés Dieu sait où parce que, dans le village, on ne se cachait plus pour dire que Maria était folle et incapable de s'occuper de ses enfants. Ils l'avaient entendu. Ils brûlaient tant du désir de rejoindre Ninon qu'ils n'avaient plus le sang assez froid pour attendre, confiants, le rendez-vous à la porte Boufadisse. Yvon surtout, ivre de terreur et de rage. Il fit encore un pas sur la gauche. Fanny se colla à lui. Un autre encore. Giuseppe le rattrapa par le col.

Sur le côté de la nef, depuis l'autel consacré à saint Joseph où il s'était faufilé, Fernand observait le manège. Yvon, par son impatience, était en train de gâcher toutes ses chances de fuite vers le rendez-vous à la porte Boufadisse.

Il revint sans bruit vers Roger et lui parla, la bouche contre l'oreille. Paulette se hissa sur la pointe de ses pieds pour entendre. Elle acquiesça vivement et poussa son mari vers l'extrémité du banc. Les deux hommes s'approchèrent alors à pas lents de la première travée, tout devant, celle où se trouvaient les familles des défuntes. Ils passèrent devant Yvon, devant Fanny, et se placèrent de chaque côté de Giuseppe comme s'ils avaient quelque chose d'important à lui dire.

Le village entier observa la scène et, même s'il s'étonna, il ne murmura point. Le bon père Alfred, à qui rien n'avait échappé, haussa la voix et abandonna le latin pour le provençal. Il improvisa et s'embrouilla dans son oraison en y ajoutant des images terrifiantes qui venaient de très anciennes prières :

— Innocente Mimi, dit-il, vois ton village rassemblé qui prie pour que le Seigneur t'accueille près de lui et te sépare ainsi des boucs et des limaces...

Fernand parlait à l'oreille de Giuseppe tandis que Roger, massif, s'interposait un peu en biais pour lui voiler le reste du banc. Maria, méduse hiératique, bien que bousculée par cette intrusion, ne détourna pas la tête. Yvon et Fanny en profitèrent pour se glisser à petits pas de côté jusqu'à l'extrémité de la travée. Moitié confiants, moitié hésitants, ils rejoignirent enfin leur sœur qui, la tête dans ses mains, n'avait rien remarqué.

La messe finie, le père Alfred se troubla à nouveau et répéta son absoute devant l'enfant de chœur pétrifié par le bouleversement du rituel. Cela n'avait aucune importance ; on n'écoutait pas plus le prêtre qu'on ne prêtait attention à son assistant.

Pour aller au cimetière, les trois enfants suivirent le cortège de loin et, une fois arrivés, ils restèrent un peu à l'écart. Soudain, le bon père Alfred leva les yeux vers la foule :

— Où sont les petits ?

Et la foule s'éventra jusqu'à eux. Le prêtre leur fit signe de venir bénir les défuntes. Ils frôlèrent alors leurs parents, maintenus cloués au sol par cent paires d'yeux résolus.

Plus tard, un cortège de bras musclés et de femmes grondantes accompagna Giuseppe et sa femme jusque chez eux et s'attarda en bavardant un long moment devant leur porte.

Sous la conduite de Ninon, les enfants se précipitèrent jusqu'à la porte Boufadisse où la Jaguar les attendait. Yvon se pétrifia devant la belle carrosserie, Fanny serra la main de sa sœur, puis ils s'engouffrèrent par la portière et se pelotonnèrent sur les sièges.

Ce n'était pas la peine. Dans sa maison, Giuseppe semblait vaincu. Il prit une bouteille de vin, écarta violemment Maria qui traînait sur son chemin et se mit à boire.

Maria enleva son voile et son chapeau, se regarda dans la glace, mouilla son doigt et s'en servit pour remettre une mèche de cheveux à sa place.

Peter était soucieux. Tout en conduisant, il questionna Ninon :

— Où va-t-on ?

— Chez Marius.

Ninon avait pensé aux colonies de poux qui devaient sommeiller sur la tête de Fanny – Yvon, lui, avait la tête rasée – et voulait, avant tout, clore le problème. Elle n'osa pas justifier son souhait mais ajouta :

— Après, nous irons chez madame de Carlon par la petite porte.

Peter, incapable de masquer sa stupeur, leva bien haut les sourcils. Il était certain que madame de Carlon n'accepterait jamais cette intrusion d'enfants dans sa vie si bien ordonnée et encore moins cette invasion de bouches inutiles à nourrir.

— Elle est d'accord ? s'étonna-t-il en la regardant furtivement.

Et le soleil absent du ciel apparut dans les yeux de Ninon qui répondit candidement :

— Elle ne le sait pas et elle ne le saura pas. Ils habiteront avec moi, tout en haut, là où elle ne vient jamais. Il y a trois chambres pour les domestiques.

Peter accusa le coup d'un recul du menton puis il demanda encore :

— Et pour manger ?

— Je ferai un peu plus de soupe.

— S'il le faut, je ne mangerai pas, affirma Yvon. Ça ne fera guère de différence parce que, souvent, on allait au lit sans souper.

Peter secoua la tête, abasourdi. Que pouvait-il faire d'autre, pour l'instant, que de murmurer :

— Eh bien, souhaitons que le ciel vous protège.

14

Fanny, la tête parfumée de Marie-Rose, Yvon, victorieux, et Ninon, si lasse qu'elle n'avait même plus de crainte, se faufilèrent par la petite porte de fer et galopèrent dans les allées du parc jusqu'à la porte de service. Il faisait nuit. Madame de Carlon dormait sûrement.

Pilar, ébahie, les vit passer et referma, sans comprendre, la porte de fer derrière eux. En passant, Ninon lui chuchota :

— Je t'expliquerai demain.

Pilar fut sûre de ne pas se tromper quand elle soupira :

— Pauvres petits !

Ils montèrent l'escalier de service sur la pointe de leurs pieds nus jusqu'au deuxième étage. Leurs chambres étaient prêtes. Ninon avait passé, à faire les lits, une partie de la nuit précédente. Elle prit seulement le temps de leur chuchoter le mystère de la chasse des cabinets et le miracle de l'eau chaude giclant du robinet.

Ils se retrouvèrent enfin sur le lit de Ninon, blottis sous l'édredon, à croupetons, comme avant dans l'alcôve, pour y préparer la journée du lendemain. Ninon leur enseigna les heures et les trajets interdits, implora la prudence et la sagesse. Elle était fière, elle rayonnait. Son petit monde, celui-là même qu'elle avait un instant oublié, était reconstitué. Mais à quel prix… et lui revinrent alors en plein cœur le visage maigre et gris de la petite Mimi et les caresses tendres de Mihoun.

Sous l'édredon rouge qui les réchauffait, Yvon et Fanny s'étaient endormis. Cette nuit encore, ils dormiraient ensemble.

Peter était resté chez Joséphine et Marius. Ils parlaient des trois enfants qui étaient partis vers le château, la dernière cuillerée de soupe avalée. Sur la longue table, on voyait encore leurs assiettes vides.

Marius, lui, en revenait toujours au même propos. Il était fier de son village qui avait protégé, dans la solidarité et le silence, la fuite des enfants. Il raconta comment, durant la messe, mais surtout au cimetière, il les avait tous observés, les bras croisés mais l'œil bien ouvert. Et comment, par la suite, dans le cortège, il s'était mêlé aux bavardages. A présent, il en était sûr, le village entier était à l'unisson. Le village, son village, était résolu à se taire.

Et, le monde entier vous le dira, le silence d'un village résolu à se taire est un silence plus profond que les gorges de Siagne. Désormais, Giuseppe pouvait aller se plaindre à qui il voudrait, aux gendarmes, au président de la République… Vé, au pape même !

Peter attendit patiemment que Marius eût digéré sa fierté de Monsois pour redire son inquiétude. Le regard de Joséphine, silencieuse, l'encourageait.

— Il ne faut tout de même pas se faire d'illusion, madame de Carlon vit si près de ses sous qu'elle s'apercevra immédiatement de la présence des enfants même si, par bonheur, elle ne les entend pas…

Il hésita un moment, frotta ses mains l'une contre l'autre et finit par proposer tout en regardant Marius au fond des yeux :

— Si vous vouliez bien accepter de nourrir les petits, je vous donnerais volontiers l'argent nécessaire pour le faire. Et aussi pour les habiller. J'ai remarqué que la pauvre Ninon n'avait rien sur le dos, pas même un manteau. Quant aux plus jeunes…

Il leva les yeux au ciel tant l'état de misère des enfants lui avait paru invraisemblable. Puis il continua :

— Ensuite, pour le reste du temps, il faut espérer que madame de Carlon ne s'apercevra pas de leur présence…

Tout de même, des enfants si jeunes ! Que vont-ils pouvoir inventer pour occuper leurs journées sans se faire remarquer ?

Marius, réjoui, se servit une autre part de fromage. Il la mâcha longuement et, pour la faire descendre, lampa une gorgée de vin. Tous le regardaient.

— Maintenant que le village se tient, cela n'a plus d'importance si on les voit chez moi. Les petits pourront venir ici autant qu'il leur plaira, et aussi manger de notre soupe puisque vous voulez bien l'allonger.

Joséphine leva la tête et montra un visage radieux. Cela faisait un petit moment qu'elle espérait entendre ce que Marius venait de dire.

— Mais je ne peux pas les coucher, vous le savez bien, je n'ai guère de place. Seulement la remise où, l'hiver, il fait trop froid.

— Tout de même, ajouta-t-il, il faudra se méfier un petit peu de Giuseppe… J'ai dans l'idée qu'il est bien capable de venir encore nous emmerder…

Mais, aujourd'hui, cette pensée le faisait sourire.

Il était tard déjà, mais l'aïeul, Bernard, refusait d'aller se coucher. Il se frottait les joues et ricanait avec fierté. Il aurait bien aimé qu'encore une fois son fils raconte comment le village s'était entendu pour couillonner le garde et laisser courir les enfants.

Le mois d'avril touchait à sa fin, et Ninon, tant bien que mal, s'était métamorphosée en petite dame de compagnie. Elle allait et venait de la cuisine au salon avec aisance. Sous l'insistance de Peter, madame de Carlon s'était résolue, la mort dans l'âme, à lui acheter des souliers noirs et plats pour remplacer ses galoches vraiment trop disgracieuses. Depuis, Ninon marchait en regardant le bout de ses souliers, qu'elle ne se lassait pas de voir surgir de sa jupe à chaque pas qu'elle faisait.

Comme l'avait proposé Marius, Yvon et Fanny, sortaient dès le petit matin du château et se faufilaient jusqu'à la ferme voisine pour n'y revenir qu'à la nuit tombante, à l'heure précise où madame de Carlon dégustait le potage parfumé de Ninon.

Comme Ninon un an plus tôt, Yvon, en liberté, nourri et rassuré, se transfigurait. Il suivait Marius comme son ombre, l'aidait et le regardait avec des yeux pétris d'admiration.

Le soir, il racontait sa journée à Ninon, comment il était parti dans la camionnette pour apporter les olives au moulin de Fayence. Il avait vu l'huile dégouliner des scourtins entassés et y avait trempé son doigt avant de le lécher :

— Un délice !

Ninon soupira, jalouse :

— Le moulin de Mons était plus beau et faisait une huile bien meilleure.

Fanny, toujours effacée, préférait rester à la ferme. Elle surveillait le feu, la marmite qui mijotait et, tranquille, brodait ou tricotait. Joséphine, amusée, la regardait faire et s'en allait, rassurée, vers ses travaux des champs.

Un jour qu'ils couraient sur l'herbe verte pour traverser les restanques, Ninon entendit Marius hurler :

— Sortez de là, petits malheureux, ne voyez-vous pas le blé que vous piétinez !

Ninon s'était aussitôt pétrifiée. Le blé, son blé poussait déjà sans qu'elle l'eût reconnu... sans se douter que, bientôt, allait revenir la moisson.

Giuseppe, bien sûr, était venu un soir – mais trop tard – croyant trouver toute la famille rassemblée et ses enfants au milieu. Il avait ouvert la porte brusquement, sans frapper, et n'avait vu que Joséphine à son fourneau et Marius au bout de la table.

— Entre donc, Amiral.

Giuseppe, un peu dessaoulé par sa longue marche, avait failli obéir puis il avait bougonné sans quitter le pas de la porte :

— Fais le malin va, ça te va comme la paille aux ânes. Mais moi, je suis bien renseigné et je sais que mes gosses sont là. Je reviendrai et alors gare !

La deuxième fois, ce fut Yvon qui aperçut de loin Giuseppe et Timoléon. Tous les deux, plus près de vin que de quarante, descendaient du solex de Timoléon.

Yvon escalada le tronc plantureux d'un olivier centenaire, où il se nicha pendant que Marius, appuyé sur sa bêche, les regardait venir.

— Adieu, les grands couillons, vous venez m'aider ?

Ce soir-là, Ninon s'était couchée de bonne heure dans son lit, tête-bêche avec Fanny toute ronde et placide sous l'édredon rouge.

Au milieu de la nuit, Yvon vint la réveiller :

— Viens donc voir ce qui se passe dehors, n'entends-tu pas la musique ?

Ninon, ensommeillée, se laissa conduire jusqu'à la petite chambre d'Yvon, dont la fenêtre donnait sur le nord.

Effectivement, il y avait une fête dans une maison voisine que Ninon, dans le noir de la nuit, n'arriva pas à situer. Sous la lumière des étoiles, ils entendaient des rires et des cris mêlés à des airs de tangos et de javas. Des silhouettes passaient et repassaient en dansant, une femme grande et belle, enveloppée d'un fourreau de satin, s'approcha du bord de la terrasse.

— Oh, fandepié, qu'est-ce qu'elle est belle, s'exclama Yvon.

Ninon fut du même avis. Yvon jouait au petit homme :

— Vé, c'est plein de belles femmes.

Soudain monta un air de guitare, puis une voix rauque se mit à chanter, à gémir. C'était une plainte terrible et Ninon en fut bouleversée. Elle vit une ombre qui dansait puis une autre, juste devant.

Une femme traversa la terrasse en portant une lampe qui éclaira brièvement la scène.

— C'est la maison de Peter, murmura Ninon, atterrée par sa découverte.

Elle regarda mieux :

— Et c'est Peter qui danse.

— Avec Pilar, ajouta Yvon. Je la reconnais.

Ils restèrent toute la nuit accoudés à la fenêtre. Jusqu'à ce que la musique se taise, jusqu'à ce que chaque ombre disparaisse.

La lune était belle, le temps était doux. Sur la terrasse de Peter, la fête battait son plein.

Il y avait Belle, aussi belle que son nom, qui dansait le tango avec David, la pétillante Jacqueline dans les bras de Mickael, José et son amie sous le mûrier et, plus loin, dans un fauteuil, madame de Carlon qu'il avait fallu inviter.

Près de la piscine, trois hommes parlaient fort pour se faire entendre par-dessus la musique. Ils avaient tort de crier ainsi puisqu'ils ne s'écoutaient pas et ne faisaient que rêver à haute voix.

Sur la balancelle, Peter, ses yeux brumeux dans les étoiles, achevait son troisième whisky.

Soudain, José prit sa guitare et se mit à chanter un chant de là-bas, un chant andalou. La terre et le ciel disparurent aussitôt, et seules frissonnèrent sa voix et la sauvage solea qui l'emportaient sur les sanglots aériens de sa guitare.

Alors, quelqu'un se mit à protester, un autre se moqua, une femme rit très fort. Belle éloigna la lampe et fit mine de danser, bras relevés et mains mignonnes autour de ses cheveux ; mais sa jupe entravée, elle, ne dansait pas, et c'était bien dommage.

Jacqueline s'approcha en riant de Peter :

— Viens, Peter, viens danser le flamenco avec moi !

Elle lui saisit la main et tenta de l'entraîner. Peter refusa et l'attira à lui d'une secousse. Elle se laissa tomber en riant aux éclats sur la balancelle qui s'affola. Il l'embrassa distraitement. Il attendait Pilar.

Celle-ci apparut, petite et grasse, et se mit à danser devant son fils. Elle cambra les reins, éleva ses bras. José jouait et chantait pour elle. La musique, comme de l'eau, coulait de ses doigts et son chant tragique frissonnait en déchirant l'air du soir. Pilar était belle et touchante, ses gros doigts comme des oiseaux, sa taille ronde qui s'élançait, et, sous sa jupe large, ses jambes lourdes virevoltant comme mille danseuses.

Peter se leva et fit un pas vers elle. Il était grand, il était mince et maladroit, mais le chant de José transperça brusquement son corps et s'y déploya. Peu à peu, ses pieds s'alourdirent tandis que son torse, son menton et ses bras montaient vers les étoiles. Son âme, jusque-là emprisonnée, s'échappa. Peter dansait à merveille la souffrance de l'amour. Presque sans bouger, comme un vrai Sévillan.

Le chant de José, démesuré, lancinant, tour à tour crié ou murmuré, n'en finissait plus de gémir. Face à face, Pilar et Peter en communion, exilés à mille lieues, tremblaient de colère, s'aimaient et se haïssaient et semblaient prêts à défaillir.

La guitare et le chant expirèrent soudain. Les deux danseurs restèrent un moment opposés, vidés de vie, puis Peter prit Pilar dans ses bras et la berça longuement comme pour la remercier.

15

C'était le mois de mai à la Roque Esclapon. Et dans ce village fièrement accroché à la montagne, le mois de mai était plus majestueux que partout ailleurs. C'était du moins ce que pensait Abel qui, mieux que quiconque, sentait frémir la sève et s'étendre les jours. Il avait pris ses aises dans ce village de poupée qu'il sillonnait à toute heure de la nuit et du jour en serinant des musiques et des mots. Chaque semaine, il recevait une lettre de Ninon, à laquelle il répondait par un poème. Ce n'était pas sa faute si tout ce qu'il voulait dire sortait de sa bouche déjà rimé et cadencé.

Il vivait enfin la vie de bohème pour laquelle il était fait au milieu de ses cousins, ses aînés, et se satisfaisait des gros baisers mouillés que sa tante Denise déposait à tout propos sur son front.

Mais peu à peu, à la fonte de la dernière plaque de neige, à la première brûlure du soleil, à l'éclat plus cristallin de son amie la lune, lui était venue l'envie de retourner là-bas.

Il se pendit au cou de sa tante Denise et l'embrassa.

C'était une brave femme en vérité que cette tante-là, bien que la vie ne l'eût guère épargnée. Il fallait seulement la laisser gueuler tout son saoul avant de voir apparaître son cœur et d'entendre sa raison. Quoi qu'on lui demandât, elle hurlait d'abord comme un cerf aux abois pour faire déguerpir de sa poitrine toute sa peine et toute sa fatigue, immenses.

— Non mais qu'est-ce que tu te figures, petit couillon, que je n'ai que ça à faire ? Et si pour une fois il me prenait l'envie de me reposer le dimanche ? Ne vois-tu pas que je trime toute la semaine comme une malheureuse ? Et dis-moi un peu ce que j'irais faire à Mons ? Et avec quel argent ? Sainte Marie mère de

Dieu, je n'en aurai jamais fini avec ces enfants qui me sucent la moelle jusqu'au sang !

Les enfants en question, éparpillés autour de la table, laissèrent passer l'orage sans interrompre leur repas.

— Et d'abord, qui est cette Ninon ?

— Mon amie.

— Où habite-t-elle ?

Abel ne put s'empêcher de faire le malin et répondit :

— Dans un château.

Alors sa tante Denise, peuchère, à qui l'occasion de rire n'avait pas été donnée depuis longtemps, laissa éclater des gloussements moqueurs et s'assit pour donner de l'aisance à son ventre tressautant.

— Tu te moques de moi !

Piqué au vif, Abel sortit de sa poche, une à une, les lettres de Ninon et les lut à sa tante. Elles étaient si pleines de tendresse que, lorsque Abel eut fini de lire, la tante soupira :

— On verra.

Aux Campestres, le blé commençait à blondir. Ninon, accoudée à sa petite fenêtre, le contemplait chaque jour. Il avait la tête penchée sous la rosée et frémissait à peine au lever du jour. Mais il devenait dru et stoïque sous la chaleur de midi avant d'onduler dans la brise du soir. Au bord des berges, contre les murets, quelques coquelicots étincelaient et tordaient leur cou pour suivre le soleil.

Les jours se suivaient, les uns pareils aux autres. Chaque après-midi, c'était sous les premiers arbres du parc que Ninon faisait désormais sa dictée. Ensuite, madame de Carlon choisissait un jeu de cartes auquel elles s'adonnaient jusqu'à l'heure du thé. Il était bien rare que Peter n'apparût pas à ce moment-là.

Aujourd'hui, il était resté plus longtemps que d'ordinaire. A la faveur de ses nombreux va-et-vient de la cuisine au jardin, Ninon l'avait entendu parler de l'Angleterre :

— Je ne connais rien de plus charmant que mon village de Bovey-Tracey. Je fais encore partie de l'équipe de cricket…

— Incroyable ! s'était exclamée madame de Carlon.

Un peu plus tard, Peter avait semblé plus nostalgique en évoquant ses promenades le long des rivières et dans les landes tourmentées de Dartmoor. L'émotion, si sensible dans sa voix à la seule évocation de son pays d'enfance, avait fait frissonner Ninon.

— J'y rencontre toujours quelque chose de nouveau : un pan de rochers comme surgi de terre, un simple mur ou la tour orpheline d'un château délabré… toutes sortes de vestiges qui m'inspirent en m'ouvrant la porte de l'histoire et du rêve. Le temps y est si changeant, le ciel si mouvementé que les mêmes choses s'éclairent à chaque instant différemment. Alors, mes songes peuvent voguer du paisible à la tempête dans une seule journée. Je passe des heures, le nez au vent, sous la bruine bien souvent, à y faire apparaître les personnages de mon prochain roman.

Avant de s'en aller, Peter avait fait rire madame de Carlon en lui racontant comment il s'était perdu un jour dans un brouillard de fin du monde qui, comme souvent, s'était abattu sur Londres en un instant :

— Si je tendais le bras, je ne voyais plus ma main. J'avançais dans les rues comme un somnambule à la recherche d'un arbre ou d'un réverbère pour m'y accrocher, lorsque deux hommes m'ont saisi par le col et m'ont passé les menottes. « Tu es fait, mon gars ! » a dit l'un des deux, pensant que j'étais un détenu échappé de la prison de Princeton à la faveur de la purée de pois. Voyez comme la vie est bien faite, ce sont eux qui m'ont conduit jusqu'au pub, bien à l'abri, afin de vérifier mes papiers. Ils ont mis pour ce faire plus de temps que pour lire toutes les pages du *Times*. Le brouillard disparaissait enfin quand ils ont reconnu qu'ils s'étaient trompés…

Madame de Carlon avait gloussé longuement. Son ami Peter était réellement plein de charme et d'humour, c'était décidément navrant qu'il ne puisse pas rester ce soir pour le dîner…

Ninon, qui débarrassait mollement le plateau, s'étonna de ce qu'aujourd'hui ne fût pas un jour comme les autres. Elle ne reconnaissait pas ce Peter en verve qui ne laissait jamais s'appesantir la conversation. Elle s'en sentit bien aise et chantonna en revenant vers sa cuisine à petits pas.

Elle posa son plateau au bord de l'évier et s'accouda à la fenêtre pour assister à son départ. Bizarrement, il s'attarda pour bavarder encore. Enfin, il s'inclina sur la main de madame de Carlon, mais celle-ci le saisit aux épaules et l'embrassa sur les joues dans un élan qui ne lui ressemblait guère. Enfin, au lieu de s'éloigner, elle demeura dans l'allée et secoua longuement la main jusqu'à ce que la Jaguar disparaisse.

Le lendemain, madame de Carlon s'en alla de bonne heure pour son traditionnel voyage à Cannes.

Ninon, ravie, s'habilla d'une robe légère que lui avait achetée Joséphine et courut rejoindre sa petite famille à la ferme de Marius.

Yvon était déjà parti à Draguignan dans la camionnette tandis que la douce Fanny avait préféré rester pour coudre, à petits points, l'ourlet d'une jupe. Joséphine lui avait tressé les cheveux en couronne au-dessus de la tête. Ainsi, son visage était encore plus rond et ressemblait, à s'y méprendre, à celui de Maria. Ninon, en l'embrassant, s'en aperçut et frissonna. Elle croisa le regard de Joséphine, qui sourit en disant :

— La pomme ne tombe jamais loin du pommier…

Puis, très affairée, elle se remit à tourner et à virevolter dans sa cuisine :

— Au fait, sais-tu qu'aujourd'hui Peter vient déjeuner ? demanda-t-elle soudain.

Le cœur de Ninon sursauta puis tambourina de plaisir.

Joséphine ouvrit la cocotte en fonte et retourna sa daube avec une cuillère en bois. Le fumet savoureux se répandit tout autour d'elles.

— Il faut se dépêcher parce qu'il s'en va tout de suite après le repas pour prendre son avion.

Le cœur de Ninon s'arrêta et tarda un instant avant de se remettre à battre. Elle essuya longuement deux assiettes avant de demander en s'efforçant à la désinvolture :

— Où va-t-il ?

— Chez lui, en Angleterre, pardi ! J'ai fait une daube aux raviolis, c'est le plat qu'il préfère. Tiens, viens rouler et découper la pâte.

Ninon s'avança péniblement, elle supportait avec peine le manteau de glace qui venait de s'étendre sur sa nuque. Voilà comment s'expliquait l'inhabituelle verve de Peter. Il était enchanté de partir et faisait ses adieux…

La main de Ninon aurait aimé manier le rouleau de bois mais elle n'y parvenait pas. Il était en fonte insaisissable aujourd'hui.

— En Angleterre… Il ne reviendra donc pas ?

— Bien sûr, cet automne, comme d'habitude.

Le rouleau était toujours immobile et la pâte attendait.

Joséphine, surprise de ne plus entendre le babillage rieur de Ninon, leva la tête et découvrit un visage pâle et des yeux sans lumière. Elle s'arrêta d'aller et de venir pour la regarder mieux. Tout était silencieux et figé, mais Ninon ne s'en apercevait pas. Elle laissait traîner ses mains, inutiles, sur le bord de la table. Soudain, elle ferma les paupières, les garrotta l'une contre l'autre, mais deux gouttes d'eau giclèrent quand même dans le coin de ses yeux.

Deux larmes que Joséphine reconnut immédiatement. Elle en fut stupéfaite, un instant attristée, puis enfin elle secoua la tête en souriant. Il fallait bien qu'une chose pareille arrive… Ce Peter était si charmant… Romance de gamine, pensa-t-elle, qui passerait avec le temps.

— Alors, ma Nine, tu pantailles ?

Peter, Marius et Yvon arrivèrent en même temps. Ils parlaient tous à la fois et s'exclamèrent en humant la savoureuse odeur qui venait de la marmite.

La table était dressée sous la treille d'où pendaient des grappes aux grains verts encore et durs comme des perles. Des mésanges bleues, familières, s'étaient cachées sous les feuilles et grappillaient les pampres en pépiant.

Joséphine avait préparé une salade de doucette mêlée d'oignons nouveaux et de petites olives. Aujourd'hui comme hier, Peter, en verve, parla de l'Angleterre puis il jeta un regard vers Ninon, lui sourit gentiment et demanda :

— Que vous arrive-t-il ? Vous ne goûtez pas à cette délicieuse salade ?

Ninon ne répondit pas ; elle lutta quelques instants, le nez dans son assiette, puis laissa éclater un sanglot imbécile qu'aussitôt elle courut cacher dans la cuisine.

Peter la suivit des yeux, regarda Joséphine qui soupirait, Marius qui observait une mésange, Yvon, la bouche ouverte… N'y avait-il donc ici personne d'assez aimant pour s'étonner, s'attrister des larmes de Ninon ?

Il les regarda encore et comprit soudain. Sidéré, embarrassé, il baissa la tête. Comme la mésange, il grappilla dans son assiette du bout de sa fourchette, mais il n'avait plus d'appétit. Comme chaque fois, le chagrin de Ninon le troublait, mais aujourd'hui, de surcroît, il le remplissait de confusion.

Ce n'est pas un silence, mais un plein bon Dieu d'anges échappés du paradis qui passa et repassa sous la treille. C'en était trop pour Yvon :

— Elle est amoureuse ! lança-t-il, ravi.

— Tais-toi donc, galapiat, bougonna Joséphine en se levant pour rejoindre Ninon.

Il resta la moitié de la daube, et Marius dut parler beaucoup pour meubler la conversation. De son voyage à Draguignan, par exemple, où il avait vu une camionnette superbe qui conviendrait bien pour remplacer son tub Citroën qui se mourait doucement. Il avait aussi rencontré deux de ses conscrits, Antoine et Adrien, qui avaient ouvert un garage à Fayence.

Tout le monde s'en moquait, sauf Yvon.

— Ils m'ont donné une vieille chambre à air !

Ninon, les yeux secs, avait retrouvé sa dignité et faisait bonne figure. Pudique, elle s'occupa beaucoup de Fanny à sa droite pour éviter, sur sa gauche, le regard désolé d'un Peter maladroit, qui aurait aimé lui faire un petit signe amical et apaisant.

Enfin, arriva l'instant où les petits, à tour de rôle, souhaitèrent un bon voyage à Peter en lui donnant deux baisers bruyants sur les joues. Quand vint le tour de Ninon, Joséphine la poussa fermement vers lui. Il la prit par les épaules – sans plus guère se baisser parce qu'elle avait beaucoup grandi – et l'embrassa comme il avait embrassé les autres. Mais, tout de même, on put voir ses longues mains serrer plus fort la rondeur des bras et sa joue s'appesantir.

— *Sorry.*

Ce ne fut qu'un murmure en anglais que Ninon ne comprit pas.

Puis il s'en alla et la Jaguar descendit doucement les innombrables boucles que faisait la route.

Peter n'était pas content de lui. Ce qu'il aurait aimé dire à Ninon, il n'en savait rien. Il adorait cette gamine aux yeux fiers. Il avait toujours envie de la protéger comme s'il en avait été responsable. Il l'aimait comme on aime une enfant… Mais Ninon n'était plus tout à fait une enfant, il le réalisait brusquement. Comme une sœur alors ? Il haussa les épaules. Comme une amie ?… pfut… Agacé, il se demanda pourquoi il lui fallait à tout prix une comparaison pour exprimer son attachement. Et, parce qu'il était de ces êtres compatissants, il s'attendrit soudain : « Ninon est à l'instant charmant où l'on n'est ni femme ni enfant », murmura-t-il pour lui-même.

Il fut si fier de cette lumineuse explication qu'il ne se demanda pas combien durerait cet instant charmant qui lui permettait de ne pas répondre à sa question.

L'après-midi, on s'organisa pour cueillir les premières cerises. Ninon resta au pied de l'arbre sur lequel était monté

Yvon. Ils remplirent un panier, puis un autre. Ninon, comme le veut la coutume, déposa une paire de cerises sur chacune de ses oreilles, et sa bouche rougit sous le sang des fruits écrasés.

Elle se retourna vers Joséphine qui arrivait.

« Mon Dieu, ce qu'elle est belle, cette petite ! » pensa celle-ci en se demandant si, comme elle l'espérait, le temps suffirait pour apaiser les choses.

Soudain, là-bas, apparut une silhouette qui agitait les mains en courant vers eux.

— Abel ! s'écria Ninon en reconnaissant l'exubérance puis le gris des yeux.

Et les deux enfants s'enlacèrent comme des fous. Ninon laissa exploser un trop-plein d'on ne savait quoi et embrassa son ami avec passion.

— *Ne pleure pas,*
je suis là !

... déclama Abel qui faisait toujours rimer.

Joséphine, qui regardait la scène, se demanda intuitivement si ce jeune garçon se rendait compte que c'était un autre que Ninon étreignait avec emportement.

La tante Denise apparut enfin, plan-plan. Elle salua la compagnie puis se mit à invectiver le ciel :

— Bonne mère, petite Vierge chérie, rendez-vous compte de ce que vous me faites faire. On est parti à l'aube dans un car qui emboucanait tout le paysage et qui se traînait sur la route comme une limace sur ma salade. Voilà ce qui fait que c'est seulement maintenant qu'on arrive ! Dieu du ciel, juste à temps pour repartir ! Allez, petit pistachier, embrasse encore une fois ta belle et nous nous recampons. Rendez-vous compte : un voyage pareil pour pas plus qu'un baiser. Ce petit me rendra complètement fadade !

Abel, radieux, se serra contre Ninon puis l'emmena à l'écart pour chuchoter à son oreille. Yvon gonfla sa chambre à air et la lança vers eux. Alors, tous les trois traversèrent le pré en la poursuivant. Abel et Yvon, comme deux garçons, Ninon, comme une femme qui vient de décider de s'attarder un peu au pays des enfants.

Ensuite, il fallut emmener jusqu'à la petite porte en fer la tante Denise qui désirait à tout prix voir le château. Elle l'entr'aperçut entre les troncs épais des arbres et conclut en haussant les épaules :

— Ce n'est qu'une grande maison qui s'est mise deux tours sur le côté pour faire comme les châteaux.

Beaucoup plus tard, tous s'entassèrent dans la camionnette de Marius pour raccompagner, dans un voyage impromptu, Abel et la tante Denise jusqu'à la Roque Esclapon.

16

L'été arriva très vite et, avec lui, le temps béni des moissons.

Ninon usa de toute sa diplomatie pour tenter d'obtenir la permission de s'absenter de l'aube jusqu'à midi afin de reprendre sa place dans la procession des moissonneurs. Madame de Carlon refusa obstinément :

— Tu es à mon service et pas à celui de Marius. Inutile donc de parlementer plus avant.

Mais les moissons commençaient le lendemain et Ninon avait décidé de se battre jusqu'au bout. Elle regarda madame de Carlon avec des yeux où grondait l'orage.

— Joséphine ne peut pas lier, elle est souffrante, elle vient de perdre le bébé qu'elle attendait.

— Tant pis pour elle, elle aurait dû penser à son travail avant de se laisser engrosser.

L'orage éclata :

— Si vous ne me laissez pas y aller, je m'en vais.

— Et où iras-tu, petite sotte ! N'y a-t-il pas un Cézaire qui te cherche partout ?

— Il ne me cherche plus puisqu'il est mort. Si je reste avec vous, sans gages et sans dimanches, c'est seulement pour vous être agréable. Pour vous remercier de m'avoir recueillie.

Madame de Carlon, inquiète, chercha un argument qui la rendrait victorieuse mais elle n'en trouva pas. Ses épaules s'affaissèrent et elle renifla dans son mouchoir. En une seconde, de solide gaillarde, elle devint – ou sembla devenir – une malheureuse vieille femme. Elle parut à ce point désemparée et pitoyable que le bon cœur de Ninon n'y résista pas :

— Je ne vous oublierai pas ; chaque jour à midi, je vous apporterai de la ferme une part du repas préparé par Joséphine.

Madame de Carlon perdit aussitôt sa mine misérable et retrouva de sa superbe pour dire :

— Je la croyais malade ?

— Suffisamment pour ne pas passer des heures pliée en deux en plein soleil.

— Va donc moissonner mais sois là pour midi et dis bien à Marius que ces quelques repas ne seront pas compris dans nos comptes.

Ninon, sidérée qu'un geste de pure miséricorde soit ainsi aussitôt pesé et monnayé, jura avec fureur qu'on ne l'y reprendrait plus.

Les moissonneurs entraient sur les restanques aux premières lueurs de l'aube, à la fraîche, et s'arrêtaient à l'heure du déjeuner. Ninon revenait alors en courant et servait à madame de Carlon un peu de la daube ou de l'omelette que Joséphine avait préparée.

— Voyez, voilà un repas qui ne vous coûte guère, disait-elle, insolente.

Madame de Carlon, dont l'avarice étouffait jusqu'à la dignité, faisait mine de ne pas entendre et plantait, gourmande, sa fourchette dans la cuisse du poulet.

Ninon suivit seule les porteurs de faux et s'en régala, imbattable lieuse, vigoureuse porteuse de gerbier et rieuse de tout. Elle retrouva intact l'enchantement de la moisson passée, encore grandi par la certitude que le lendemain serait semblable, le lendemain et toutes les moissons à venir. Joséphine allait de sa cuisine aux restanques pour voir si Ninon supportait le surcroît de travail. Fanny la suivait, molle et docile. Ninon s'arrêtait un instant pour embrasser la petite réplique maternelle, comme pour conjurer un sort et le rendre contraire.

Yvon, trop fier pour glaner, trop petit pour faucher, apprenait avec l'aïeul à manier la faucille.

Jusqu'ici, le corps de Ninon avait eu l'ingrate maigreur et le maintien gauche que donne l'adolescence. Ses yeux splendides avaient bien du mal à éclairer un teint brouillé sous une chevelure en bataille. Mais, depuis peu, elle nouait ses cheveux en un chignon charmant d'où s'échappaient des mèches souples et qui la faisait ressembler aux femmes de naguère, sous les coiffes arlatanes. Chaque jour qui passait faisait d'elle une belle fille resplendissante de joie de vivre et de vigueur. En la voyant si vive et si gaie, Joséphine ne s'inquiétait plus de ce violent chagrin d'enfant qui l'avait un instant désarçonnée. Comme elle l'avait prédit, sa petite avait oublié. L'éloignement et le temps avaient fait un bon travail que la moisson, à présent, s'empressait de fignoler.

Avec la précocité des femmes du Sud et sous le soleil de juillet, la peau de Ninon reprit son éclat doré tandis que son corps sec s'arrondissait doucement à la poitrine et sur les hanches. Si gracieusement même que certains ne tardèrent pas à le remarquer.

Un jeune homme des environs, François, vint rôder alentour, la mine gourmande.

— Tu viens nous donner la main ? lui demanda innocemment Marius.

François secoua la tête en affichant un franc mépris pour les moissons.

Marius, agacé de le voir sempiternellement s'asseoir sur le muret de pierre pour ne plus en bouger, répétait à qui voulait l'entendre :

— Ce petit gars-là, croyez-moi, il y a plus de cheveux dans le creux de sa main qu'il y en a sur le sommet de son crâne.

Mais François n'était pas là pour la moisson. Il ne regardait pas les faux se balancer ni les épis tomber, il badait devant la jupe verte qui découvrait, à chaque gerbe liée, les cuisses de Ninon.

Le soir, Joséphine dit en riant :

— Rappelle-toi le proverbe, ma belle :

Trois choses font crever les gens :
Un vieillard paillard,
Un riche avare et un jeune fainéant !

... Vé, toi qui connais déjà les deux premiers, prends bien garde au troisième !

Ninon haussa les épaules pendant que Marius ronchonnait :

— Attendez un peu qu'on en arrive à venter. Il y en a un que je connais qu'on pourrait bien envoyer en l'air pour voir s'il s'envole avec la paille ou s'il retombe sur son cul avec le blé !

Ninon vécut avec plus de conscience que l'année précédente les trois miracles des moissons qui font se coucher les épis sous la faux, s'envoler la paille sous la brise et s'écouler, si blanche, la fine fleur. Puis un jour elle s'assit au milieu des sacs pour aller au moulin de Fayence. En passant sur le pont de la Siagnole, l'émotion l'envahit et elle frappa sur l'épaule de Marius :

— S'il vous plaît, laissez-moi aller voir les moulins de Mons encore une fois.

— Je veux bien, répondit Marius en arrêtant la vieille camionnette, mais, je te préviens, il n'y a plus rien à voir.

Ninon courut jusqu'aux murs, caressa les portes closes, marcha à petits pas sur le bord des bassins encore pleins de pulpe broyée. Puis elle se figea devant la splendide roue de bois muette, odieuse d'indifférence.

Elle s'assit sur un muret, tout près du souvenir d'Abel, et revit Pierre allant et venant tête basse, puis disloqué au pied de la roue. Il y avait à peine un an de cela et les murs comme les galets du bord de l'eau avaient déjà tout oublié.

Mais les pierres, la roue et la rivière reconnurent Ninon. Elles sortirent lentement de leur profond sommeil, s'émurent de la voir là et, peu à peu, trouvèrent la force de palpiter comme avant, puis frémirent en chœur pour se faire entendre.

— Nous ne sommes pas ingrates, clamèrent-elles. Nous aimerions bien encore résonner, tourner et tomber en cascade. Mais que faire sinon sommeiller en espérant qu'un jour les hommes se souviennent. Nous attendons, patientes comme le sont les choses immobiles, qu'ils viennent ouvrir nos portes et libérer l'eau du canal, qui s'en irait aussitôt faire chanter la roue.

— Sais-tu, Ninon, murmura la rivière, qu'il y a plus misérables que nous, pauvres, qui patientons sous le soleil ? Pense un peu aux lourdes meules, aux engrenages, à la belle trémie, enfermés, enterrés dans le sombre et le froid. Je les entends pleurer parfois. Peuchère, il faudrait que quelqu'un vienne...

— Avant que mes pierres tombent, dit le moulin.

— Avant que mon bois verdisse, dit la roue

— et que la rouille et l'oubli nous fassent disparaître du souvenir des hommes.

— Alors, petite, le temps presse, cria Marius qui approchait. Il se troubla lui aussi en frôlant les murs et détourna le regard. Le travail l'attendait.

— Dites-moi, Marius, pourquoi personne n'est venu remplacer Pierre ?

— Parce qu'il n'y a plus de blé et guère d'olives. Les moulins sont à vendre mais qui voudra les acheter si rien ne vient s'y faire moudre ?

— Pourquoi n'y a-t-il plus de blé ?

— Parce qu'il est plus facile de travailler derrière un bureau que de passer l'araire, d'aller chez son boulanger que de faire son pain, de travailler pour les autres que de travailler pour soi. Parce que la guerre a bouffé les anciens et que les grands moulins bouffent les nouveaux. Enfin parce que tout le monde s'accorde pour dire que c'est mieux comme ça.

— Et pourquoi vous, vous le faites encore ?

— Moi, j'aime ça. Et tant pis si j'en crève.

— Est-il possible qu'un jour il n'y ait plus un seul moulin, pas même un pour ceux qui aiment ça ?

— Cela se peut, bien sûr...

Ninon serra la main de Marius.

La moisson finie et rangée la farine, ils allèrent tous ensemble à la Roque Esclapon chercher Abel qui désirait passer les vacances scolaires avec eux.

Et recommencèrent alors les escapades nocturnes et les hommages à la lune, si fréquents que Ninon ne dormait plus.

Mais, à la vérité, Ninon ne voulait plus dormir. La nuit lui était devenue odieuse. Une ennemie faite de rêves échevelés et menteurs qui ramenaient toujours Peter dans leur sillage. La nuit n'était que fables venues d'ailleurs et qu'elle ne pouvait effacer du devant de ses yeux. La nuit n'était faite que de sottises et de tromperies, telles celles qui, parfois, l'emportaient jusqu'en Angleterre et la faisaient parler anglais… Au matin, elle se réveillait haletante et brûlante d'une fièvre inconnue qui enflammait son corps et la laissait, ensuite, misérable au creux des draps.

Mieux valait, en cette circonstance, courir les bois avec Abel et l'écouter chanter.

Abel, lui, se mourait d'amour pour Ninon. Un amour d'enfant ? Non, un amour de poète qui choisit toujours l'inaccessible afin de pouvoir faire pleurer sa voix.

Il composait pour elle toutes sortes de refrains et de sonnets qu'il lui chantait candidement à l'oreille. Ninon s'en régalait et l'applaudissait. Ces murmures d'amour la troublaient et touchaient son cœur meurtri par Peter. Abel, attentif, chancelant, voyait poindre l'émoi sur le visage frémissant de Ninon et le recueillait en tremblant.

Le 10 du mois d'août, on fêta les quatorze ans de Ninon par un repas qui commença au coucher du soleil et s'acheva à la clarté de la lune. Ce fut une fête extraordinaire.

A la fin du dîner, avec l'aplomb que donne la sincérité, Abel monta sur une chaise et récita un poème qu'il avait écrit en l'honneur de Ninon.

C'est alors que Pilar et José, invités, dansèrent et chantèrent des airs de flamenco, alegrias ou soleares que Ninon reconnut avec émotion.

« Pourquoi ma souffrance et ta souffrance sont-elles deux ? » chantait José aux étoiles.

Abel s'essaya à danser avec la passion qu'il mettait dans toutes choses. On l'applaudit.

— C'est Peter aussi qui danse bien la solea, dit Pilar. Quand il danse, il s'envole et pleure sa peine comme un vrai Sévillan.

On apprit aussi que José avait rencontré Peter dans le maquis du Malay et qu'ils s'aimaient comme deux frères. José, avec toute la fougue et l'outrance méditerranéenne, parla de Peter comme d'un saint que Dieu en personne avait mis sur sa route. Pilar prit la relève : pour elle, Peter était aussi aimable et beau qu'un prince. Puis elle conclut en disant :

— Je l'aime comme un fils.

Ninon, un peu à l'écart, se sentit envahie par une tristesse qu'elle croyait avoir vaincue. Abel, qui ne la quittait pas des yeux, s'en aperçut et vint s'asseoir près d'elle :

— Qui c'est ce type dont tout le monde parle ?

— C'est un écrivain anglais qui vit un peu plus loin, là-bas.

— Et il est aussi bien qu'ils le disent ?

— Sans doute. Mais tu ne le verras pas, il est reparti en Angleterre.

Alors, Jules, le voisin, se mit à l'accordéon et tout le monde se leva pour valser. Ninon fit un effort, flanqua son vague à l'âme par-dessus les collines et entra dans la danse dans les bras d'Abel. Ils n'avaient pas fait quatre tours qu'elle entendit Pilar s'écrier :

— C'est Peter qui aurait aimé être là !

Ninon marqua le coup en manquant la cadence. Abel, sensible au moindre souffle autant qu'un fil dans les prés, regarda le visage de Ninon et, de ce qu'il y vit, commença à souffrir.

17

Pour la rentrée des classes, à l'aube du premier jour d'octobre, Abel fut reconduit à la Roque Esclapon tandis que la camionnette de Marius emmenait Lulu, Loulou, Yvon et Fanny à l'école de Mons.

Le soir du même jour, Peter revint aux Campestres.

Yvon, accoudé à sa fenêtre, aperçut la Jaguar se faufiler derrière les feuillages des chênes, les portières s'ouvrir et la terrasse s'illuminer. Il hurla la nouvelle à travers la cloison. Ninon se dressa sur son lit, puis s'immobilisa brusquement :

— Tais-toi donc, dit-elle seulement, tu vas réveiller Fanny.

Heureuse, elle reposa sa tête sur l'oreiller.

— Il n'est pas seul ! Il y a une femme avec lui !

Cent fois, mille fois, Ninon avait rêvé de ce retour.

Jamais elle ne l'avait imaginé ainsi.

Elle ne fit pas un geste, mais elle se laissa glisser, comme foudroyée, au plus profond d'une désolation inconnue.

Depuis le jour où il était venu l'arracher au jas des Graïs, désinvolte, élégant, superbe dans son cabriolet rouge, Ninon s'était attachée à Peter avec l'exigence et la violence auxquelles prédispose une enfance solitaire. Elle l'admirait des pieds à la tête, non qu'il fût à ce point remarquable mais simplement parce qu'il était différent de tous les êtres qu'elle connaissait.

On peut, pour simplifier, dire qu'elle l'aimait... Mais, par sa véhémence et sa naïveté, cet amour-là, à contre-pied de la raison, de bien plus loin que des entrailles, venait de l'essence même de sa vie.

Ninon avait relevé la tête en prenant une place dans la procession des moissonneurs ; les clins d'œil complices, les sourires amicaux et les mots apaisants de Peter, eux, l'avaient fait grandir...

Hier encore, même si parfois, la nuit, son corps s'embrasait en pensant à lui, elle n'allait pas très loin dans ses rêveries. Le voir, le voir encore et le séduire, bien sûr, mais seulement pour le contraindre à réapparaître chaque jour parce qu'il était, comme le soleil et l'eau, nécessaire à sa vie. Et l'odieuse souffrance éprouvée le jour où il était parti, joyeux, vers les landes sauvages de Dartmoor, n'avait pas été celle d'un chagrin d'amour. Elle avait été l'inhumaine épreuve d'un abandon non annoncé, aussi effroyable qu'une soudaine nuit australe surprenant et glaçant l'étranger.

Mais cinq mois avaient passé, pendant lesquels Ninon, raisonnable, avait su faire la part des choses et admettre l'absence puisqu'elle était éphémère. Elle décomptait sagement, secrètement, le nombre de jours qui conduisaient jusqu'au retour de Peter, jusqu'au moment où tout redeviendrait comme avant.

Et voilà qu'en un instant, ce soir, la logique des choses basculait et l'abandon s'accomplissait. Peter, son soleil, brillait pour une autre et, privée de lui, recroquevillée dans le fond de son lit, Ninon se sentit, subitement, perdre tout relief, toute importance. Elle n'avait plus d'existence.

Et les larmes qui coulèrent de ses yeux, cette nuit-là, rassemblèrent, dans un même flot, le désespoir d'une enfant et le chagrin d'une femme.

Au matin, elle se réveilla le cœur vide. La flamme qui l'habitait semblait avoir filé dans le courant serré de ses larmes, si loin, si fort qu'elle ne pourrait plus jamais revenir.

Quelques jours avant son retour en France, à la fin d'une soirée très mouvementée, Peter s'était assis à l'écart des danseurs bruyants et des marchands de palabres. Il sirotait pensivement un whisky, quand Clara, une amie de longue date, vint s'asseoir près de lui. C'était une jolie femme peu sensible à la mélancolie et qui vivait chaque jour comme un jour prometteur et chaque nuit sans rancune pour les promesses non tenues. Elle menait une vie de bohème et de luxe dans la plus parfaite oisiveté et avait été plusieurs fois la maîtresse fugitive de Peter.

Elle trouva celui-ci soucieux et lui demanda si elle pouvait l'aider. Tout d'abord, Peter se renfrogna et se tut, puis, comme elle insistait, il murmura :

— J'ai un problème français.

— Une femme ?

— Une gamine, répondit-il, croyant ainsi désamorcer la discussion.

— Amoureuse du beau Peter qui ne sait pas comment s'en débarrasser ? Exact ?

Il était trois heures du matin. Peter, fatigué, légèrement ivre, était en somme si peu maître de lui qu'il succomba à la facilité. Il acquiesça en maudissant vaguement cette lâcheté qui lui faisait jeter le si pudique trouble de l'innocente Ninon en pâture à cette femme avertie.

Clara, mise en appétit par le fumet d'une confidence qu'elle devinait savoureuse, ne s'en tint pas là et le tarabusta pour connaître le fond de l'affaire. Peter finit par exposer brièvement les faits en les expurgeant de toute l'émotion qu'il en éprouvait. A la suite de quoi, Carla, qui, affirma-t-elle, connaissait bien le problème, se lança dans l'énumération exhaustive des contrepoisons possibles et conclut :

— A mon avis, mieux vaut choisir de couper court, fermement et définitivement. Crois-moi, il ne faut pas tenter de raisonner ni d'expliquer, il faut sacrifier sans anesthésie. Douloureux peut-être, mais rapide et garanti sans séquelle ni rechute. Elle a quel âge, cette gamine ?

— Treize ans, je crois, répondit Peter, ennuyé.

— Mon Dieu ! Et toi, dis-moi, trente-cinq ? trente-six ?

— Trente-quatre bientôt, rectifia Peter, agacé.

Sur ce, Clara lui fit une peinture tragique des états d'âme, fantasmes et névroses des petites filles amoureuses et finit en s'exclamant :

— Je ne vois que deux solutions : soit tu restes en Angleterre et la magie de l'absence fera son œuvre, soit je viens avec toi en France et nous vivons quelques mois en couple. Normalement, cela devrait suffire à te faire détester. Sans compter que cela fait très longtemps que je rêve de passer l'hiver en Provence.

Peter secoua la tête et refusa sèchement sans vouloir argumenter.

— Et si, dans quelques jours, dès ton arrivée, cette gamine…

— Elle s'appelle Ninon.

— … cette Ninon, donc, recommence à te faire les yeux doux et à pleurer sur la trace de tes pas ? Que lui diras-tu de moins terrible ? Que lui feras-tu de moins méchant ?

Peter ne répondit pas. Il ferma les yeux et tenta en vain d'imaginer Ninon pleurant sur ses pas. Il ne vit qu'un visage impertinent encadré de courtes nattes et s'émut au souvenir de la perle d'eau accrochée à ses cils, le jour de son départ.

Il manqua une partie du discours de Clara, reprit conscience et l'entendit qui disait :

— En outre, pense aux médisances, à un scandale possible qui serait désastreux pour ta renommée. Les gens de la campagne sont sans pitié pour les séducteurs étrangers. Ta Ninon est trop jeune, mon vieux, trop jeune pour jouer.

Il détesta entendre Clara parler de cette façon et rentra se coucher.

Il laissa passer sept jours et sept nuits, pendant lesquels il argumenta pour chaque attitude possible et n'en estima aucune satisfaisante.

La veille de partir, il accepta, de mauvais gré, d'emmener une Clara bien décidée à jouir de l'hiver provençal. Il accepta en se haïssant, seulement parce qu'il n'avait pas réussi à imaginer une autre manière d'épargner l'avenir de Ninon.

Le matin qui suivit le retour de Peter, Ninon commença sa journée à tâtons et se perdit volontairement dans une multitude de tâches imbéciles. Puis elle se lança dans la confection d'une recette de cuisine compliquée qu'elle s'attacha à rendre parfaite.

Ensuite elle décora le plat de niaiseries inutiles qu'elle découpa, patiente, acharnée, vide et glacée... Enfin, elle fit tout ce qu'elle put pour occuper, dans une solitude retrouvée, son corps brisé.

A la fin de la matinée, cependant, elle découvrit quelque part en elle une braise encore rougeoyante qui s'appliquait à enflammer une sorte de rage nouvelle chaque fois qu'elle pensait à la femme dont Yvon avait parlé.

Comme de coutume, elle joua distraitement à la crapette avec madame de Carlon, laquelle gagna toutes les parties parce que l'œil indocile de Ninon s'en allait sans cesse surveiller la marche de la grande aiguille qui se hissait lentement vers l'heure du thé. L'anxiété montait en elle, mais aussi la fièvre. Clara avait vu juste. A cet instant, Ninon aurait tout donné pour ne jamais revoir ce Peter qu'elle abhorrait.

On frappa. Madame de Carlon, froufroutante, se précipita suivie de Ninon, à présent stylée, qui devait décharger les invités de leurs manteaux.

Elle resta trois pas en arrière des larges hanches de madame de Carlon à qui Peter présentait Clara.

— Chère madame, je vous présente Clara Anderson, une amie qui vient passer quelques mois dans votre beau pays de Provence.

Suivit un brouhaha de paroles et de rires, puis madame de Carlon s'écarta pour laisser faire Ninon.

— Hello, bonjour, Ninon. J'espère que l'été fut agréable pour vous ? Clara, voici Ninon.

Ninon serra furtivement la main de Peter puis celle de Clara, prit les manteaux et s'en alla sans dire un mot.

Pendant que madame de Carlon tapotait les poufs et rapprochait un guéridon, Clara se pencha à l'oreille de Peter et lui demanda :

— Dis donc, c'est ça ta gamine de treize ans ?

Peter haussa les épaules, impuissant à s'expliquer. Près de six mois avaient passé, qui avaient rendu Ninon superbe. Elle avait la peau encore dorée par le soleil des moissons et le chignon haut et fier. Elle portait un corsage blanc et une jupe noire qui seyaient à son corps tout à la fois rond et nerveux.

— Quatorze, sans doute, maintenant, répondit-il après un moment d'absence.

— Et les quatorze ans d'une fille d'ici valent bien les dix-huit ans d'une fille du Devon…

Ninon revint avec le plateau. Farouche et distante, elle disposa adroitement les tasses, les pots et les gâteaux. Paupières basses, fière comme jamais, elle regardait les choses en ignorant les gens. Mais en présence de Clara, même si cela ne se voyait pas encore, la braise qui ce matin se consumait commençait à flamboyer.

Peter, trop loyal pour jouer à faire semblant, peiné par l'attitude si impersonnelle de Ninon, suivait des yeux chacune de ses apparitions.

« Elle s'est faite diablement belle », pensait-il en épiant ses allées et venues.

Puisqu'elle ne le regardait pas, il chercha naïvement à se faire remarquer :

— Merci, petite Ninon, répétait-il à tout propos.

Si bien qu'à leur retour Clara lui dit, moqueuse :

— C'est elle ou c'est toi, l'amoureux transi ?

Comme il claquait sa portière, elle ajouta :

— Dans tous les cas, mission accomplie ! Cette petite te déteste mais… quel foutu caractère ! Tu l'avais mésestimée, elle n'est pas du genre à pleurnicher sur tes pas. Je la crois plutôt capable de t'écorcher vif.

Peter haussa une fois encore les épaules en tournant le dos à Clara. Il était fort mécontent d'elle, de lui et, dans le même élan, du monde entier.

Le soir même, Clara revint à la charge.

— Parle-moi donc un peu de cette petite.

— Non.

— D'où vient-elle ? Qui sont ses parents ?

— Tu n'as qu'à le lui demander.

A quelques jours de là, madame de Carlon invita Peter et Clara à dîner.

Ninon présentait les plats où embaumaient quelques-unes de ses spécialités. Clara s'émerveillait, tandis que Peter ponctuait chaque service de compliments appuyés. Vers la fin du repas, comme Ninon servait le dessert, Clara, que la jeune fille intriguait de plus en plus, se mit dans l'idée d'engager une conversation avec elle.

— Avez-vous encore vos parents ?

— Oui, madame.

— Où demeurent-ils ?

— Au village.

— Vous les voyez donc souvent ?

— Jamais.

Clara marqua un temps de surprise et continua :

— Que fait votre père ?

— Tout le monde vous le dira, c'est l'ivrogne du village.

Ninon s'en alla à pas mesurés.

Quand elle reparut, Clara, inaltérable investigatrice, revint à la charge :

— Vous êtes italienne, n'est-ce pas ?

— Non, madame, française.

— Mais vos parents sont italiens ?

— Mes arrière-grands-mères sont venues du Piémont jusqu'à Mons pour couper la lavande et puis elles y sont restées. Elles vivaient dans des cabanes en bois au milieu des forêts où rôdaient toutes sortes de charbonniers et de bûcherons calabrais. Ils ont fait des petits, comme vous me voyez.

Clara, bien peu instruite du destin des immigrés, ne trouva pas mieux que de demander :

— Et vous ne pensez pas retourner vivre en Italie ?

Ninon marqua un temps d'arrêt, et, en guise de réponse, regarda Clara de ses yeux splendides où brillait l'incendie récemment allumé.

— Vous vous plaisez ici ? reprit celle-ci.

— J'y suis née.

— Je veux dire, au château ?

— Je n'y suis pas née.

Puis, exaspérée, Ninon emporta une pile d'assiettes qui tremblotait.

Revenue dans sa cuisine, elle retrouva sa langue provençale pour laisser éclater sa fureur. Seule la présence de Peter lui avait donné la force nécessaire pour maîtriser encore plus d'insolence à fleur de lèvres. Elle tournoya quelques instants entre table et fourneau puis se calma en imitant l'intonation et l'accent de Clara :

— Vous êtes italienne, n'est-ce pas ?

Peter et Clara montèrent dans la Jaguar qui s'éloigna aussitôt. Peter était furieux :

— Tu vas laisser cette gamine tranquille ?

— Je ne fais rien de mal, je lui pose simplement quelques questions auxquelles, je te le rappelle, tu as, toi, refusé de répondre. Cette gamine, comme tu le dis si bien, me passionne et j'aimerais mieux la connaître. Elle a un tempérament du feu de Dieu ! J'aime ses réponses insolentes. As-tu vu ses yeux ? Terribles ! Magnifiques mais terribles ! Elle me dévorerait toute crue si elle le pouvait !

— Ne vois-tu pas qu'elle souffre ?

Clara se tourna vers Peter et lui passa le dos d'un de ses doigts sur la joue.

— Pauvre petite chose !

Elle dit cela si bizarrement qu'on ne savait plus, de ce fait, qui était la « pauvre petite chose ».

Le dimanche qui suivit, madame de Carlon partit de bon matin avec Peter et Clara.

— Je vais à Monte-Carlo, dit-elle à Ninon avant d'ajouter, magnanime : Je rentrerai tard, si tu le veux, tu peux aller chez Joséphine.

Ce n'était que le petit matin, mais déjà Marius et Yvon allumaient le four pour cuire le pain. Yvon déposa sous la voûte de pierre des brassées de brindilles de futaie puis des cepouns d'oliviers qui donneraient une braise quasiment éternelle. Toujours tenté de se faire remarquer, Yvon y allait de bon cœur. Dans son désir d'épater Marius, il en faisait beaucoup trop. Soudain, il heurta le pilier d'un grand coup de bûche maniée sans précaution.

— Doucement, petit couillon, hurla Marius, tu vas me dégandiller le four !

Et son pied leste s'en alla cogner le derrière d'Yvon.

Le gamin s'éloigna d'un pas, frotta l'impact du revers de sa main et revint se mettre à l'ouvrage. Marius et Bernard avaient la rudesse des campagnes, la gifle facile et le verbe haut. Depuis qu'il était avec eux, Yvon, tout d'argile brute, attrapait des roustes cinglantes plus souvent qu'à son tour. Mais, comme Ninon dans la procession des moissonneurs, il avait trouvé sa place et, instinctivement, il provoquait le coup qui lui rappelait, avec bonheur, qu'on tenait beaucoup à lui.

L'aïeul surveillait la montée en chaleur pendant que Joséphine et Ninon préparaient la pissaladière et le gratin de courges qui cuiraient après le pain.

Puis elles brassèrent une dernière fois la pâte qu'ensuite Joséphine mit en boules toutes semblables, sans mesure ni balance, juste à l'œil et au poids sur la main.

Alors arrivèrent Jules, le musicien qui aimait autant son public que l'odeur du pain, et Françoise avec, dans son panier, une pièce de porc. Dans leurs pas, Virginie accourut, suivie de la brouette de Josette, toute cahotante sous le poids de la pâte prête à cuire.

Comme la journée était belle, elles s'assirent dans les tourbillons légers de fumée, sur l'herbe encore sèche de la fournaise de l'été. Joséphine, enceinte, resta près de Fanny et crocheta avec elle. Yvon partit derrière les chasseurs et les chiens. Les voisines papotaient. Une cigale attardée grinçait au creux d'un chêne.

Ninon s'étendit sur l'herbe, ferma les yeux et chercha en vain une sorte de répit, comme une hébétude salutaire qui l'empêcherait d'endurer son supplice. Joséphine l'observait par petites touches par-dessus son crochet : « Elle maigrit, cette petite, pensa-t-elle. Bientôt il ne lui restera sur les os que la peau et les cheveux. Elle souffre mille morts. Je me suis trompée… »

Ninon se retourna face à la mer, vers l'infini, afin que personne ne voie les larmes qu'elle sentait perler. Elle en avait l'habitude, chaque fois qu'elle laissait aller son corps, le chagrin en profitait pour s'en échapper.

Quand le four fut bien chaud, l'aïeul ouvrit la porte. Les miches s'enfournèrent une à une et, plus tard, le rôti puis le gratin. La fumée devenue plus légère fit signe aux tourtes et aux pissaladières d'approcher enfin.

Tandis que Ninon, absente, entassait dans la maie les miches dorées et fumant encore, Joséphine en découpa une et lui tendit sa part. Ninon la repoussa.

C'était pourtant le fruit né du quatrième miracle, celui qui, hier encore, la faisait s'extasier.

Chacun repartit chez soi en vitesse, la miche chaude dans le tablier relevé, les plats brûlants dans les paniers.

Lors d'un autre voyage en Jaguar vers les falaises de Monaco, Ninon, mélancolique et désœuvrée, errait dans le château, lorsque Pilar lui demanda :

— Mignonne, ne pourrais-tu pas venir m'aider à faire le ménage chez Peter, les lits surtout. Aujourd'hui, j'ai le dos, peuchère, que si je le plie, je ne pourrai jamais le redresser.

Ninon la suivit en papotant, le cœur battant tout de même, et entra pour la deuxième fois dans le mas des Oliviers.

Elle eut la même impression de quiétude et de beauté.

— C'est calme par ici, dit-elle, pour dire quelque chose.

— Voueï, un peu moins ces temps-ci qu'il y a Clara avec lui. Mais attendons un petit peu qu'un clou chasse l'autre. Ce n'est pas encore celle-là qui gagnera.

— Qui gagnera quoi donc ?

— Peter, pardi ! Elles sont toutes après lui comme les guêpes sur le sang. C'est qu'il est beau, mon Pedro… Et riche surtout, il ne faut pas l'oublier. Paraît qu'il vend ses livres dans le monde entier... Vé, même en Chine à ce qu'il dit... Et sais-tu, petite, que pas plus tard que cet été, la reine d'Angleterre lui a serré la main et l'a félicité ?

Ninon en resta bouche bée.

Elles entrèrent dans la cuisine où Pilar, en verve, continua son discours tout en frottant la vaisselle :

— Il n'y en a pas une pour le comprendre...

Elle resta muette quelques instants puis reprit :

— Un écrivain, ça écrit dans sa tête avant d'écrire sur le papier. C'est simple à comprendre, non ? Et d'écrire dans sa tête, c'est autant de travail que d'écrire sur le papier...

Elles entrèrent dans la chambre de Peter, et Ninon fut émerveillée en la découvrant si belle.

Elle fit le lit en silence. Rien, dans cette chambre, ne témoignait de la présence de Clara. Pas une babiole de femme, pas une trace de maquillage sur les taies. Elle en fut satisfaite et ne put s'empêcher de s'en assurer :

— Clara ne dort donc pas là ?

— Sûrement pas ! Chacun chez soi, ici, c'est la loi ! Mais ça ne doit pas tout de même les empêcher de se retrouver !

Et Pilar ricana doucement tandis que le cœur de Ninon se remettait à saigner.

— C'est dans sa chambre qu'il finit d'écrire dans sa tête juste avant d'écrire sur le papier. Dans son lit, sur la terrasse, assis sur le petit escalier...

Pilar parlait toute seule, en s'emballant comme chaque fois qu'elle évoquait son Pedro.

— Ce qu'il écrit ne vient pas du ciel, il y a pensé toute la nuit, la veille aussi, devant le feu, en se promenant, en regardant la mer... Et toutes ces femmes à la pétard de Dieu qui ne veulent pas le comprendre et qui se collent à lui, le saoulent de paroles, l'obligent à s'habiller, à se remuer... Ecoute bien, je m'en vais te faire rigoler... Des coquines, des sages, des mariées, des divorcées, des jeunes et des moins jeunes, toutes les femmes de la terre sont passées par ici. Tiens, la première s'appelait Simone, je crois. Belle oui, mais pistachière encore plus. Pour lui plaire, pendant qu'il écrivait, elle se mettait toute nue sur la chaise longue, sur la terrasse, juste devant son bureau. « Est-ce que je t'inspire ? » qu'elle demandait. Elle l'a inspiré deux mois, rigola Pilar en clignant de l'œil, mais lui, à ce jeu, n'a pas écrit une seule page... Une autre, Monique, se tenait tranquille le matin, mais l'obligeait à sortir tous les après-midi : « Tu n'écris pas, alors viens avec moi ! J'existe, tout de même ! » disait-elle... Alors, brave, il l'accompagnait. Et le lendemain, comme il n'avait pas pu écrire dans sa tête, il n'avait rien à écrire sur le papier... Une autre, une vraie pintade celle-là, tournait autour de son bureau sur la pointe des pieds... Une Américaine aussi, une tempête de fin du monde qui lui faisait des scènes en cassant ma vaisselle : « Tu ne t'occupes pas de moi... Je m'ennuie à mourir ! » Et puis j'oubliais la Jacqueline, bien entêtée, mielleuse et pégueuse comme une tranche de ruche et qui n'en veut qu'à son porte-monnaie...

Pilar se tut un moment et reprit d'une petite voix attendrie qui alerta Ninon :

— Pourtant, une Allemande que j'aimais bien, Lisa qu'elle s'appelait, a bien failli rester. Elle était très intelligente et savait vivre sa vie de son côté. Elle travaillait pour un journal et, le reste de son temps, elle allait à la plage, au cinéma, rôdait ici ou là et lui fichait la paix. Quand elle revenait, Peter était content, son livre avait bien avancé, et ils prenaient enfin du bon temps tous les deux. Peter l'aimait bien.

— Et alors ? demanda Ninon, angoissée.

— Un jour comme les autres, elle est partie à Nice pour s'y baigner mais, coquin de sort, elle n'est pas revenue ! Elle est restée là-bas... Sans doute avec un gentil monsieur rencontré sur les galets ?

Ninon éclata de rire, soulagée.

Pilar, très soucieuse du bien-être de Peter, fit des yeux le tour de la chambre pour s'assurer que le ménage y était parfait. Elle tira un peu sur la courtepointe, effaça un pli, tapota l'oreiller. Comme elle fermait les rideaux, elle ajouta en soupirant :

— Il y en a eu encore une autre… Elle s'appelait Gabrielle, comme l'ange. Elle l'adorait et faisait tout ce qu'il voulait. Hélas, la pauvre petite n'avait que deux idées en tête, se faire épouser et faire des enfants. Elle complotait en secret des plans pour agrandir la maison !

— Alors ? demanda Ninon, qui n'en pouvait plus de suivre les forfaitures de ce Peter inconnu.

— Alors Peter ne veut pas d'enfants. Il dit qu'il les aime trop pour les jeter de force sur la terre. Viens par ici, mignonne, le plus gros reste à faire !

Ninon, atterrée, suivit Pilar sans un mot, et elles entrèrent dans la chambre de Clara où régnait un désordre invraisemblable. Pilar fit la chasse aux verres, aux bouteilles et aux cendriers improvisés. Ninon, elle, ramassa les robes, les slips, les bas, qui traînaient sur le sol, fit le lit en silence puis demanda :

— Et celle-là, Clara ?

— Boù Dioù, celle-là, c'est un drôle de numéro ! C'est une vieille copine à lui ! Elle est brave, pour ça oui, et tranquille… Mais son problème à Clara, comme tu peux le voir, c'est qu'elle ne boit jamais d'eau. Si on la laissait faire, même sa salade, c'est au whisky qu'elle la laverait ! Quand ça lui prend, elle peut s'en aller rouler sous la table aussi bravement qu'un homme. A mon avis, il va la remettre bientôt dans l'avion… Que veux-tu, petite, les écrivains ne sont pas des gens comme les autres. Ils vivent des vies qu'ils inventent dans des pays qui n'existent pas, alors, bien entendu, ils en oublient la réalité. Pour s'entendre avec eux, il faut s'occuper de son côté et leur ficher la paix.

Elles entrèrent dans la salle de séjour.

— C'est là qu'il se met pour écrire sur le papier, expliqua fièrement Pilar en désignant le bureau.

Elle tapota une pile de feuilles manuscrites :

— Vois, son prochain livre est là.

Ninon se pencha sur la première page, tenta de lire le premier mot. Il était écrit en anglais. Le deuxième aussi…

Elle releva la tête, incrédule :

— Il écrit en anglais ?

— Té, pardi.

— Mais... chez madame de Carlon, j'ai vu plusieurs livres de lui qui étaient écrits en français ?

— Traduits bien sûr ! Dans toutes les langues, je te l'ai déjà dit.

Ninon posa la main sur la pile de feuilles pour empêcher son corps de basculer. Elle entendit très nettement la voix de Peter qui disait : « Continuez, petite Ninon, et peut-être qu'un jour vous écrirez les livres que je vous dicterai. »

Hagarde, elle répéta la phrase à haute voix en regardant une Pilar, surprise, qui souriait encore.

Ninon fit un effort, mais, s'ajoutant au reste de sa peine, le coup la frappa si fort qu'elle glissa à terre et perdit connaissance.

Son Peter, son soleil, avait complètement disparu.

18

Et l'hiver se passa dans la morosité.

Il y eut plusieurs fêtes sur la terrasse de Peter, que Ninon ignora en fermant sa fenêtre, la tête sous l'oreiller.

Il y eut maintes heures de ménage au mas des Oliviers, que Pilar fit, le dos brisé, sans jamais plus demander à Ninon de l'aider.

Il y eut un plein bon Dieu d'olives superbes et grasses, que Ninon cueillit à s'y blesser les mains sans savoir que, de la marche d'escalier où il s'asseyait pour rêver, parfois, Peter la regardait.

Il y eut de nombreuses lettres enflammées signées d'Abel, auxquelles Ninon répondait.

Il y eut une multitude d'invitations à prendre le thé que Ninon servit consciencieusement, paupières relevées sur des yeux sans lumière qu'elle n'avait plus la force de cacher.

Ninon écrivait à Abel une lettre tendre dans laquelle elle parlait des petites feuilles vert tendre qui commençaient à poindre au bout des branches et des amandes déjà grosses comme des glands qui promettaient tant d'être belles. Et, bien sûr, de la pleine lune nacrée qui, hier à minuit, éclairait la forêt.

« J'attends avec impatience que commencent les grandes vacances. Cette année, comme promis, dès que tu seras là, nous irons voir la mer ! Je me suis procuré les horaires de car et de train… »

Elle l'embrassa des millions de fois, puis elle signa avec un gros soupir. Ecrire à Abel lui faisait toujours du bien. Elle posa son stylo à bille et s'immobilisa soudain.

Le mois de mai arrivait à grands pas, et Ninon cherchait à se souvenir. C'était bien au mois de mai que Peter était parti l'an passé. Elle n'avait pu l'oublier. Mais elle ne se souvenait plus si c'était en son début ou à sa moitié... A sa fin peut-être ?

Durant ces derniers mois où elle s'était crue guérie à jamais, elle avait su rester indifférente aux allées et venues d'un Peter diabolique qui n'était pas comme elle l'avait rêvé.

Mais, depuis quelques jours, imaginant son absence, tout son chagrin s'en revenait plus fort, plus violent que jamais.

Une larme encore, la dernière, promit-elle, tomba sur le bas de la lettre destinée à Abel et fit une petite cloque sur le papier.

Les derniers jours d'avril arrivaient seulement et il faisait déjà chaud comme en plein été. Dès que l'on sortait de l'ombre, du plomb fondu semblait tomber du ciel pour vous brûler la peau.

Abel, tout guilleret, revint à ce moment-là, alors que personne ne l'attendait.

Ninon, qui le vit arriver, ne le reconnut pas tout de suite tant il s'était transformé. Certes, sa silhouette frêle avait gardé toute sa délicatesse mais elle s'était étirée de tous côtés. Cependant, à le regarder mieux, il s'agissait bien du même Abel, toujours aussi mouvant, impatient et vulnérable. Il courut vers Ninon et l'enlaça. Elle fut surprise par cette étreinte trop profonde pour être celle d'un enfant. Mais Abel n'était plus un enfant : pour lui aussi, six mois avaient passé, qui l'avaient fait devenir un petit mâle romantique et exalté, tout entier habité par Vénus, inspiratrice autant que mère de volupté.

Ninon le repoussa gentiment et lui demanda :

— Comment as-tu fait ? Ce n'est pas encore les vacances ?

— Ma tante a dû partir soigner sa pauvre mère et j'en ai profité pour lui arracher la permission de venir vous voir.

Bien qu'il n'en parlât jamais, Abel était un élève brillant dont les devoirs, toujours très bien notés, ravissaient la tante Denise. Le soir, elle les lisait à mi-voix en s'appliquant à bien comprendre chaque mot. La bougie blanche s'enfonçait profondément dans ses cascades laiteuses quand elle se décidait enfin à poser le cahier.

— Ce petit tout de même... qui aurait imaginé ?

La nuit commençait à peine à tomber. Autour de la table, Ninon, Abel et Yvon compulsaient l'horaire des cars et celui des trains. Ils coordonnaient à mi-voix les heures de départ et d'arrivée, cherchaient une plage proche d'une gare ou une gare proche de la mer et se perdaient dans les méandres d'un univers qu'ils ignoraient. Abel, un crayon à la main, entreprit d'additionner la durée des parcours en car avec celui du voyage en train, puis il ajouta précipitamment le temps perdu aux correspondances qu'il avait oublié. Il s'exclama :

— Trois heures et demie ! Pour le moins ! Croyez-moi, on aurait aussi vite fait d'y aller à pied ! Regardez donc par la fenêtre, la mer est juste devant. Il n'y a qu'à descendre la pente, comme les coucourdes le font !

— On aura juste le temps de la regarder et de repartir, se lamenta Yvon.

Joséphine, qui tricotait en les écoutant, leva le nez de son ouvrage pour dire gentiment :

— Demandez donc à Peter de vous y emmener, j'ai entendu dire qu'il allait à Menton demain, avec Clara.

Yvon, amoureux de la Jaguar, leva les bras au ciel en signe d'enchantement. Il chercha Menton sur la carte, l'ayant découverte, il s'exclama :

— C'est juste à côté de l'Italie ! Quel voyage, bonne mère ! Je cours lui demander de nous emmener !

Abel resta plus discret. L'incertitude de l'équipée sans mentor à travers une Provence inconnue promettait d'être une aventure dont cet arrangement allait le priver.

Ninon demeura silencieuse. Cela faisait une semaine qu'elle luttait avec madame de Carlon pour obtenir ce jour de liberté. En y parvenant, elle avait chanté victoire... Pouvait-elle y renoncer au seul nom de Peter ? Elle ne dit rien et s'apprêta à se recroqueviller tout entière sur elle-même pour ne pas laisser apparaître, demain, sa misère.

Au petit matin donc, Clara et Peter emmenèrent les enfants en voiture jusqu'à Menton. Serrés sur la banquette arrière, Yvon et Abel s'approprièrent les fenêtres en laissant Ninon, indifférente, au milieu.

Elle laissa aller sa tête sur le dossier et ferma les yeux pour ne pas voir dans le rétroviseur le visage de Peter qui conduisait. Parfois, celui-ci y jetait un regard, pour une manœuvre ou pour observer une Ninon qui l'inquiétait. Une Ninon triste. Non, plus que ça, une Ninon résignée.

Elle aurait aimé s'assoupir, mais les cris des garçons, qui s'exclamaient à chaque instant pour des riens, la troublaient. Yvon, qui se retrouva très vite du côté de la montagne, se coucha sur elle pour regarder la mer de l'autre côté.

— Tiens, prends ma place, proposa Ninon, se libérant ainsi du rétroviseur indiscret.

Elle jeta tout de même un œil ébahi sur la baie de Cannes, sur celle de Villefranche, et s'étonna de l'immensité des villes, de la beauté, de l'infinie splendeur des corniches et des falaises de Monaco.

Peter arrêta sa Jaguar aux abords d'une petite pinède du cap Martin. Les effluves grisants de la résine des pins maritimes surprirent Ninon et Abel qui pensaient pourtant avoir tout absorbé des parfums des sous-bois. Ils s'assirent face à la mer scintillante et se régalèrent en silence du pique-nique préparé par Joséphine. Yvon, impatient, se leva pour explorer l'endroit ; Clara, pour sa part, photographiait la mer et les bateaux.

Peter, assis à la droite de Ninon, s'appliquait à lui détailler les différents aspects de la côte qui s'évasait voluptueusement jusqu'à disparaître au loin vers l'Italie. Ninon écoutait en silence tandis qu'entre deux photos Clara s'exclamait.

Abel, assis à la gauche de Ninon, tendait l'oreille. Alerté par des signes auxquels seuls les amants savent donner un sens, il flairait en Peter un rival. A la douceur qu'il y avait dans sa voix, à la douceur qu'il y avait dans ses yeux.

Alors, il l'observa plus attentivement jusqu'à découvrir des tempes trop lisses qui montaient haut sur le front et un sillon qui courait tout le long de la joue. Signes, on ne peut plus probables d'une décrépitude avancée qui le rassura. Ce type était trop vieux pour plaire à Ninon.

Cependant, instinctivement, pour dénoncer son existence et affirmer sa primauté, il troubla ce moment d'échange charmant en glissant son bras autour de la taille de Ninon et en chuchotant une niaiserie à son oreille.

— Qui parle bas parle mal, dit Yvon qui passait par là.

Peter, lui, eut un imperceptible mouvement d'humeur dont il se sentit aussitôt blâmable. Agacé, il se leva et donna le signal du départ.

Quand ils arrivèrent sur la longue et douce plage de Menton, les enfants avouèrent naïvement qu'ils n'avaient pas de maillot de bain mais que peu importait puisqu'ils ne savaient pas nager.

Clara s'en émut : elle fouilla dans son sac et en sortit un petit bikini qu'elle donna à Ninon, pendant que Peter allait acheter deux slips de bain pour les garçons.

Ninon, après un féroce face-à-face avec Clara, accepta de mauvais gré d'enfiler ce semblant de maillot qui, pour la première fois, exposait au grand soleil son ventre laiteux. Elle avait pourtant un corps gracieux bien qu'il semblât lié à ses membres hâlés de campagnarde comme ceux des poupées en chiffon blanc s'attachent aux bras de porcelaine rose. Elle demeura quelques instants debout, fière et farouche devant Clara alors qu'elle était, en réalité, empêtrée dans sa nudité et persuadée de sa laideur.

C'est ainsi qu'en revenant Peter la surprit : presque nue devant lui et violentée par une mode qui ne lui ressemblait pas. Dès qu'à son tour Ninon l'aperçut, elle se détourna et se recroquevilla à croupetons, les genoux sous le menton, et se mit à regarder fixement la mer.

Sans attendre, les garçons s'égaillèrent tout le long de la limite des flots en jouant à se rouler dans le sable et les embruns. Puis ils vinrent vers Ninon, la saisirent chacun par une main pour l'entraîner jusqu'aux premières vagues.

Bien que l'eau descendît lentement, longuement avant d'être réellement une mer, Peter et Clara leur recommandèrent fermement de ne pas y pénétrer pendant leur absence. Puis ils s'éloignèrent vers la ville.

Aussitôt, Ninon redevint elle-même et accepta de se réjouir de toute cette nouveauté, de toute cette merveille de liberté, d'espace lisse, scintillant et mouvant, si différent de la rondeur sage de ses collines. Abel la poursuivait, l'aspergeait, la renversait, la tirait par les pieds, complètement absorbé par ces jeux ambigus où l'homme se mêlait à l'enfant. Là où la mer s'étalait doucement, il enlaça Ninon et roula avec elle en se laissant emporter par la dernière vague.

Quand, une heure plus tard, ils revinrent vers la plage, Peter et Clara s'arrêtèrent un instant à quelques pas derrière les adolescents.

Abel veut faire tomber Ninon qui résiste, il se rapproche, l'enlace, tente de l'immobiliser. Ils se tiennent serrés et luttent en riant. Abel, que ce jeu enflamme, met sa tête dans le cou de Ninon et l'embrasse furtivement. Ninon se recule mais ne semble pas fâchée.

— Viens, dit Peter à Clara.

Ninon le voit, se paralyse, s'ankylose, s'éteint brusquement. Désormais incapable de jouer, elle sort de l'eau et se précipite sur le sable à quelques pas de lui, le plus loin qu'elle puisse le faire sans être impolie.

Peter s'assoit sous un parasol, tandis que Clara s'éloigne vers les cabines pour se changer.

Peter regarde Ninon à demi allongée. Elle est devant lui, un peu sur le côté. C'est sans doute la première fois qu'il peut la contempler à loisir sans qu'elle se dérobe. Son regard la découvre doucement. D'abord le profil qu'il distingue à peine puisqu'elle tourne la tête. Il ne voit nettement que le cœur qui bat à la veine du cou et quelques boucles sur la nuque. Son regard flotte sur les épaules et s'y attarde de mauvaise foi puisqu'il sait très bien où il veut aller. Il cède enfin et descend, confus, jusqu'à la poitrine pour s'y complaire indéfiniment. Le maillot qui palpite sur la rondeur légère le surprend. Troublé par cette féminité à fleur de peau, Peter ferme les yeux. Quand il les ouvre, Ninon a posé sa tête sur le sable. Peut-être dort-elle ? Il regarde encore, pas fier de ce plaisir volé mais subjugué par la brèche moelleuse que forme la taille et la peau de lait au creux du ventre.

Soudain, un trouble qu'il connaît bien le surprend et, stupéfait, il se lève précipitamment alors que Clara revient à peine, à moitié nue elle aussi, mais désinvolte, superbe et bronzée.

— Où vas-tu ?

— J'ai trop chaud, je vais prendre un thé glacé. A tout à l'heure.

Peter s'installa sous une tonnelle en bordure de la plage et, de là, il observa la scène. Clara tenait Yvon sous le menton pour lui apprendre à nager. Abel revint vers Ninon, s'allongea près d'elle, et, pour la réveiller, il la chatouilla et lui donna des petits coups de pied.

« Petit crétin ! »

C'était lui, Peter, qui avait dit cela sans pouvoir s'en empêcher. Un Peter effaré, terrifié par ce qui venait de lui arriver.

Sur le chemin du retour, aux premiers tours de roues, Yvon s'effondra sur l'épaule de sa sœur et s'y endormit. Peu après, Ninon s'assoupit à son tour, comme lui saoulée par le vent de la mer. Seul Abel, nerveux, resta éveillé. Il entama une longue conversation avec Clara dans laquelle, peu à peu, il se livra tout entier. Il avoua vouloir devenir poète et écrire des chansons. Il leur récita, toujours avec l'absolue simplicité que lui conférait son talent, son dernier poème étrangement appelé « Mémoires d'enfance ». C'était un quatrain joliment tourné où, sans vergogne, il glorifiait Ninon et les beautés de la Roque Esclapon. Enfin, il confia qu'il allait se louer tout un mois pour gagner de quoi s'acheter un harmonica. Clara, bonne fille, s'émut à l'idée qu'on doive travailler autant pour acheter une babiole. Elle demanda, en anglais, à Peter de s'arrêter à Nice devant le magasin approprié. S'ensuivit alors une discussion acharnée pendant laquelle Peter tenta de lui faire comprendre que, sans doute, Abel préférait ne devoir son harmonica qu'à lui-même. Clara protesta qu'Abel aurait toute la vie pour ne devoir son plaisir qu'à lui-même. De guerre lasse, Peter arrêta sa Jaguar le long d'un quai pour laisser partir Abel et Clara à travers les ruelles du port.

Peter se retourna et s'accouda à son siège pour regarder dormir Ninon. Elle était toute proche, à portée de sa main, candidement abandonnée dans un lourd sommeil d'enfant. Elle avait son chignon défait, la joue cramoisie de soleil, les mains au creux de la jupe et du sable accroché aux genoux. Il ne réfléchit pas, il tendit le bras et, comme pour lui faire une promesse, il posa sa main sur elle.

Clara entra dans le salon où Peter dormait encore. Il s'y était endormi tout habillé au milieu de la nuit, un peu ivre et sans avoir la force de rejoindre son lit.

Elle le regarda. Il était allongé, débraillé, en travers du divan et ses cheveux emmêlés traînaient sur son visage.

Il était dix heures du matin déjà et elle avait une folle envie de lui dire la bonne nouvelle.

— Peter ?

Peter soupira, s'étira et reprit pied lentement. Par la fente de ses paupières, il observa Clara qui naviguait d'un bord à l'autre du salon, impatiente et très excitée. Lui, se sentait fatigué, à bout de certitude, sans plus de talent, sans plus de rêve, prêt à tout laisser tomber.

— Sais-tu que David et Chris sont à Monte-Carl' ? Figure-toi qu'ils repartent en Angleterre après-demain matin, comme nous. Mais, cette fois-ci, ils s'en vont en voiture par les petites routes de Bourgogne et de Champagne. La route des vins, cela s'appelle. Avec des étapes réputées dans des coins splendides. Figure-toi qu'ils m'ont donné une idée formidable ! Et si nous partions nous aussi en voiture pour faire ce fantastique voyage avec eux ?

Peter ne répondit pas. Il s'était levé et remettait lentement de l'ordre dans sa tenue :

— Si tu le veux bien, nous reparlerons de ça plus tard, je vais prendre une douche pour me réveiller.

Clara le suivit des yeux. Elle ne lâcherait pas prise. Quelque chose lui disait que ce n'était pas la petite mais bien Peter qu'il fallait sauver.

Ils déjeunèrent ensemble sur la terrasse et sous l'ombre légère des feuilles nouvelles du mûrier. Peter, maussade, n'ouvrait la bouche que pour grignoter, et Clara se plaignait de ce silence lorsque Pilar passa devant eux, un balai à la main :

— Alors, les amoureux, c'est une heure pour prendre son petit déjeuner ?

Sa bouche riait mais ses yeux ne riaient point. Elle chercha à atteindre le regard de Peter et lui dit :

— Viens voir un peu par là, Pedro, j'ai quelque chose à te dire qui ne peut pas attendre.

Peter se leva et la suivit jusqu'à la pointe de la première restanque, à l'abri d'un olivier.

— Qu'est-ce qu'il y a donc, Mama ?

— Il y a qu'il te faut partir en vitesse parce que si tu attends encore j'en connais une qui va crever et que ce serait bien dommage. Et, s'il te plaît, ne me demande pas qui c'est !

Elle grondait, elle était furieuse.

— Pourquoi ? Que s'est-il passé ?

— Il s'est passé que je viens de la voir au pied de l'escalier. Ce n'est plus la belle fille qui commençait à tourner la tête à tout le canton. On dirait une estoquefiche qui a passé trop de temps au soleil, toute décomposée. Un fantôme de fantôme. Peuchère, si tu ne t'en vas pas, c'est elle qui va s'en aller. Là-haut.

Elle leva les yeux au ciel et se signa. Peter s'adossa à l'olivier et cacha son visage troublé dans ses mains.

— Laisse-la tranquille, mon petit ! Quand tu seras loin, il y aura bien un jeune de par ici qui saura la charmer et lui changer les idées… J'en connais tout un moulon qui ne demanderait pas mieux !

Peter pensa à Abel et ricana intérieurement.

Mais Pilar s'impatientait.

— Si tu ne me crois pas, écoute un peu ce qui s'est passé chez toi quelques semaines après ton retour d'Angleterre.

Et elle raconta, par le menu, le fameux jour où elle avait vu Ninon s'évanouir devant son bureau.

— « Un jour peut-être vous écrirez les livres que je vous dicterai. » C'est bien toi qui lui as dit ce gros mensonge ? Eh bien, j'ai enfin compris pourquoi, chaque jour que le bon Dieu faisait, elle demandait à la patronne de lui faire faire une dictée.

Peter la quitta sans un mot. Il entra dans sa chambre et ouvrit une valise. Il se dégoûtait.

Il partirait et ne reviendrait jamais.

19

Ses affaires enfin prêtes, Peter fumait une dernière cigarette sur la terrasse. Clara allait et venait dans la maison, pimpante et victorieuse.

« Passé Lyon, je parie qu'il n'y pensera plus », se répétait-elle comme pour s'en persuader. Et chaque fois, sa phrase finie, elle soufflait longuement, comme après l'exploit le sportif se rassure.

Peter regarda une dernière fois la montagne du Malay, les collines tout autour et la mer entre les îles et les rochers. Puis ses yeux remontèrent vers les restanques de Marius toutes pleines d'un blé jaunissant. Le soleil pesait de tout son poids sur cette campagne tant aimée, écrasait la petite ferme, s'accrochait aux murs de pierre et aux tourelles du château. Il le distinguait à peine mais il l'imagina tout rose sous les rayons de midi. Il partirait sans faire ses adieux à madame de Carlon parce qu'il ne trouvait pas en lui la force nécessaire pour aller papoter avec elle ni pour l'entendre s'exclamer. Il lui écrirait ses regrets. Il n'avait surtout pas le courage de rencontrer une Ninon livide au pied de l'escalier.

Il descendit sur la berge et vagabonda en trébuchant car ses yeux s'embuaient de tristesse. Il ricana. Il se mentait. Il s'imaginait être désolé de devoir partir par la faute d'une gamine en oubliant que, jusqu'ici, tous les ans à la même époque, il s'en allait ravi.

Il se mentait. Il était amoureux et il le savait. Amoureux comme à quinze ans. Amoureux de l'incroyable, de l'inaccessible, de l'intouchable.

Amoureux comme il en rêvait.

Alors, pourquoi ne pas rester ?

Hélas, il se connaissait trop bien. Un libertin, un homme tout juste bon à déshonorer Ninon.

« Pilar a raison, foutons le camp. »

Il se moucha, soupira et releva la tête.

Allons, demain tout serait fini. Comme l'affirmait Pilar, il y avait dans les environs toute une nuée de morveux qui sauraient bien la consoler et puis la séduire et la faire rayonner comme lui-même savait si bien le faire. Et, piteusement, de l'imaginer, l'envie lui vint à nouveau de rester.

Il descendit vers la ferme de Marius pour saluer ses amis, laisser un peu d'argent, embrasser les petits.

Toute la famille déjeunait sous la treille. Joséphine était grosse à éclater. Quand elle vit Peter arriver, elle lui sourit et dit en tapotant son ventre :

— C'est pour demain. Je le sais, les enfants se font sages quand vient pour eux le moment de sortir !

Peter s'assit près d'elle et murmura :

— Quel dommage, je suis obligé de partir, je ne verrai pas naître le bébé !

— Déjà ?

Joséphine fit un bond et, lourde, manqua de tomber de sa chaise. Elle se redressa pourtant et fila sans dire un mot vers la cuisine. Dehors, Yvon, Lulu et Loulou se frottaient à Peter en le suppliant de rester aux Campestres. Marius les gronda et Bernard essuya sa bouche avant de dire combien il était désolé.

— Peter, venez m'aider s'il vous plaît !

C'était tout ce que Joséphine avait imaginé pour le faire venir jusqu'à elle.

Il entra dans la cuisine, suivi par les enfants qui se bousculaient.

— Fichez-moi le camp ! leur ordonna Joséphine.

Elle les mit dehors de deux ou trois calottes bien appliquées, nerveuse, parce que le temps lui manquait. Elle ne prit pas non plus le temps de prononcer un beau discours. Elle courut droit au but :

— Je vous en prie, ne partez pas, pas encore, pas maintenant.

Il la regarda, étonné. Elle ajouta :

— La petite ne s'en remettra pas. Elle est capable de tout, je le sais.

— Et si je reste ?

— Il lui restera l'espérance, les rêves, je ne sais pas, moi, mais quelque chose de plus que si vous partez.

— Si je pars, elle m'oubliera et...

Il hésita, puis se lança en envoyant au diable sa pudeur.

— Moi aussi, je l'oublierai.

Joséphine le regarda. Il ne la surprenait pas, cela faisait un petit moment qu'elle s'en doutait.

— Elle, elle ne vous oubliera jamais.

Ils se regardèrent. Dans ses yeux, Joséphine lut ses doutes, ses scrupules, et haussa les épaules.

— Quoi qu'il lui arrive plus tard par votre faute, ce ne sera pas pire que ce qu'elle endure en ce moment. Je la connais, dans quelques années, elle tiendra tête au monde entier. Mais aujourd'hui, c'est trop tôt. Elle a l'air grande comme ça, mais ce n'est encore qu'une toute petite fille...

Peter prit Joséphine dans ses bras pour la remercier. Elle venait de lui dire ce qu'il pensait confusément et, surtout, exactement ce qu'il attendait. Il l'embrassa sur la fine ride que le soleil avait creusée sur son front.

Mais il hésitait encore. Il déambula de la fenêtre à la porte, s'immobilisa comme un athlète avant de s'élancer, puis revint vers elle à grands pas :

— Hier, Pilar, au contraire de vous, m'a demandé de partir au plus vite en affirmant qu'ainsi tout allait s'arranger.

Et il avoua tout, la consolation imminente de Ninon par la bande de morveux et même, très gêné, la promesse qu'il lui avait faite de lui dicter ses livres.

Joséphine haussa encore les épaules :

— Pilar ne pense qu'à vous et, jalouse, elle vous protège des femmes. Moi, je pense à Ninon et, prudente, je la mets à l'abri des morveux.

Elle se mit à rire puis elle s'effondra sur une chaise. Soudain, elle porta ses mains à son ventre et dit calmement :

— Sainte mère de Dieu, je crois que je vais le faire à présent. Toute cette histoire m'a tant tourneboulée !

Peter voulut aller chercher de l'aide, mais Joséphine le retint par la manche pour ajouter sévèrement :

— En attendant, arrangez-vous pour faire la paix.

Il n'était jamais arrivé que Peter se présentât si tôt au château de Carlon, bien avant l'heure du thé. C'est pourtant ce qui se passa ce jour-là. Ninon, qui vint ouvrir la porte, s'étonna de le voir, et plus encore de le voir seul. Elle leva machinalement la tête pour lire une explication dans ses yeux.

Peter sourit :

— Hello, Ninon. Ne cherchez pas, Clara est repartie en Angleterre avec des amis.

Ninon laissa fleurir un demi-sourire sur ses lèvres puis l'avala aussitôt. Sans un mot, elle conduisit Peter jusqu'au salon et disparut dans sa cuisine. Elle en revint quelques minutes plus tard avec une carafe et une bouteille de sirop.

Madame de Carlon était aux anges. Elle serrait ses mains contre sa poitrine douillette en s'exclamant :

— Quel plaisir vous me faites là ! Quel bel été nous allons passer en votre compagnie ! Je regrette pourtant que Clara ne soit plus ici pour vous obliger à sortir de chez vous et vous emmener découvrir tous les endroits splendides de la côte…

Ninon ne fut pas sûre d'avoir bien compris ce qu'elle venait d'entendre. Elle prit tout son temps pour disposer les verres, la carafe étincelante et les petits gâteaux.

— Eh bien oui, répéta Peter à son intention, comme rien ne m'appelle en Angleterre, j'ai décidé de passer l'été aux Campestres.

Il jeta un bref coup d'œil vers Ninon. Leurs yeux se croisèrent un instant, éclair furtif de fin d'orage, puis Ninon s'éloigna en tremblant.

Elle s'assit contre la table de la cuisine et se précipita sur la boîte de gâteaux. Elle haletait et son cœur battait la chamade. Elle but un verre d'eau. La boîte de gâteaux était vide déjà. Madame de Carlon allait en faire une maladie, mais elle en ouvrit pourtant une autre en haussant les épaules.

En vérité, Ninon ne savait plus où elle en était. Elle avait passé tout un automne à pleurer un gentil Peter qui n'avait jamais existé, puis un long hiver à souhaiter sa disparition au plus profond d'un enfer effroyable en compagnie de son chapelet de femmes.

Et, chaque jour, à maudire l'heure du thé.

Enfin, le printemps était arrivé, non pas à petits pas mais violemment comme toujours en Provence. Et le mois de mai, le mois du départ et de la délivrance, s'était fait tout proche, pressé d'arriver.

Et depuis qu'il était là et s'écoulait inexorablement, Ninon avait renié, chaque jour un peu plus, toute sa foi et toutes ses promesses. Que Peter fût ange ou démon, peu importait, elle avait besoin de lui. Elle avait beau faire, elle ne pouvait s'imaginer allant et venant sur les restanques désertées et sans lui à l'heure du thé.

Et de voir, l'un après l'autre, les jours disparaître en attendant le dernier, elle s'était sentie mourir à petit feu. Elle ne mangeait plus, se laissait submerger, enfoncer. Cette fois, elle le savait, jamais elle ne pourrait, comme l'an passé, endurer la vertigineuse solitude dans laquelle son départ allait la laisser.

Elle n'avait pas rêvé, il avait bien dit qu'il restait.

Elle laissa tomber sa tête dans ses mains. Et si elle s'était trompée ? Et si Peter était bien comme elle l'avait imaginé ? Tout deviendrait si simple alors. Elle pourrait enfin l'aimer et dormir des nuits sereines après qu'il serait venu à l'orée du sommeil, comme jadis, lui dire bonsoir.

Au moment de partir, Peter attendit que Ninon lui apportât son canotier pour déclarer, désinvolte, à madame de Carlon :

— Je vais profiter de cet été passé en Provence pour tenter d'écrire mon prochain livre en français.

Un bruit confus suivit l'annonce faite à Ninon. Ce n'était rien, seulement son nez qui s'écrasait sur le chambranle de la porte et le plateau chargé de porcelaine qui en profitait pour dégringoler.

Peter rentra chez lui d'un pas vif et gai, bien différent de celui qui, tout l'hiver, l'avait fait se traîner de place en place.

Il se sentait enfin redevenir lui-même. Il en avait fini avec ces enfantillages agaçants, avec sa conscience chiffonnée, avec sa perplexité.

« Elle est à moi. »

La phrase s'échappa de ses lèvres à son insu. Il haussa les épaules en en prenant connaissance. Il était bien temps de se l'avouer. Depuis son retour, il ne désirait que cela : retrouver Ninon, complice, bravache et rayonnante telle qu'il l'avait quittée. Et tant mieux si le temps l'avait rendue belle par-dessus le marché.

Il repensa à son trouble de l'autre jour sur la plage et haussa une fois encore les épaules. Cela n'avait été qu'un réflexe animal qu'il saurait, à l'avenir, certainement éviter.

A présent, il lui suffisait de l'attendre sagement et de l'apprivoiser tout en la regardant grandir. Il sentit monter en lui une fierté de mâle sorti vainqueur d'un combat incertain. Désormais, ils pouvaient tous essayer d'approcher, les Abel ou autres petits sagouins dont Pilar avait parlé.

Il se calma soudain, se renfrogna et, comme l'autre jour, se mit à douter.

Mais qu'allait-il en faire, lui le gâcheur de passion, de cet amour exceptionnel, du plus bel amour dont on puisse rêver ?

Il se rassura. « Pour celui-là, se dit-il, j'inventerai. »

Peter respira profondément et ferma les yeux. Et, sur le fond de cette nuit artificielle, il invita Ninon à venir le rejoindre.

A son bureau, Peter rêvait encore.

Cela faisait trois jours qu'il n'avait pas écrit un mot. Pour une fois, sa belle histoire, au lieu de l'inventer, il se permettait de la vivre. Il se sentait comme à quinze ans quand il guettait des heures entières le passage de Gaby, sa *girl friend*, au détour d'un sentier de son village de Bovey-Tracey. Il évoqua avec bonheur les tortures épouvantables qu'il endurait alors en pensant à elle chaque nuit. Ses ruses pour la rencontrer, ses prétextes pour lui parler...

Depuis quand son cœur n'avait-il plus battu comme aujourd'hui ? Aussi fort qu'en ce temps-là ?

Il se souvint d'un jour d'hiver où, dans la tourmente du ciel, les nuages couraient devant le mistral. Il déjeunait chez Marius et l'on parlait de Ninon.

Joséphine était remontée dans le temps et narrait la première apparition d'une fillette chétive, sale et pouilleuse, que Giuseppe tenait par la main.

— Je n'ai pas voulu d'elle jusqu'à ce qu'elle me regarde droit dans les yeux, fière... non, pas fière... plus que ça !

— Bravache ? avait proposé Peter.

— Oui, avec du soleil plein la tête.

Ensuite, Joséphine avait descendu le temps, de souvenirs en souvenirs, jusqu'au présent :

— Pauvrine, elle qui aime tant la campagne, cela fait peine de la savoir condamnée à passer toutes ses journées, même le dimanche, enfermée au château pour tenir compagnie à une femme qui ne trouve rien à faire de ses dix doigts !

Bernard, l'aïeul, avait ajouté :

— Savez-vous que, dès qu'elle a un moment, tant elle aimerait être avec nous, elle court vite à la fenêtre de sa chambre pour nous regarder travailler ? Peuchère !

Peter imagina Ninon trépignant derrière les carreaux. Il sourit, béat.

Tout était bien, l'amour rend sot.

Sa Ninon. Comment la délivrer, comment lui faire ce premier cadeau, la liberté ?

L'idée lui en vint d'un seul coup.

20

Le dimanche qui suivit, Ninon obtint de madame de Carlon la permission de se rendre quelques instants à la ferme pour embrasser le bébé de Joséphine qui venait de naître.

— Je reviens tout de suite, avait-elle précisé.

Quand Ninon arriva sous la treille, le bonheur et le drame s'y entrechoquaient.

A l'ombre du tilleul, Joséphine berçait du pied son troisième enfant, le petit Paulin, pendant que Marius, assis à la table, semblait désespéré, la tête dans ses mains.

Ninon fit un sourire à Joséphine et approcha doucement de Marius.

— Qu'est-ce qui se passe ?

Marius, confus de ce chagrin qu'il ne pouvait dissimuler, s'éloigna au lieu de lui répondre. Ce fut Joséphine qui lui annonça lugubrement la nouvelle : c'est au moment même où l'on sortait les faux pour les aiguiser, au moment même où Yvon entendait la première cigale chanter, que Marius avait appris que le moulin à farine de Fayence n'ouvrirait pas cette année. Ni l'année prochaine, ni jamais.

Ninon se retourna vers les restanques et balaya les flots d'épis d'un grand geste de la main.

— Et tout ça ?

Marius revint vers elle en bondissant et se mit à hurler en écartant les bras comme pour prendre les restanques à témoin :

— Sais-tu, petite, ce qu'on m'a répondu quand j'ai eu l'audace de parler de mon blé ? Le maire, un paysan cependant, m'a dit : « Ton blé, pour ce qu'il te rapporte, tu en auras autant de profit à le donner aux poules ! » Il a même ajouté :

« Et, nom de Dieu, cesse de nous emmerder ! » Voilà que mon blé emmerde le monde à présent…

Et Marius se laissa tomber sur une chaise en sanglotant.

Ninon replongea en un instant dans la détresse de Pierre le meunier. Elle attendit que son émotion fût calmée avant de murmurer :

— Ils auraient pu attendre la fin de la moisson…

— En galère ! Pour ne pas attendre, ce mange-punaises de maire m'a donné tout un moulon de raisons ! Il me les a envoyées comme les ânes font des pets : la poutre qui soutenait le toit est tombée, il n'y a pas d'argent pour la remplacer, le moulin est trop vieux, il risque de s'écrouler, il n'est plus assuré, il n'y a pas d'argent, surtout pour un moulin qui ne sert à personne, ou à guère, patin, couffin… et qu'il est bien plus facile de fermer la porte et de jeter la clef. Et tant pis pour ceux qui ont eu la mauvaise idée de faire encore venir du blé !

— On ne va donc pas moissonner ?

Personne n'osa répondre.

Ninon se tut. Pas de moisson ? Cela n'était pas possible. Elle ne savait pas encore que faire ni que dire mais elle savait qu'elle trouverait une solution.

Bernard, l'aïeul, regardait son fils pleurer en se demandant s'il n'était pas temps pour lui de quitter un monde sans moulins, sans farine et sans pain.

Ninon avança vers Joséphine, qui lui tendit son fils. Elle prit le bébé dans ses bras et lui murmura :

— T'en fais pas, petit drôle, foi de Ninon, du blé, de la farine et du pain, je trouverai bien le moyen d'en faire encore et encore.

Puis elle s'assit pour rester auprès d'eux. Le silence s'installa. On n'entendait plus que le crincrin des cigales.

Soudain Bernard leva la tête et tapa du poing :

— Il doit bien exister dans ce pays un moulin qui tourne encore, nom de Dieu !

— Celui de Fuveau, paraît-il, près d'Aix-en-Provence, à deux cents kilomètres d'ici, répondit Marius.

— On moissonnera et on ira, affirma Ninon.

— Alors, il faudra y aller à pied ! Ma camionnette ne fera pas la moitié du chemin sans se dégandiller par le milieu.

— On moissonnera et on ira, répéta Ninon, qui ne voulait pas encore prononcer le nom de Peter parce qu'elle n'aurait pas pu le faire sans trembler.

Elle s'attarda encore en oubliant madame de Carlon qui l'attendait pour l'inévitable crapette. Marius s'était un peu calmé et, entre deux poussées de colère, il accepta de faire quelques projets. Il parla d'autres ruches qu'il pourrait installer sur les restanques où ne pousserait plus le blé, d'un laboratoire pour y faire du miel. De la vigne peut-être aussi, qu'on planterait sur le reste des berges. Il s'éclaira, rêva un peu puis s'éteignit soudain. Pour cela, il lui faudrait parler d'acheter des ceps et des ruches à madame de Carlon qui, avare comme elle était, n'accepterait jamais.

Et les cigales reprirent l'avantage. Une, plus hardie que les autres, grinça tout près.

Malgré toute l'allégresse qui allait et venait dans son corps et s'exhalait en bouffées de bonheur, Ninon se sentait triste et vaine.

A présent, Bernard et Marius chuchotaient. Elle n'y prit pas garde parce qu'elle s'amusait à faire sourire le bébé. Pourtant, sans le vouloir, elle entendit prononcer le nom de Peter. Elle tendit l'oreille :

— … et sans tout ce qu'il m'a donné pour les petits, cette année, je n'y serais pas arrivé, disait Marius.

Ninon en fut stupéfaite. La soupe d'Yvon et de Fanny, leurs culottes… peut-être sa robe aussi, elle les devait à Peter ?

Elle revint près de Joséphine et lui demanda à voix basse :

— C'est Peter qui donne des sous pour Yvon et Fanny ?

— Bien sûr, répondit Joséphine, sans cela, nous n'aurions pas pu les prendre ici.

— Et pour ma robe ?

— Ta robe, c'est la moisson qui l'a payée.

Ninon n'entendit pas la suite. Elle était bouleversée. Elle se dirigea vers le mûrier comme si elle partait à la recherche de la cigale effrontée.

Peter nourrissait son frère, l'habillait ? Et Fanny pareillement ? Une tempête de sentiments contraires se déchaîna dans sa tête. Un vent glacé venu du nord parlait de refus, de fierté, un autre, un sirocco de feu, brûlait de reconnaissance, quant au troisième, petit mistralet, il lui chuchotait d'aller simplement remercier.

Ninon attendit de savoir lequel de ces trois souffles allait l'emporter.

Autour de Marius silencieux, le temps pitoyable s'étirait. Elle se pencha sur Joséphine et l'embrassa :

— Madame de Carlon m'attend.

— Alors, contente tout de même ? murmura celle-ci.

Ninon la regarda comme la première fois, il y avait deux ans déjà, avec du soleil plein la tête.

Il était cinq heures quand Ninon entra au château en s'apprêtant à subir un flot de reproches et de lamentations. De lamentations si futiles comparées au drame qui se jouait de l'autre côté du mur qu'elle aiguisa une langue furibonde pour s'y opposer.

Elle entra dans le salon. Point de cris ni de blâmes. Tout était calme. Là-bas, dans son fauteuil, madame de Carlon regardait la télévision.

Ninon resta un bon moment dans l'entrebâillement de la porte en contemplant cette énorme caisse percée d'un écran minuscule où apparaissait une image un peu floue et d'où sortaient des voix inconnues. Elle eut une envie folle de s'avancer et de s'asseoir pour profiter de cette merveille, mais elle y renonça en se disant qu'elle avait mieux à faire.

Ninon avançait d'un pas ferme vers la maison de Peter. Elle voulait, comme elle l'avait décidé, lui demander d'emporter dans sa voiture les sacs de blé jusqu'au moulin de Fuveau.

Elle frappa à la porte et attendit. Elle se sentait galvanisée par l'importance de sa mission et y puisa même l'audace, comme personne ne venait, de frapper à nouveau.

Peter ouvrit la porte. Ninon, si proche de lui en pensée, était pourtant la dernière personne qu'il s'attendait à découvrir sur le devant de sa porte.

Son visage s'éclaira mais il garda son flegme.

— Entrez, Ninon. C'est gentil de venir me voir.

Ninon s'assit sagement. Elle aussi avait décidé de rester distante. Pendant que Peter lui servait un jus d'orange, elle évoqua le spectacle de madame de Carlon devant son poste de télévision.

— Elle ne m'a même pas entendue ! On aurait dit qu'elle était devenue sourde, muette et paralysée.

— Réjouissons-nous donc de cette invention diabolique qui sait rendre les humains amorphes et décervelés, se moqua-t-il en douce, sans rien révéler de son secret.

Devant son sourire frondeur, Ninon, qui pourtant se voulait réservée, laissa apparaître un peu du soleil qu'elle avait dans la tête. Mais elle se reprit vite et en vint au drame que vivait Marius. L'expression de son visage changea aussitôt tant elle souffrait de la peine qu'elle exposait.

Peter découvrit en l'écoutant un aspect des moissons qu'il ignorait. Il s'étonna, questionna. De blé en olives, Ninon entra dans sa propre histoire, elle s'enflamma et se souvint pour lui, en vrac, des moulins de Mons, d'Abel et de ses promenades au clair de lune, du drame de Pierre, du drame d'aujourd'hui.

Ils n'avaient jamais été si proches. A vrai dire, ils ne s'étaient jamais réellement parlé.

Peter s'émerveillait de l'entendre si véhémente et si douce à la fois. Il s'en émut. Ninon parvint au bout de son histoire :

— Tout ça pour vous demander si vous pouvez transporter les sacs de blé jusqu'au moulin de Fuveau. Je ne sais pas très bien où c'est, mais c'est très loin, ajouta-t-elle à regret.

— Combien de sacs ?

Peter souriait déjà.

— Une vingtaine, je ne sais pas exactement mais Marius vous le dira !

Peter sourit encore et se tut. Il laissa aller sa nuque sur le dossier du canapé et sembla réfléchir. En vérité, il ne réfléchissait pas. Il était sidéré, enchanté par ce petit bout de femme qu'il croyait connaître et qu'il découvrait à petits pas. Il s'amusait de son émoi, de sa candeur. Il imaginait les sacs de blé entassés dans sa voiture. Il regarda autour de lui pour ne pas la troubler. Elle était certainement suspendue à ses lèvres, tendue, impatiente d'entendre ce qu'il allait décider.

Il se trompait.

Ninon contemplait Peter comme elle l'avait fait l'année précédente. Elle profitait des instants où il levait les yeux vers les voûtes pour, par petites touches, laisser traîner les siens sur ses mains, sur sa chemise débraillée, sur son cou renversé, sur son visage adoré. Elle ne savait même plus pourquoi elle était là. Elle aurait aimé qu'une fois encore le temps s'arrêtât et lui laissât un Peter pétrifié dont elle aurait pu, tout à loisir, se rassasier sans se faire remarquer.

Peter remua un bras. Elle baissa les yeux.

— Voyez-vous, Ninon, je ne pense pas que ma voiture soit le véhicule idéal pour transporter les sacs de blé de mon ami Marius. Mais revenez me voir demain soir, dès que le programme de télévision sera commencé. D'ici là, j'aurai trouvé une meilleure solution. Allez dire à Marius qu'il peut compter sur moi et, dès à présent, se préparer à la moisson.

Ninon rayonna. Peter, satisfait, pensa qu'il avait réussi à la rassurer. Il se trompait encore. C'était une proposition secondaire qui la faisait triompher :

« Revenez me voir demain soir... »

Elle se leva en bredouillant quelques remerciements. Peter, flegmatique, la raccompagna à la porte. Il tendait sa main vers la poignée quand, brusquement, Ninon se retourna vers lui :

— Je voulais aussi vous remercier pour l'argent que vous donnez pour Yvon et Fanny.

Et, dans l'émotion de ces quelques mots, la Ninon fougueuse et sincère balaya la Ninon réservée et oublia réellement que c'était au cou de Peter qu'elle se jetait.

Peter la reçut sur sa poitrine et la retint un moment dans ses bras.

Ils ne s'attendaient ni l'un ni l'autre à ce qu'ils éprouvèrent à cet instant-là.

Le lendemain matin, après une nuit de délices et de tourments parfaitement semblable aux nuits de ses quinze ans, Peter s'en alla voir Fernand, le maire de Mons, et lui proposa, tout benoîtement, d'acheter les moulins.

21

Après avoir déjeuné, Peter descendit à la ferme pour faire part à Marius de son projet d'acheter les moulins.

Il remonta chez lui vers quatre heures de l'après-midi, s'allongea sur son canapé et se mit à réfléchir sérieusement à cette fièvre qui l'envahissait chaque fois qu'il pensait à Ninon et surtout à l'émoi qu'il avait ressenti, la veille, lorsqu'elle l'avait embrassé sur la joue.

Depuis peu, il fallait bien qu'il se l'avoue, à la simple et même furtive évocation de Ninon, il perdait pied ; une ardeur un peu sacrilège l'enflammait inopportunément. Quant à leurs rencontres, elles devenaient de plus en plus périlleuses. Il fallait mettre un terme à cette dangereuse escalade et, puisqu'il n'était pas capable de se contrôler, il se devait désormais de l'éviter et de lui montrer un peu de froideur même si c'était dans beaucoup d'amitié.

Satisfait de sa décision, il ferma les yeux pour se plonger dans l'univers du roman français qu'il venait de commencer. Il y rencontra deux de ses personnages pour lesquels il imagina une scène passionnante qu'il situa à Menton, pourquoi pas… Il les promena dans les ruelles jusqu'à la charmante place du marché, puis il les fit revenir, toujours bavardant, le long de la mer. Il descendit avec eux sur le sable, s'y assit tranquillement et… s'endormit. Dans le rêve qu'il fit alors, ses personnages avaient disparu mais, à quelques pas de lui, sur la plage, il y avait Ninon.

« Ce n'est pas encore aujourd'hui que j'écrirai », se dit-il en se réveillant un peu plus tard, encore tout chiffonné par le souvenir que lui avait laissé le ventre blanc de Ninon.

C'est alors qu'il se souvint l'avoir invitée, la veille, à revenir chez lui le soir même. Il commença par s'en réjouir puis, fermement, conformément à la promesse qu'il venait de se faire, il décida d'écourter l'entrevue sous un prétexte quelconque ce qui aurait pour effet de remettre les choses au niveau de la saine tendresse qu'elles n'auraient jamais dû quitter.

Il laissa aller de nouveau sa tête sur le dossier du canapé et tenta de rejoindre les personnages de son roman qu'il avait abandonnés sur la plage de Menton. Ils ne réapparurent pas mais là-bas, sur le sable, endormie, il y avait encore Ninon.

Ninon allait et venait sur le sol en marbre du château en tentant de dompter un petit brin de folie qui la faisait sourire pour des riens. En essuyant la tasse dans laquelle il buvait le thé, en frôlant la place où il s'asseyait. En fait, elle passa toute sa matinée en compagnie d'un Peter tel qu'elle l'avait rêvé, raffiné, tendre et charmant, qui la suivait partout en lui faisant la conversation.

Elle prépara un repas succulent qu'elle servit aimablement à une madame de Carlon qui, bizarrement, avait perdu toute épaisseur. Sans qu'elle s'en doutât le moins du monde, en quelques jours seulement, la pauvre femme s'était dépouillée de toute apparence.

Ensuite, Ninon joua volontiers à la crapette, mais elle le fit en posant, au hasard de la table et d'un geste machinal, des cartes incertaines. Madame de Carlon s'en offusqua, s'indigna, gourmanda et mit, en un mot, Ninon en demeure de faire, nom d'une pipe, attention.

Ses cris s'en allèrent cogner le plafond et faire vibrer les cristaux du précieux vaisselier juste avant de rebondir contre la bulle dans laquelle Ninon s'était enfermée.

En réalité, Ninon imaginait les mille et une façons qu'elle aurait pour se présenter à la porte de Peter, puis elle choisissait parmi les mille et un sourires dont il était capable, celui qu'elle aimerait voir apparaître sur ses lèvres. Enfin, toute confuse mais néanmoins bien décidée, elle inventoriait les mille et un prétextes qu'elle aurait pour se jeter à nouveau dans ses bras.

Cependant, les minutes s'égrenaient et, peu à peu, madame de Carlon se mit, elle aussi, à se désintéresser du jeu. De la même façon que jadis Ninon surveillait le chemin des aiguilles, madame de Carlon lorgnait la pendule qui allait bientôt annoncer l'ouverture du programme de télévision.

Ninon, plus rapide qu'un souffle de vent, monta dans sa chambre pour mettre de l'ordre dans sa mise. Les flots de cheveux glissaient de ses mains nerveuses et s'échappèrent cent fois, insolemment, jusqu'à la faire trépigner.

Enfin proprement coiffée, elle se calma et descendit l'escalier à pas mesurés pour rendre son départ imperceptible aux oreilles d'une madame de Carlon lobotomisée par la petite lucarne sur laquelle pédalaient les coureurs du Tour de France. Ninon passa la porte et s'enfuit, toute tremblante, vers ce qu'il fallait bien appeler son premier rendez-vous.

Elle frappa à la porte de Peter, au bord de la pâmoison, sans se donner le temps de choisir parmi les mille et une façons de se présenter. Elle attendait, à ce point embarrassée que, soudain, elle eut envie de fuir.

La porte s'ouvrit à cet instant. Peter, en la découvrant, sembla s'étonner, toutefois il lui sourit, courtois, avant de s'excuser :

— Pardonnez-moi, Ninon, une obligation de dernière minute m'empêche de vous recevoir maintenant. Mais rassurez-vous, en ce qui concerne le moulin, tout est arrangé. Comme vous le désiriez si fort, vous pourrez moissonner et moudre le blé. Allez vite chez Marius qui vous expliquera tout ceci à ma place. Réellement, le temps me manque pour le faire.

Puis il sourit encore et cligna de l'œil pour la réconforter. Mais il était tiède, distant, si différent du Peter d'hier que Ninon, désemparée, perdit soudain toute la chaleur qu'elle avait dans les yeux. Il s'en aperçut, en souffrit un peu mais ne flancha pas. Il retint seulement la porte qu'il allait refermer et bredouilla au hasard quelques mots pour adoucir le vilain tour qu'il venait de lui jouer :

— Et n'oubliez pas que je viendrai vous voir moissonner !

La serrure de la porte n'avait pas fini de cliqueter que Ninon courait déjà à travers les restanques. Elle courait à perdre haleine, en souhaitant expirer à l'instant.

Un muret, au bord duquel elle zigzaguait, la fit basculer et elle tomba violemment au milieu des épis étonnés.

Elle s'assit pour remettre de l'ordre dans son esprit. Rien de ce qui s'était passé ne correspondait à aucun des scénarios qu'elle avait imaginés. Elle s'était sentie étrangement désarmée devant ce Peter venu d'un autre monde, condescendant et trop courtois. Elle revécut la scène vingt fois afin d'y chercher de quoi se consoler et, soudain, parce qu'elle était de feu, une réelle fureur s'empara d'elle aussi violente que celle qui l'enflammait jadis quand on l'appelait la « pouilleuse ». Humiliée, elle s'était sentie humiliée et de cette humiliation qu'elle n'acceptait pas, foi de Ninon, elle se vengerait.

Peter s'était glissé derrière une fenêtre et il vit Ninon tomber. Il fit trois pas vers la porte pour aller la relever mais s'arrêta au quatrième. S'il allait jusqu'à tourner la poignée, il savait très bien comment cela se terminerait.

Il revint à son bureau en se disant qu'il s'était encore trompé. Cet amour-là, qui le tenait si fort, était bien le premier. Bien plus beau et bien plus vrai que ses émois d'adolescent qui ne l'avaient jamais, au grand jamais, à ce point martyrisé.

Il s'assit pour écrire et resta jusqu'au soir devant une feuille blanche. A côté du papier, sur le buvard bleu qui protégeait le bois précieux de son bureau, on pouvait voir, dessiné, un fouillis de croquis et de formes alambiquées qu'il aurait eu bien du mal à expliquer.

L'information s'étalait sur cinq colonnes dans le journal régional du lendemain. Un Anglais, un étranger donc, avait eu l'outrecuidance de se proposer pour acheter les moulins de Mons.

Dire que la nouvelle fit sensation est une bien modeste manière d'évoquer la tempête que ces lignes imprimées déchaînèrent. Les *pour* et les *contre* s'affrontèrent immédiatement dans un déluge d'arguments féroces et de grands sentiments. Certains sentaient leur cœur de Monsois exploser à l'idée de livrer les moulins à un étranger. « De quoi se mêle-t-il, celui-là ! » Tous ceux-là oubliant leur indifférence envers ces murs depuis si longtemps négligés, leur dédain pour la sueur de leurs pères et leur mépris du temps passé. Tous ceux-là, se souvenant brusquement de la valeur de ce témoignage, assurèrent très haut qu'ils chérissaient si fort les moulins qu'ils préféraient voir leurs murs s'effondrer.

Les autres, ceux qui aimaient la terre et le blé et qui n'avaient pas oublié le bruit de l'eau sur la roue et les ronrons des engrenages, furent émus à l'idée de les entendre à nouveau même s'ils se sentaient confus de devoir leur bonheur à un étranger.

Pour ceux-là seulement, Peter, interviewé, jura qu'il ne faisait que mettre son argent au service des derniers moissonneurs du canton, qu'il ne toucherait pas à une seule pierre des moulins, et qu'au besoin il n'y mettrait jamais les pieds.

Alors le canton, hormis les irréductibles entêtés, se calma et, le jour de la vente à la bougie venu, le village entier se retrouva en rangs serrés, le souffle suspendu, pour entendre l'offre de Peter et faire silence jusqu'à ce que la petite flamme s'éteigne.

Il fut décidé que Marcus, le dernier meunier de Fayence, viendrait chouchouter les engrenages et faire un peu de ménage autour des lourdes meules en attendant les premiers sacs de blé.

Abel, à cette annonce, entra dans une grande colère en assurant qu'il eût été capable autant que le vieux Marcus de mettre en marche la roue et qu'il eût su, mieux que personne, réveiller l'âme des moulins. Enfin, pour se consoler, il courut chaque matin, radieux, donner quelques conseils au nouveau meunier et se mettre dans ses jambes pour l'assister.

Ninon l'y retrouva un jour et fit avec lui le tour des bâtiments. Ils laissèrent traîner affectueusement leurs mains sur tous les angles, recoins et lieux secrets où restaient accrochés leurs souvenirs. Abel passa son bras autour des épaules de Ninon et l'étreignit comme pour la reconquérir. Ninon le laissa faire sans joie, sans émoi, en regrettant l'indicible désordre des choses qui aurait pu faire que tout soit différent.

Abel retrouva sa chambre et décida de ne plus la quitter. Il scella cette décision en inventant un air nouveau sur son harmonica et en écrivant un tendre poème qui parlait de Pierre, de Ninon et d'un nid d'oiseaux amoureux pépiant au clair de lune.

Depuis le jour de son rendez-vous manqué, Ninon naviguait entre rage et dévotion. Elle passa toute la semaine qui suivit à flotter de l'un à l'autre, à maudire Peter pour la froideur de ce qu'il lui avait dit, à vénérer le même Peter pour la beauté de ce qu'il avait fait.

Mais, salutaire, la moisson retardée se mit à réclamer de tous un peu d'attention ; elle demandait grâce en rappelant qu'elle ne pouvait plus attendre et que peu importait toute cette turbulence. Le blé, mûr à point, appelait les faux et n'en finissait pas de frémir quand descendait le brûle-blé.

A l'aube donc, toujours si douce, à peine mouillée, les moissonneurs envahirent les restanques et se mirent à faucher. Ninon et Joséphine entrèrent à leur tour dans la danse et commencèrent à lier.

Là-bas, dans les moulins, Abel, en les attendant, s'asseyait sur le bord d'un petit bassin et jouait un petit air avant de faire courir sa plume sur le papier.

22

Peter s'éveilla lentement et, comme chaque matin désormais, Ninon le rejoignit aussitôt pour le faire frémir de désir et d'impuissance à l'enlacer.

Dehors, le concert des cigales énervées, qui assourdissait la campagne, lui remit en mémoire le jour où, à Préfagous, il les avait entendues chanter pour la première fois. Il y avait onze ans de cela. Il calcula encore et se glaça devant le résultat de sa soustraction. Ce jour-là, Ninon avait quatre ans. Contrarié, Peter se leva brusquement, il n'avait plus le cœur à rêver.

Que pouvait-il se reprocher ? Il n'avait rien voulu, rien demandé. Etait-ce sa faute, s'ils s'étaient rencontrés ?

Peter s'évada dans le temps et parvint très vite aux premiers instants de leur histoire. C'était un jour lugubre de janvier où la pluie en rafales effaçait les dessins des collines et emmêlait le ciel à la mer.

Il revoyait ses amis – Paulette, fluette, tout exaltée, et Roger, massif, plus serein – lui décrire l'abandon dans lequel se trouvait une gamine du village, Ninon.

— Ninon ? avait-il répété, étonné et charmé en entendant pour la première fois ce prénom.

L'aventure telle qu'on la lui proposait, à la fois terrible et romantique, l'avait fait rêver. Il avait tout de suite accepté de s'en aller délivrer la petite fille retenue prisonnière dans un sordide coin de montagne. Il se souvenait des préparatifs et des conciliabules pendant lesquels il s'était imaginé être devenu, en compagnie de David Copperfield, le personnage d'un sombre roman.

Ninon, dépenaillée, tremblante, était apparue à la porte de Cézaire. Et lui, qui vivait si fort enfermé dans l'imaginaire, s'était rendu compte tout à coup qu'il existait une réelle détresse toute proche.

Ninon s'était engouffrée dans sa voiture et, avec elle, toute la puanteur de la misère. Peter sourit. Il devait bien se l'avouer, il avait aussitôt pensé au cuir de ses sièges qui allaient en être empestés.

Peter laissa s'écouler le temps. Il s'attendrissait pour un rien, pour un plateau garni de fleurs, pour un sourire en biais, pour un bout de révolte au coin d'une porte à demi fermée...

Pilar entra pour faire le ménage et le découvrit, béat, rêvassant sur le canapé.

— Alors, mon Pedro, tu n'écris donc pas aujourd'hui ?

Comme son Pedro ne répondait pas, elle s'en fut en marmonnant : « Si c'est pas malheureux de voir ça. En voilà un qui aurait mieux fait de m'écouter et de ficher le camp. Je mettrais ma main au feu que c'est la petite qui lui brouille la cervelle. Je ne sais pas ce qu'ils mijotent, mais ce que je sais, c'est qu'à présent pour lui faire écrire une ligne... »

Elle secoua sa main vers le ciel.

« ... autant vouloir tirer un pet d'un âne mort ! »

Si Peter n'avait pas répondu à Pilar, c'était parce qu'à cet instant précis il revoyait Ninon, mal fagotée, plantée dans ses vastes galoches, empêtrée sur le bord du divan. Tiens, à l'endroit même où il était allongé à présent.

« Pauvre gamine », soupira-t-il avec attendrissement.

Mais il avait beau errer de souvenir en souvenir, toujours le surprenaient, toujours lui revenaient, comme un refrain, le sourire éclatant et les prunelles ensoleillées.

Voilà ! Il les avait repérés, les coupables, les responsables du désordre de son âme ! Et vingt années d'écart n'y pourraient jamais rien changer. Pauvre gamine ? Avec des yeux pareils, pas sûr, en vérité.

Il se leva. Il faisait chaud déjà et il ferma les volets pour empêcher le soleil d'entrer. Voilà bien un geste stupide, s'attendrit-il. Empêcher le soleil d'entrer...

Au loin, les restanques de Marius étaient pleines de bruits, d'ombres et de couleurs. Une robe de coton bleu se courbait et s'étirait sur le blond du restouble nouveau. La moisson avait commencé et lui revint à l'esprit une promesse qu'il avait faite pour consoler et à laquelle, cette fois, il ne voulait pas manquer : « N'oubliez pas que je viendrai vous voir moissonner. »

Il se dépêcha, s'habilla à la va-vite en craignant, l'imbécile, d'arriver le dernier épi déjà rangé. Cela faisait dix jours qu'il n'avait vu Ninon qu'à l'heure du thé. Jolie, ah oui, gracieuse, nul ne pouvait en douter, mais distante, rancunière un tantinet. Comment pourrait-on dire ? Bravache ! Et il s'étonna de retrouver ce mot qui la décrivait si bien et qu'il lui semblait avoir inventé.

Il descendit les restanques sans se presser puisqu'à présent elle était à sa portée. Il entendait déjà le bruit des faux, un murmure de voix étouffé sous un corps penché, le rire de Jules, les grognements de l'aïeul qui se sentait fatigué.

Il s'assit sans rien dire au pied d'un arbre. Personne ne l'avait encore vu ; il était un clandestin du théâtre des moissons. Tout le surprit. Le rythme d'abord, rapide dans le geste et paisible à la fois. Pour le moissonneur, il est toujours urgent de ne pas se presser, de bien former la gerbe à chaque coup donné. Pas un mouvement qui n'ait une cadence, une destinée. Peter, nonchalant, s'attarda sur les faux scintillantes en attendant, pervers, de glisser vers les femmes qui étaient juste à côté.

Ninon était bien là, pliée en deux au-dessus de la gerbe qu'elle formait avant de la lier. « Comme elle est loin de moi, pensa-t-il, à cent lieues. » Il aurait déjà aimé être le centre de son monde, effacer tout ce qui la distrayait.

Hélas, dans le secret des gestes qui les unissait, Ninon chuchotait à Joséphine des confidences de femmes qu'il ne connaîtrait jamais.

La jeune fille se redressa, cambra les reins, rafistola son chignon, se retourna sans raison vers l'olivier. Tressaillit.

Son premier élan fut de sourire, le deuxième de frémir, le troisième, fière, de se remettre à lier.

Peter lui fit un signe de la main qu'elle ne vit pas ou ne voulut pas remarquer. Il se sentit stupide, puéril, imbécile. Où était donc passé le beau Peter qui n'avait qu'à apparaître dans un salon anglais pour être chouchouté ?

Il se demanda ce qu'il devait faire, aller saluer ou disparaître. « Voyons, tentons d'être naturel, si Ninon n'était pas là, qu'est-ce que je ferais ? » Il cacha son visage dans ses mains tant il se sentait dérisoire face à ces situations absurdes dans lesquelles son amour le mettait. Puis il se laissa aller à rire de lui-même et, de l'avoir fait, il s'en trouva apaisé.

Il descendit les trois dernières petites berges, approcha de Joséphine, la salua. Les faucheurs s'arrêtèrent au bruit de sa voix. Il demanda pardon, navré de les avoir dérangés.

Bernard protesta :

— On n'attendait que cette occasion pour boire un petit coup et, peut-être même, pour en finir. C'est qu'il fait chaud, fan d'une lune, et l'on a bien suffisamment travaillé.

Ninon empilait les gerbes au milieu de la restanque en s'appliquant à faire un magnifique gerbier. Enfin, nonchalante, elle s'avança vers lui.

— Bonjour, Ninon. Vous êtes diablement efficace, il n'y a pas un seul épi qui ait une chance de vous échapper.

Elle commença comme toujours par sourire, puis elle se retourna vers le bout de la berge où François, le petit voyeur était encore installé. Elle le montra du doigt :

— C'est qu'il faut que je m'applique, il y a du monde qui vient pour me regarder lier.

— Venez partager notre repas, s'empressa de proposer Joséphine. Si toutefois vous ne craignez pas de vous salir, l'anchoïade va sûrement dégouliner sur votre chemise.

Peter prit place à côté de Marius et parla avec lui de l'affaire des moulins, qui n'en finissait pas de troubler les esprits. Un peu plus loin, Ninon et Joséphine, affairées autour du panier, préparaient les tartines de pain.

Jules et Bernard s'installèrent à la droite de Peter, en étirant longuement leurs jambes et en enlevant de leurs manches la poussière des blés. La gargoulette de vin frais passa de lèvres en lèvres. Peter, comme Ninon jadis, regardait les yeux des hommes et s'étonnait de leur tranquillité.

Et l'envie lui vint d'un seul coup d'écrire leur histoire.

Ninon donna à chacun une large tranche de pain sur laquelle elle déposa quelques anchois et de l'huile parfumée. Sur celle de Peter, maladroite, elle fit glisser un trop grand nombre d'anchois qui, bien entendu, dégringolèrent sur ses chaussures :

— Oh ! Excusez-moi, Peter ! dit-elle, apparemment navrée.

Plus tard, brisant le calme et l'ombre sous laquelle ils s'étaient à demi assoupis, Ninon s'envola soudain en serrant contre elle une assiette dans un torchon noué.

Marius la suivit des yeux et dit en bougonnant :

— Quand je pense que ce n'est qu'à ce prix que la patronne la laisse venir nous aider !

— A quel prix ?

— Qu'elle lui apporte une part de notre déjeuner.

Peter s'insurgea en silence de cet abus de pouvoir.

— Il faudrait, murmura-t-il, que Ninon revienne vivre entièrement chez vous, comme par le passé.

Marius réfléchit puis répondit :

— Attendons un peu que les esprits se calment et que tous, au village, se soient réconciliés. Il ne faudrait pas que certaines langues, pour se venger, se mettent à dire n'importe quoi et suffisamment haut pour que les gendarmes ne puissent plus faire semblant de ne rien entendre. Giuseppe aurait vite fait d'en profiter pour venir la reprendre. C'est qu'il ne faut pas oublier qu'il est encore son père.

Ninon avait un père. A cela aussi, Peter n'avait pas pensé.

Marius laissa passer un moment de silence. Il mit son chapeau sur son front et sembla s'assoupir. Brusquement, comme s'il se jetait à l'eau, il se tourna vers Peter et murmura doucement :

— Hier, le maire m'a parlé d'une idée qu'il a dans la tête sans oser vous la dire. Je m'en vais le faire à sa place pour qu'ainsi elle ne m'empêche plus de dormir. Voilà, il faudrait faire une fête aux moulins, une fête comme il y a longtemps, pour honorer la moisson et saluer la première farine. Tous les Monsois y seraient invités et l'on saurait ainsi que les moulins sont encore à tout le monde et non, comme certains le disent, la fantaisie d'un étranger. Cela ferait plaisir aux anciens et peut-être même que les jeunes s'y retrouveraient ? Et pour tout dire, en fin de compte, cela fermerait le bec à ceux qui gueulent encore.

— Volontiers, répondit Peter, je trouve l'idée excellente. Pour cette fête, je donnerai tout ce que vous voudrez. Mais, Marius, ne vous faites pas trop d'illusions, jamais aucune réjouissance ne pourra faire changer ceux à qui il faut toujours un ennemi à combattre pour exister.

Au conseil municipal du lendemain, on décida donc d'une fête gigantesque à laquelle on convierait tous les moissonneurs du canton.

Quelques bonnes volontés prirent l'affaire en main et se réunirent afin de tout organiser.

Pour ouvrir la séance de travail, le maire vint faire un petit discours en insistant sur l'importance qu'aurait cette manifestation aux yeux de toute la région. Puis il lança deux ou trois plaisanteries destinées à détendre les esprits. Enfin, il annonça qu'on ne pouvait que se réjouir de cette opportunité qui permettait aux moulins de tourner sans rien coûter puisque monsieur Atkinson prenait à sa charge non seulement l'entretien des bâtiments mais aussi le salaire du meunier.

La nouvelle était d'importance et un silence respectueux l'accueillit.

Puis l'on se mit au travail.

Tout d'abord, Roger proposa que les derniers cultivateurs apportent chacun quelques gerbes pour en faire une belle meule autour de laquelle les enfants des écoles exécuteraient

« la danse des moissonneurs », dont plus guère de Monsois ne se souvenaient.

Six femmes se proposèrent pour faire l'aïoli, trois hommes pour les tonneaux de vin, Marius pour apporter des olives ; d'autres promirent les ganses, les dernières des tourtes garnies de toutes sortes de fruits.

Soudain, Roger interrompit les débats :

— Dites-moi un peu, qui va-t-on priver de la fête, Giuseppe ou bien ses enfants ? Il est clair qu'ils ne peuvent s'y retrouver ensemble.

L'assistance se tut pour réfléchir puis se mit à argumenter dans un tohu-bohu épouvantable. C'est alors que le bon père Alfred, du bout de la table d'où il écoutait, tapa du poing sur le bois pour faire silence et dit gravement mais avec l'œil qui rigolait :

— Je me demande bien pourquoi tant de souci ! On fera venir notre garde de bon matin, quand il est encore frais, pour tout installer : les tables, les chaises sans oublier les bouteilles de pastis et les tonneaux de vin. Foi de curé, avant que l'aïoli soit servi, je fais le pari qu'il ne saura déjà plus qui il est… Et ses enfants pourront alors venir déjeuner !

La salle tout entière s'esclaffa. Darius, le forgeron, se leva pour imiter le pas vacillant de l'Amiral en fin de journée. On l'applaudit.

Roger entreprit ensuite de récapituler à voix haute les tables et les chaises disponibles. Puis il dressa la liste des convives tandis que sa femme faisait le compte des enfants. Soudain, il s'interrompit à nouveau, fronça les sourcils avant de faire semblant de s'interroger tout haut :

— Et l'Anglais, qu'est-ce qu'on fait de l'Anglais ?

Un nouveau silence, plus rude celui-ci, accueillit sa question. Un débat plus enflammé encore le suivit. On l'aimait bien cet Anglais depuis le temps qu'on le connaissait. Il avait fait la Résistance, il était très sympathique, poli avec tout le monde. Chacun raconta une anecdote où l'Anglais s'était montré charmant. Mais tout de même, il n'était pas d'ici, c'était un *estrangié*…

— Et un estrangié même pas français, ajouta Pascal.

Ce fut encore le bon père Alfred qui fit taire l'assemblée. Il tapa à nouveau sur la table, mais si fort cette fois-ci qu'elle en trembla et, au-dessus du poing, l'œil sévère ne rigolait plus :

— Dites-moi donc un peu, bande de malappris, à vous voir vous gratter la tête, j'en viens à me demander si vous ne seriez pas tous un peu délabrés de la cervelle. Vous n'allez pas me dire que vous seriez capables de faire une telle saloperie ! Voilà bien une chose qui nous déshonorerait tous, foi de curé ! Sans compter que, sans monsieur Atkinson, de fête et d'aïoli il n'y en aurait point, ni de moisson et pas plus de moulins, rien qu'un village rempli de couillons !

Alors chacun se récria qu'en effet il ne serait pas correct de ne pas inviter l'Anglais.

— On pourrait même lever notre verre à sa santé ? suggéra une voix.

— Je suis sûr qu'il n'en demandera pas tant, rétorqua Roger.

Avant de rentrer chez lui, le père Alfred cogna à la porte du maire pour lui faire savoir que tout était arrangé.

23

Le jour choisi pour fêter le blé, les premiers villageois arrivèrent dès potron-minet, chargés, les uns de chaises, les autres de tréteaux et de tables. Plus tard, les femmes, portant de lourdes corbeilles, envahirent les coins sombres pour y faire prendre, à grands coups de poignet, des aïolis si fermes que les cuillères y restaient fièrement plantées.

Giuseppe, que l'heure matinale amenait toujours fringant et bien rasé, se mit à l'ouvrage, plein d'ardeur et de bonne volonté. Grâce à la vigueur de ses longues jambes, il ne cessait d'aller de la droite vers la gauche, de monter et de descendre des bâtiments à la rivière. Mais si on prenait le temps de lui emboîter le pas, on s'apercevait vite que cette agitation ne lui servait que de prétexte : un peu pour travailler, beaucoup pour commander, plus sûrement pour se désaltérer. Vers les onze heures, ses allées et venues se firent plus modestes jusqu'à se limiter aux alentours du tilleul sous lequel on avait mis les tonneaux au frais.

De là, un verre à la main, il continua à donner des ordres d'une voix de moins en moins ferme.

— Plus à droite la table, plus à droite ! hurlait-il, bien à l'ombre pendant que les autres suaient.

— Attends un peu, je m'en vais te l'achever, dit Bastien à Jean-Marie.

Et Bastien monta, sympathique, tenir compagnie à Giuseppe et boire à sa santé.

Pendant ce temps, les convives s'éparpillaient autour des tables, sur l'herbe, partout où l'ombre apportait la fraîcheur.

A midi, quand tout le monde fut installé, Giuseppe délaissa la compagnie des tonneaux pour zigzaguer de l'un à l'autre en levant son verre à la santé de chaque tablée. Il fit le charmant avec les femmes tout en leur soufflant au nez son haleine empestée d'alcool, tapa dans le dos des hommes et chassa les enfants à grands coups de pied. Ensuite, comme on l'y invitait, il parvint à s'asseoir grâce au bon père Alfred, qui fit contrepoids en le retenant par la manche. Mais lorsque après un dernier pastis on apporta les légumes, les betteraves, les œufs durs et les longues tranches de morue, il réussit tout juste à happer une carotte puis lutta avec un œuf à la rondeur indocile qu'il poursuivit tout au long de la table.

Enfin, il tenta d'attraper une cuillerée d'aïoli.

Mais l'aïoli, coquin et ferme à souhait, refusa fermement de quitter sa cuillère. Il y tremblota, perdit quelques gouttelettes mais n'accepta jamais de descendre jusqu'au bord de l'assiette. Alors, rassemblant ses forces, Giuseppe fronça le nez, prit un élan, et frappa, d'une façon fort peu maîtrisée, le manche de la cuillère sur le bord de l'assiette. Sous le coup, le grès centenaire se fendit, tandis que l'aïoli, revanchard, bondissait vers sa culotte. Pour s'en protéger, Giuseppe recula vivement. Mais sa chaise, malmenée, mécontente, se renversa de colère et l'envoya s'étaler sur le pré.

Jean-Marie, dévoué, se leva et tira le garde par les pieds pour laisser libre le passage des serveuses puis, prévenant, il lui remit son chapeau sur le front afin que le soleil en tournant ne vienne pas finir de l'ensuquer. Fernand fit alors signe aux enfants, qui attendaient sagement au bord de la route, qu'ils pouvaient venir déjeuner.

Peter était arrivé en compagnie de Marius et s'était installé un peu à l'écart, juste à temps pour assister, navré, au naufrage du garde.

Ninon n'en finissait plus de servir. Elle traversait le pré, les bras encombrés de longs plats, puis allait d'une table à l'autre sans épargner ses pas.

Peter, qui la suivait des yeux, remarqua les regards des hommes, jeunes ou vieux qui allaient la cueillir dès la porte du moulin pour l'escorter tout au long de sa promenade. Quand Ninon approchait d'eux, les plus jeunes tournaient la tête sur son passage et, quand elle frôlait leurs manches, ils s'épanouissaient, faisaient les finauds et lui murmuraient des niaiseries tout en promenant leurs yeux sur ses épaules et sur sa taille. Et, quand Ninon, toute rose, s'éloignait enfin, ils se poussaient du coude d'un air entendu en lissant de deux doigts leurs moustaches toutes neuves.

« J'ai bien fait de rester ici cet été », se dit Peter.

Quand elle eut fini de servir, Ninon vint s'asseoir en face d'Abel. Lentement, elle laissa glisser son regard vers l'autre bout de la table pour voir comment Peter se comportait en cette compagnie paysanne à laquelle il n'était pas habitué.

A cet instant, justement, Peter la regardait. Leurs regards se croisèrent et ce fut en quelque sorte un regard de vieux mariés. Elle, le rassurant par sa présence, lui, la remerciant du repère qu'elle lui offrait.

Du plus loin que les voix et les rires lui parvenaient, Peter n'entendait parler qu'en provençal. Mais cela ne l'affectait en rien, bien au contraire. L'isolement dans lequel il se trouvait permettait à l'écrivain d'observer les convives et à l'amoureux de contempler Ninon.

C'est à ce moment-là qu'Abel se leva pour raconter une histoire :

— C'est encore l'histoire de Cigaloun et de Fourmiguette, mais celle-ci est bien plus vraie que celle qu'on nous apprend à l'école…

Face à lui, Ninon se régalait sans retenue. Elle portait une robe appartenant à Joséphine que seules retenaient deux fines bretelles. Ses épaules et ses bras avaient, dans tous leurs gestes, cette vigueur et cette franchise propres aux femmes des campagnes. Elle brandit une moitié de carotte au bout de sa fourchette et l'enfourna vaillamment, les yeux pétillants et la mine ravie. Peter se demanda ce que pourraient dire, de tant de flagrant appétit, ses relations londoniennes et ses condisciples de Cambridge. Il réprima un sourire et haussa les épaules en pensée.

Mais Abel continuait :

— *… et la malheureuse Cigaloun, gelée, affamée, cognait sa tête contre l'écorce du pin quand la vision de Fourmiguette faisant le va-et-vient tout l'été, chargée comme un âne, lui donna une idée : Oh, elle n'est pas plus tendre qu'un galet, mais tout de même, j'ai chanté pour elle comme pour tout le monde, elle me connaît bien et ne me laissera pas crever… Pan, pan, pan ! « C'est moi, Cigaloun votre voisine, la chanteuse… » Cran, cran, cran, dans l'entrebâillement de la porte, la tête maigrichonne de Fourmiguette apparaît : « Qu'est-ce qu'il y a encore ? Tron de nom, tu n'as pas fini de piétiner devant ma porte que, tout à l'heure, tu me fais rentrer la pluie ? »*

Une ganse au bout des doigts, Joséphine se glissa près de Peter pour lui susurrer à mi-voix que Ninon aimerait beaucoup retourner cueillir les fleurs comme autrefois.

— Elle voudrait tant gagner un peu d'argent…

Ne pouvait-il convaincre madame de Carlon de lui permettre d'y aller ?

— *… et Fourmigasse claqua furieusement la porte. On l'entendit qui ronchonnait : « Bien fait pour toi, fanfaronne ! »*

Peter, bien loin de tout comprendre, nota cependant la transformation de Fourmiguette en Fourmigasse et se réjouit de découvrir comment la langue provençale se suffisait d'un suffixe pour faire parler les mots.

— *… et tout doucement la brise se leva et emporta Cigaloun dans ses bras… Belle Cigaloun, pour l'éternité, maintenant tu peux chanter…*

Les convives apitoyés mouchèrent leur nez, mais Abel s'empressa d'ajouter :

— Ce n'est pas fini ! Maintenant, je m'en vais régler son compte à cette mange-punaises de Fourmigasse.

Abel faisait des mines et changeait de voix à chaque fois.

« Il a du talent ce petit, pensa Peter. Pour la musique sans doute, mais aussi pour la comédie. »

Peu à peu les tables s'étaient mises à balancer sous l'effet conjugué de l'ail, du vin et des airs d'accordéon qui les faisaient chanter. Là-bas, Darius, déculotté, entrait dans la rivière suivi de Marcus, le nouveau meunier, sous les cris horrifiés des femmes. Ils pataugeaient sur les pierres, la chemise en bannière, les fesses encore masquées, lorsque soudain Darius remonta les pans de la sienne. Les cris s'amplifièrent tandis qu'à l'autre bout du pré Pierre Pascal, un poète provençal, chantait.

A une autre table, monsieur le curé, ayant épuisé les gentilles histoires que tout le monde connaissait, en venait à d'autres, carrément plus salées. Autour de lui, on entendait les rires fuser puis, de proche en proche, l'histoire passait des bouches coquines aux oreilles tendues. Mais, de ce périple, la plaisante blague, raccourcie, dépouillée, dessalée, s'affadissait jusqu'à ne provoquer qu'un pauvre sourire avant de disparaître, épuisée.

— ... *Fourmiguette fusa comme un bouchon de champagne et s'en fut s'écraser contre la porte d'un grillon gros comme une montagne verdâtre, qui emménageait en chantant : Crin, crin, crin... « Nom de nom, tout à l'heure ce nigaud me fera regretter Cigaloun ! C'est que celui-là, de jour et de nuit, n'arrêtera jamais son crincrin ! » Et d'être si en colère, elle mit sa bouche en cul de poule tant et si bien qu'elle ne put, plus jamais, parler.*

Apre Fourmiguette,

Le plaisir d'amasser valait-il de devenir muette ?

L'assistance enchantée applaudit Abel, qui baissa les yeux vers Ninon, le rose aux joues.

Enfin les joueurs de galoubet se mirent en place et les enfants de l'école, suivis de quelques grands-mères édentées, exécutèrent la danse des moissonneurs autour du splendide gerbier. Emportés par leurs souvenirs et le timbre aigrelet, trois couples s'approchèrent pour former une farandole. D'autres les rejoignirent, hésitant sur le pas et le sens du ballet.

Enfin, vers cinq heures, tous les convives qui tenaient encore droit sur leurs jambes se dirigèrent vers la grande roue. Abel courut ouvrir la porte à l'eau qui s'engouffra dans le petit canal, détalant tout du long jusqu'à tomber sur les ailes de bois.

On entendit alors la musique de l'eau et le bruissement de la roue.

Emus et murmurants, ils se pressèrent ensuite dans la grande salle du moulin pour voir Marcus mettre en branle les engrenages, tandis que Marius faisait couler son blé sur la pierre.

Le blé craqua et gronda la meule...

Peter resta avec eux jusqu'à ce que la farine s'écoulât du haut de la trémie.

Devant lui, Abel, au nom d'un souvenir commun qui commençait à l'agacer, avait posé son bras sur les épaules de Ninon.

Il s'éclipsa discrètement en rêvant à ce monde si nouveau pour lui et qui, pourtant, comme les vieux qui l'avaient fait, appartenait désormais au passé.

24

Peter se rendit aussitôt au château et dérangea sans vergogne une madame de Carlon assise devant la télévision. Il eut beaucoup de peine à la distraire de la petite lucarne où pédalaient, pour une nouvelle étape, les coureurs du Tour de France. Il n'y parvint que lorsqu'il prononça le nom de Ninon :

— Ah ! Vous faites bien de me parler de cette petite ingrate ! Figurez-vous, cher ami, que je ne la vois plus ! Elle est constamment fourrée à la ferme ou bien occupée à traîner je ne sais où. J'ai beau lui dire ma façon de penser, elle s'en moque comme d'une guigne. C'est une ingrate sûrement mais peut-être bien aussi une dévergondée !

Peter dut user de tout son charme et de toute l'emprise qu'il avait sur elle pour faire accepter à madame de Carlon l'idée que, pour un mois encore, elle devrait s'en passer.

— Elle reviendra le soir préparer votre dîner et le déjeuner du lendemain que vous n'aurez plus qu'à réchauffer…

Madame de Carlon s'indigna en disant qu'on voulait la faire périr de peine et d'ennui, en un mot, l'assassiner.

Peter protesta avec vigueur et proposa, en contrepartie, d'être là chaque soir et de lui tenir compagnie jusqu'à l'heure du dîner.

— Je vous apporterai quelques gâteries que nous dégusterons en regardant la télévision, si vous le voulez bien.

Le mot de gâterie joint à la gratuité de l'ensemble brisa les dernières réticences de madame de Carlon qui accepta, non sans quelques allusions à sa grande bonté, de se sacrifier.

Le 10 du mois d'août, on fêta les quinze ans de Ninon. Ce ne fut qu'un bon repas et quelques bougies rapidement soufflées.

Au moment du dessert, cependant, Peter créa la surprise en faisant présent à Ninon d'une chaîne d'or, fine comme un fil, au bout de laquelle pendait une médaille gravée d'un soleil sur une face et d'une lune de l'autre côté. Ninon, ébahie, gênée, embrassa Peter sur la joue pour le remercier tandis que le bijou passait de mains en mains. Lorsqu'il arriva dans celles d'Abel, celui-ci, jaloux, fit remarquer que, pour la lune à la clarté si discrète, l'argent eût été plus approprié. Puis il tint à passer lui-même la chaîne autour du cou de Ninon sans se douter que, pendant qu'il s'y appliquait, Peter et Ninon se souriaient.

Au moment où Marius, observant la pendule, décidait d'envoyer les enfants se coucher, Yvon se mit à parler de la fête de Mons. Pour Abel qui n'y était jamais allé, il décrivit ces trois jours de bonheur pendant lesquels se succédaient procession, bals costumés, pique-nique dans les prés et aïoli gigantesque. Il fit rire l'assistance en racontant comment, les années précédentes, il se faufilait partout pour jouer de vilains tours aux ouailles de monsieur le curé. Enfin il termina en demandant la permission d'y retourner cette année.

— Ce n'est pas encore le moment d'aller au village vous faire remarquer, répondit Marius, d'une voix qui n'appelait pas à être contredite.

Pourtant, Joséphine, qui avait toujours aimé danser, osa murmurer :

— On pourrait aller au bal du dernier soir. Il serait bien étonnant qu'à cette heure-là, après trois jours de fête et l'aïoli du midi bien arrosé, Giuseppe ne soit pas encore couché !

Les enfants applaudirent tant que Marius, bougon, se laissa convaincre et promit que tout le monde irait.

— Vous aussi ? demanda Yvon à Peter, qui se taisait.

Ce dernier, surpris par la question, répondit en bafouillant qu'il ne savait pas encore mais qu'il verrait.

Le soir du 16 août, alors que les étoiles s'allumaient à peine dans un ciel que le soleil avait eu de la peine à quitter, les musiciens s'installèrent sous les voûtes de la rue du Portail et commencèrent à jouer. Très vite la petite place du Centre s'emplit de tous les lurons et gaillardes que trois jours de fête n'avaient pas réussi à briser.

Dès la première valse, Marius entraîna Joséphine sur la piste, suivi d'Abel et de Ninon tandis qu'Yvon très fier, meneur de troupe, disparaissait rejoindre les autres drôles du canton avec Fanny dans son sillage.

Dans le flou qui suivit la fin de la première danse, alors qu'Abel, confiant, s'éloignait d'un pas, François, le petit voyeur qui se tenait à l'affût, invita Ninon.

Et les javas succédant aux polkas et aux valses, Ninon, des bras de l'un aux bras de l'autre, tourbillonna en silence, le corps emporté mais le cœur en panne.

Chacun des jours précédents, elle avait tenté de décider Peter à les accompagner au bal. Elle s'y était prise de mille manières, de la plus simple à la plus délurée. Chaque fois, éludant la prière, il avait répondu : « Je verrai. »

Et, ce soir-là, dans la Ninon virevoltante, il n'y avait guère de vie que dans ses prunelles qui, par-dessus l'épaule de l'un ou de l'autre, cherchaient à apercevoir une silhouette qui ressemblerait à celle qu'elles attendaient.

Peter avait décidé de rester chez lui. A quoi pouvait lui servir, en effet, d'aller à un bal où il ne pourrait pas inviter Ninon ? Il se souvenait trop bien des regards affûtés des jeunes moustachus qui la lorgnaient le jour de la fête des moissons. Il ne voulait pas la compromettre. Elle était trop jeune pour lui et bien trop convoitée.

Il ne s'imaginait pas plus, les mains dans les poches, planté dans la foule à la regarder danser alors que le simple fait d'évoquer le bal, déjà, l'agaçait.

Mieux valait penser à autre chose.

La nuit était splendide. Il se servit un verre de whisky et sortit sur la terrasse en se préparant à jouir du chant nostalgique des grillons. Il s'appuya contre le mur de sa maison et contempla la fuite des collines jusqu'à la tache de clarté que dessinait la mer.

Il choisit alors d'aller s'asseoir sur la balancelle dont la toile blanche étincelait sous les étoiles. Il fit quelques pas, dépassa l'angle de sa maison et reçut en plein cœur les flonflons du bal qui descendaient de là-haut, du village, pour lui rappeler ce qu'il venait à peine d'oublier.

En galère ! comme disait Marius. Peu importait. Il s'étendit, s'étira, se prélassa en buvant son whisky.

— Tiens, la valse se termine. Tant mieux.

Et c'est alors que commença un tango.

Et Peter, qui adorait s'anéantir dans sa sensualité légère, se demanda dans les bras duquel des sagouins dont parlait Pilar Ninon était en train d'y succomber.

Il paria sur Abel et haussa les épaules.

Il se leva et, pour ne plus entendre, entra dans le salon. Il se resservit un autre verre puisque les dernières gouttes du précédent avaient disparu aux premiers trémolos.

Peter revint s'asseoir sur la balancelle alors que commençait une joyeuse polka. Bien plus serein, il chercha à imaginer à quoi ressemblait le bal. Il aperçut sans peine Marius et Joséphine perdus dans la foule et distingua parfaitement Abel enlaçant Ninon.

Mais, à qui étaient ces moustaches alignées qui frémissaient sur leur passage ?

Peter se leva d'un bond. Il s'était trompé. Abel ne faisait pas le poids. Tous les flambards dont les regards glauques déshabillaient Ninon avaient dû, dès le premier instant, le balayer de la piste.

« Ce bal ne s'arrêtera donc jamais ? »

Peter, lassé de tourner en rond, décida d'aller se coucher.

« Je n'ai rien de mieux à faire puisque de toute façon je ne peux rien changer. »

Mais, avant de quitter la terrasse, il vida d'un trait un dernier whisky pour s'empêcher de penser puis, au moment de s'étendre, il décida d'en boire un autre plus sereinement cette fois. Enfin, il se débarrassa de ses vêtements et se jeta sur son lit, la tête sous l'oreiller.

Quelques minutes passèrent et, déjà, les draps lui brûlaient la peau.

« Ce qu'il fait chaud dans ce pays, nom de Dieu ! Vivement l'air frais du Devonshire », murmura-t-il de mauvaise foi tant il se sentait malheureux.

Malgré les whiskies secs, le sommeil ne vint pas. Peter s'entortillait dans son drap, le rejetait, le rattrapait du bout des doigts.

« C'est incroyable de se sentir ivre et lucide à la fois. Il faudrait pouvoir penser à autre chose... »

Mais il avait beau faire, il n'avait que Ninon en tête. Ninon et les moustachus qui tourbillonnaient avec elle. Il les voyait comme s'ils avaient été devant lui. Il se fit violence, quitta Ninon des yeux et, pour se distraire, il regarda ailleurs, fit le tour de la place du Centre.

C'était une petite place rigolote où quelques tables bleues entouraient un platane. Elle s'étirait comme une étoile en quatre ruelles dont l'une conduisait à ce petit jardin plein de cachettes et de recoins qu'il connaissait bien pour s'y être réfugié un jour, avec Jacqueline, à la recherche d'un peu de tranquillité...

Peter ne se souvenait pas de s'être rhabillé ni d'avoir parcouru tous les virages aigus qui montent au village. Il reprit seulement conscience dans la ruelle qui menait au bal. Il s'arrêta au coin de la petite poste, s'appuya à son mur et chercha la robe bleue de Ninon.

Ninon, dans une robe blanche, dansait et virevoltait comme une poupée de chiffon. De ses danseurs, elle ne voyait pas le visage ni ne sentait les bras sur sa taille. Elle n'entendait même pas leur voix.

Elle dansait seulement parce qu'elle était jeune et qu'elle n'avait pas l'aplomb de refuser.

Elle ne cherchait même plus la silhouette tant espérée.

A la danse suivante, Abel se précipita et s'empara d'elle. Il murmura à son oreille. Il dit qu'il était agacé par ces jeunes gens qui se croyaient tout permis et lui reprocha de danser avec n'importe qui. Quand il la serra contre lui, Ninon, écœurée, n'osa pas lui faire de peine en le repoussant, mais détourna la tête, à bout de patience.

La danse s'acheva enfin, Ninon se dégagea d'un Abel en sueur, se retourna vers la ruelle comme pour y chercher un peu de paix et aperçut une tête penchée, avec une raie sur le côté.

Le signe, discret, fut impératif : Viens !

Lorsque Ninon fut à quelques mètres de lui, Peter fit volte-face et s'éloigna sans l'attendre, certain qu'elle allait le suivre. Elle le suivit en effet, à trois pas, comme l'esclave jadis suivait son maître. Il remonta la ruelle puis une autre et s'arrêta sur la première marche qui mène à la porte Boufadisse. Il se retourna. Ils étaient seuls. Il tendit une main dans laquelle, bien sûr, Ninon mit sa main. Ensemble, ils passèrent la petite porte et se retrouvèrent, à la seule lueur des étoiles, de l'autre côté.

Où sont-ils allés ? Ils ne s'en souviendront pas. Peter vole à Ninon un baiser d'homme, un baiser d'homme ivre et affamé. Et si ses doigts pétrissent le dos et étreignent la taille, ils s'interdisent heureusement les morceaux de chairs palpitantes qui lui feraient perdre la tête.

— Je t'aime tant, murmure-t-il en anglais à son oreille.

Elle ne comprend pas mais murmure au même instant :

— Je t'aime tant.

Il l'écarte légèrement de lui et la regarde :

— Tu ne danses plus, compris ?

Il a su employer, en plus de la fermeté, le tutoiement des amants tant il est vrai qu'ils ont franchi ce soir la barrière de corail derrière laquelle, jusqu'ici, ils se sentaient perdus.

Peter s'en alla à regret. Ninon revint près de Joséphine :

— On s'en va ? Je suis si fatiguée !

Joséphine regarda Ninon dans les yeux et à ce qu'elle y vit – le monde renversé – elle pensa : « Il n'est pas venu, le bougre, et la petite en est toute chavirée. »

Elle se trompait pour la première fois.

25

Et, ruban bleu voletant au vent, Ninon retourna aux fleurs dès le lendemain matin. Courbée au-dessus des haies parfumées, elle arrachait en silence leurs trompettes blanches aux jasmins et semblait si réservée qu'on eût dit qu'un souci la minait. A quelques pas de là, Joséphine, inquiète comme une mère pour sa fille, lui jetait de brefs regards en biais pour tenter de percer le mystère de cette gravité, si différente des éclats de toutes sortes, rires ou rages, auxquels Ninon l'avait habituée.

Il s'est passé quelque chose, se disait-elle, sans parvenir à deviner de quel événement il s'agissait.

Chaque fois que Ninon apercevait les regards soucieux et interrogateurs que lui lançait Joséphine, elle détournait la tête vers la fleur la plus éloignée. Elle n'en était pas plus fière pour autant, mais qu'aurait-elle pu avouer de cette fin de bal sans que le rouge lui monte au front ? Elle ne craignait pas une réprimande, quelque chose lui disait que Joséphine n'en ferait pas. Elle se demandait seulement comment il se faisait qu'une chose si belle fût à ce point indicible. Alors, elle s'enroulait autour de son secret pour le protéger comme on le fait de sa peau ou de ses pensées.

Et puis, lui restait à l'esprit une impression d'absolue fatalité. Dès l'instant où elle avait aperçu Peter adossé au mur de la petite poste, à aucun moment, elle n'avait eu la possibilité de choisir d'accepter ou de renoncer.

Tout en cueillant, Ninon cherchait une phrase qui saurait rassurer Joséphine tout en lui permettant de garder son mystère. En attendant de trouver les mots qui conviendraient, elle leva les yeux vers la rangée fleurie voisine et lui sourit gentiment.

Joséphine se consola de ce lambeau de confiance tout en se promettant d'aller voir Peter au plus tôt, pour obtenir de lui un peu de lumière.

Peter s'installa à son bureau plus par habitude que par conviction. Il aurait bien voulu écrire mais, comme disait Pilar, comment écrirait-il sur le papier alors qu'il n'avait pas écrit dans sa tête depuis un mois entier ?

Il ne savait que se souvenir et glissait sans cesse du plaisir au remords. Il naviguait de l'un à l'autre comme un navire sans mouillage que le vent fait tournoyer.

« Je n'aurais pas dû », ne cessait-il de se répéter.

Ce soir-là, il était ivre, bien sûr, ou bien peu s'en fallait. Hélas, sa conscience n'acceptait pas l'excuse.

Il n'aurait pas dû.

Sa fierté de gentleman était rudement mise à l'épreuve. Il s'était découvert d'une jalousie vulgaire, sans aucun self-control.

Mais il avait beau se mortifier par la pensée, le reste de son être n'en demeurait pas moins ravi.

Au lieu d'écrire, il griffonnait sur le buvard de son bureau. Parfois, il se surprenait même à sourire.

Quand il se leva enfin, sa décision était prise. Non, il ne regrettait pas ce qu'il avait fait, mais il jura solennellement que ce serait la dernière fois.

Foi de Peter, comme aurait dit le bon père Alfred, ce n'était pas à son âge qu'il allait commencer à se conduire comme un cancrelat.

Il décida que, le soir même, il exprimerait à Ninon sa confusion et ses regrets. Il fit quelques pas autour de son bureau en tentant d'imaginer la scène : elle serait devant lui, un peu surprise sans doute, mais certainement attentive à ce qu'il dirait…

Et, alors qu'il ne faisait qu'imaginer, alors qu'il ne distinguait qu'une silhouette sans parfum et sans palpitation, alors qu'il ne voyait ni prunelles ni sourire… la déroute lui apparut certaine. Jamais il ne pourrait s'expliquer sans succomber encore une fois. Au moindre nuage dans son regard, au moindre froncement de nez, il recommencerait.

Il devait inventer une autre manière de se faire pardonner.

Comme il en avait l'habitude chaque fois qu'un problème le tourmentait, Peter parcourut son salon de long en large en soufflant dans le creux de ses poings rassemblés. Mais, cette fois-ci, son interminable déambulation et ses profondes expirations ne servirent à rien. Quand approcha l'heure du dîner, il n'était pas parvenu à imaginer une solution moins périlleuse qu'une explication en tête à tête.

L'idée lui vint, alors qu'il s'asseyait enfin, épuisé par son parcours, à court d'haleine. Il lui suffirait tout simplement d'avoir l'attitude adéquate, une attitude si explicite qu'elle parlerait d'elle-même. Ce soir donc, quand Ninon servirait le dîner, il s'efforcerait de rester distant et ne lui dirait que quelques mots anodins, et seulement s'il y était obligé. Pas un seul sourire, pas un seul regard qui puisse lui faire croire qu'il recommencerait.

Avant de partir, Peter s'étendit durant quelques minutes sur son canapé, devenu son havre de songe et de paix. Il ferma les yeux pour y faire la nuit et invita chastement Ninon à le rejoindre en priant le ciel qu'aucun autre bal ne vienne mettre à l'épreuve toutes les promesses de sagesse qu'il venait de s'infliger.

Ninon revint en courant de la cueillette du jasmin. Elle monta quatre à quatre les escaliers pour aller se changer puis redescendit dans sa cuisine, toute fiérote, le chignon relevé.

Quand elle eut fini de préparer son dîner, elle entra à petits pas dans la salle à manger.

A dix mètres d'elle, dans le salon, au-delà de la large baie vitrée, Peter et madame de Carlon regardaient la télévision.

Pour mettre le couvert, elle entra, sortit, contourna plus de cent fois la grande table. Tout en lambinant d'une place à l'autre, elle eut beau jeter toute une gerbe d'œillades vers Peter, pas une seule fois, il ne leva les yeux vers elle. Paupières basses, il semblait subjugué par l'écran et, s'il s'en détachait parfois, ce n'était que pour échanger quelques mots avec madame de Carlon.

Elle retourna dans la cuisine et attendit, fébrile, que le coup de sonnette lui demandât de servir.

Hélas, elle eut beau tourner autour de la table à s'en donner mal au cœur, s'approcher de lui pour changer une assiette, pour lui présenter les plats, frôler son bras de son bras, jamais il ne la regarda.

— Merci, Ninon, dit-il plusieurs fois.

A la fin du repas, comme elle apportait un somptueux dessert – des œufs en neige – il s'exclama :

— Magnifique !

Puis il la gratifia d'un sourire gentil, exactement le même qu'autrefois, lorsqu'elle servait le thé.

Ninon attaqua d'une main molle le nettoyage de la vaisselle. D'un revers du coude, elle essuya une larme qui coulait sur sa joue, avala la suivante puis se calma. Peter avait eu raison d'agir ainsi. Qu'aurait-il pu faire, qu'aurait-il pu dire sans se trahir alors qu'en face de lui madame de Carlon le couvait des yeux ?

Raisonnable, elle finit sa vaisselle et monta se coucher.

Et tous les soirs qui suivirent furent semblables à celui-là. Peter imposa sans faiblir son impitoyable manège, et Ninon dut supporter son insupportable manque d'attention. Sourires polis, sourires gentils. Précisément les mêmes que ceux qui la ravissaient l'année dernière, quand elle était encore petite.

Peter était apaisé. Le matin, il savait Ninon aux fleurs en compagnie de la fidèle Joséphine et, le soir, il la retrouvait près de lui, serviable et souriante. Même s'il se trouvait bien cruel de ne lui dire que des phrases anodines sur un ton badin, il ne regrettait rien. Il fallait bien désormais que l'un des deux se montrât raisonnable. Et qu'aurait-il pu lui dire qu'elle n'eût sans doute déjà compris ?

Il gagnait du temps, un temps qui n'en finissait pas mais qui était le prix à payer. Un prix qu'il n'avait pas eu le loisir de choisir tant cet amour invraisemblable s'était imposé à lui.

Chiffonné tout de même mais néanmoins serein, il partait chaque matin pour marcher à grands pas à travers les champs et les bois comme il parcourait jadis les landes de Dartmoor. En quelques balades, il avait appris que les feuilles d'olivier aiment à se retrousser sous le mistral pour faire scintiller leur dessous argenté, qu'un seul bouquet de genêt peut à lui seul embaumer toute la forêt, que le feu de l'été fait disparaître l'eau des vallons et que les pétales roses du ciste s'envolent volontiers à la brise.

Il avait aussi rencontré des hommes et des femmes qui lui avaient appris à se lever à l'aube pour ne ressortir qu'à la fraîcheur du soir.

Il savait maintenant écrire dans la pénombre tant les émotions, les couleurs et les parfums restaient accrochés à sa mémoire.

Il avait commencé un livre qui parlait de moisson et d'olives et s'étonnait de pouvoir s'enfoncer aussi facilement dans son histoire.

Ce soir-là, Ninon était à cran. Le petit jeu auquel jouait Peter ne lui convenait pas.

Elle décida de ne pas poser de bouquet sur la table. Ensuite, lorsque la sonnette l'appela, elle apporta la soupière, la déposa devant madame de Carlon et s'en alla.

Celle-ci s'insurgea :

— Eh bien Ninon, servez !

— J'ai quelque chose sur le feu qui ne peut pas attendre.

Elle revint plus tard pour desservir et fit cogner la porcelaine.

— Faites donc attention !

Un nouveau choc sur l'assiette répondit, immédiatement suivi par les claquements secs de ses talons.

Puis elle apporta des quenelles pétries de ses mains et gonflées à point sous une sauce encore toute frissonnante. En présentant le plat à Peter, elle fit un faux mouvement et laissa tomber quelques gouttes de crème rosée à deux doigts de sa main. Elle ne parut pas s'en apercevoir et disparut.

Peter s'amusait en secret. Sa rebelle était revenue. Pour très peu, il se serait levé pour la prendre dans ses bras. Au lieu de ça, il tamponna les gouttelettes de sauce avec un morceau de pain et guetta le retour de Ninon pour mieux lire la rage sur son visage.

— Cette petite est infernale, je ne peux plus rien en faire ! s'insurgea madame de Carlon.

— Donnez-lui son congé, suggéra Peter, perfide.

Madame de Carlon haussa les épaules :

— Que deviendrait-elle sans moi ? Ici elle est nourrie, logée...

— Peut-être voudrait-elle, aussi, être payée ?

Le ton de Peter était indéfinissable. A l'entendre, on ne savait plus s'il était insolent ou réellement compatissant.

Celle-ci choisit la deuxième intonation :

— Et puis quoi encore, n'est-ce pas ?

Puis elle appuya sur la sonnette afin que Ninon apporte le dessert.

Quelques minutes passent sans que Ninon apparaisse. Peter, impatient de la contempler encore une fois, fixe la porte de la salle à manger. Madame de Carlon soupire d'exaspération et appuie plus fermement sur le bouton.

— Voyez vous-même à quel point elle est insupportable !

Mais la porte que Peter couve des yeux reste close. Madame de Carlon sonne une troisième fois et si longuement que, certainement, le bouton écrabouillé ne s'en remettra pas.

Peter se lève, soucieux tout d'un coup.

— Laissez-moi faire, je vais voir ce qui se passe.

Il entre dans la cuisine, Ninon n'y est pas. Naïf, il s'inquiète un peu plus et entre dans l'office…

Elle se jette à son cou.

— Je savais bien que tu viendrais !

Et Peter, le gentleman, perd le nord une troisième fois.

26

Et le grand tourment de Peter recommença.

L'habitude, voilà ce qui le guettait ; une sorte d'accoutumance d'où naîtrait fatalement l'exigence, comme le goût de boire amène la soif. Cette troisième étreinte avait été une manière de retrouvailles et, entre eux, se créait, à toute allure, une sorte d'intimité, de familiarité même. Déjà, avec jubilation, il avait reconnu l'odeur de sa peau, la forme de sa taille, la saveur de sa bouche. Dans les bras de Ninon, il s'était senti chez lui.

Mais il y avait pis encore. Désormais, lorsqu'il était loin d'elle, ses songes devenaient plus précis et plus tenace le désir.

L'escalade périlleuse était amorcée. Il était urgent de se montrer raisonnable et puisque Ninon, brûlante et ingénue à la fois, avait des emportements déraisonnables, il se devait, lui, d'avoir la prudence des sages.

Il partirait.

Il partirait à regret, mais avec confiance. Ninon l'aimait et l'attendrait. Il profiterait aussi de cet éloignement pour sonder son cœur et réfléchir en paix.

Peter savait qu'il en avait besoin. Il lui semblait parfois, dans de rares moments de lucidité, s'enfoncer dans une situation qu'il ne maîtrisait plus. Jamais une passion ne l'avait emmené si loin. Il ne se reconnaissait dans aucun de ses comportements. Il négligeait ses amis, son écriture, ses lectures. Tout ce qui, jusqu'ici, avait été pour lui essentiel. Aux Campestres, son univers se réduisait à la seule présence de Ninon.

Il devait s'éloigner pour accéder au détachement et à la neutralité nécessaires afin de pouvoir répondre aux myriades de questions qui frôlaient parfois son esprit sans qu'il prît la peine de les formuler intégralement ; encore moins d'en chercher les réponses.

Il devait partir non seulement pour préserver Ninon mais aussi pour remettre de l'ordre dans sa vie.

Le lendemain soir, Peter s'excusa auprès de madame de Carlon et, au lieu d'aller lui tenir compagnie, il descendit jusqu'aux environs de la petite porte de fer, s'assit au creux d'un muret, à l'abri des frissons du mistralet, et attendit le retour de Ninon.

La carriole arriva plus tôt que prévu et Joséphine en descendit suivie de Ninon. Comme chaque soir, Abel se précipita pour recueillir sur les joues de son amie, dans un baiser, le chaud du soleil et le parfum des fleurs.

— Il faut que je file, dit-elle en se détachant rapidement de lui.

Elle courut à travers champs vers la petite porte en fer. Elle escalada quelques murets et, soudain, alors qu'elle gravissait le dernier, elle ralentit le pas. Peter l'attendait. Elle reprit sa course et s'apprêta à se jeter à son cou. Mais il la retint par les poignets avant que sa poitrine ne touche la sienne. Il dit aussitôt :

— Je suis venu te prévenir que je pars demain pour Londres. J'y resterai quinze jours au moins, peut-être un mois…

La nouvelle était terrible mais, pour la rendre plus légère, il ponctua chaque mot d'un bécotement à fleur de lèvres.

Derrière ses carreaux, Pilar assista sans mot dire à la scène et, quand elle s'acheva enfin par un baiser plus long, trop long, elle hurla à pleine gorge vers José :

— Viens voir, mon fils, viens un peu voir de quoi ton ami Peter est capable. Sainte Vierge chérie, comment est-il possible qu'une chose pareille arrive ! Quand je pense que je croyais qu'ils ne faisaient que se languir chacun de leur côté…

Je me suis bien trompée ! Coquin de Dieu, ils ont déjà bu le pastis et le festin va commencer !

Elle prit sa tête à deux mains :

— Bonne mère, ce petit bout de femme, si jeune ! Et l'autre, ce sournois, ce vaurien, tel que je le connais, que va-t-il en faire, sainte Mère de Dieu, d'ici deux à trois mois !

Elle se tut un instant et reprit à mi-voix :

— Pardi, voilà pourquoi il ne vient plus d'autre femme, voilà pourquoi quand je lui parle, il ne me répond pas, voilà pourquoi maintenant il écrit en français et...

Son visage s'éclaira parce qu'elle perçait enfin un mystère.

— ... voilà pourquoi, depuis toutes ces lunes, il n'a pas dansé la solea avec moi !

Abel, désœuvré, suivait à pas lents la trace de Ninon. Il déambulait en chantonnant. Il ne savait pas quoi faire. Il se laissa attirer par cette haïssable porte de ferraille, celle de ce château maudit qui, chaque soir, dévorait Ninon. Il grimpa les murettes en rêvassant à sa rentrée prochaine. Il rencontra une cigale silencieuse sur le tronc d'un pin et s'amusa à la faire courir sur sa main. Il releva la tête pour ajuster sa trajectoire. Soudain il se figea.

Quand elle se fut séparée de Peter, Ninon courut vers la petite porte. Elle l'ouvrit et s'apprêtait à reprendre sa course quand Pilar apparut pour se jeter en travers de son chemin :

— Dis-moi un peu, coquinasse, je vous ai vus, Peter et toi ! Vous savez bien y faire pour couillonner le pauvre monde !

Ninon rougit mais ne répondit pas.

— Fais bien attention à toi, petite, chauffe un marron et ça le fait péter, comme on dit chez moi !

Et comme Ninon, tout étourdie par la brutalité de l'attaque, tentait néanmoins de passer la porte, Pilar la retint par le bras et lui lança :

— Qui couche avec un chien se réveille avec des puces !

Ninon écarquilla les yeux sans comprendre. Pilar, à bout de dictons et de métaphores, se résigna à plus de précision :

— On a pourtant bien dû te dire comment on faisait les enfants !

Et elle lâcha Ninon, qui s'enfuit.

Alerté par la voix furieuse de sa mère, José s'était approché :

— Laisse-la tranquille, mama, tu sais bien que Peter n'est pas comme ça !

Pilar fit, de sa main, un grand geste exaspéré qui tourbillonna vers le ciel.

A deux pas de l'abîme, à deux doigts d'y tomber, elle n'avouerait jamais que le charme et les belles manières de Peter avaient, depuis longtemps, troublé son pauvre cœur esseulé.

Le ciel au-dessus des Campestres devait être bien tourmenté ce soir-là, puisque, au moment même où Ninon, bouleversée, s'engouffrait dans le château, Joséphine, elle, frappait à la porte de Peter.

Il lui ouvrit et la fit entrer sans laisser paraître son étonnement. Joséphine regarda autour d'elle comme si elle s'attendait à voir Ninon. Peter s'en douta.

— C'est gentil de venir me rendre visite ce soir.

— Il y a beaucoup trop de mistral et la cueillette a été interrompue. Alors j'ai pris le temps de venir vous parler.

Puis elle se tut, ne sachant comment entamer le débat.

Peter, compréhensif, lui apporta son aide :

— Vous vouliez sans doute me parler de Ninon ?

Joséphine, aussitôt, lui fit part de son inquiétude. Elle insista beaucoup sur le fait que, Ninon lui étant en quelque sorte confiée, elle s'en sentait responsable. Elle parla du calme étrange avec lequel la petite cueillait les fleurs sans plus jamais s'amuser ni rire aux éclats.

— On dirait qu'elle a pris dix ans d'un seul coup, elle est devenue sérieuse plus que de son âge. Je ne sais plus que penser. Vous me comprenez ?

Un rose très doux apparut sur ses joues.

Peter était aux anges. D'apprendre que Ninon grandissait le remplissait de contentement. Il ne put s'empêcher de sourire, puis redevint sérieux pour choisir avec précaution les mots qu'il fallait pour rassurer Joséphine :

— Ninon et moi, nous avons fait la paix et c'est sans doute là qu'il faut chercher la raison de son calme. Que vous dire de plus, sinon de ne pas vous inquiéter ? Je m'apprêtais d'ailleurs à venir vous voir pour vous annoncer que je m'en vais en Angleterre.

Joséphine arrondit les yeux.

— Pas pour longtemps, un mois peut-être ? Quelques obligations m'obligent à retourner chez moi.

Joséphine revint chez elle à pas pressés. Mais, comme elle descendait les berges, une mésange bleue et un rouge-gorge l'entendirent murmurer :

« Tout beau, tout bon, monsieur le curé. Mais personne ne m'empêchera de penser qu'ils me cachent quelque chose, ces deux-là. »

Quand Joséphine fut partie, Peter entreprit de mettre de l'ordre sur son bureau. Dans sa chambre, sa valise était prête, mais lui ne l'était pas. Il avait les gestes vains et distraits de ceux qui font les choses sans y croire. Ses adieux à Ninon avaient laissé sur ses lèvres un goût d'inachevé et de regret qui remettait en cause toutes ses bonnes résolutions. Il n'avait plus envie de partir. Paupières basses, il s'efforçait d'agir pour s'empêcher de rêvasser.

Il empila pour la troisième fois la même liasse de feuillets.

Il ne savait plus ce que devait lui apporter d'essentiel ce retour à la source, à la neutralité. Il ne se souvenait plus des questions qu'il aurait aimé se poser. Il s'en moquait.

Seule importait Ninon. Il soupira. Pour elle donc, il irait au bout de sa décision, mais il savait déjà qu'il en souffrirait plus qu'il ne le méritait.

Soudain, il entendit un bruit sur la terrasse. Une ombre avançait à grands pas. C'était Abel.

Celui-ci pénétra dans le salon en repoussant sans ménagement la baie vitrée. Tout en lui parlait de colère.

Il apostropha Peter dès qu'il fut entré dans la pièce :

— Je vous ai vu avec Ninon !

Peter ne répondit pas. Il prit le temps nécessaire pour digérer son étonnement en finissant d'empiler quelques dossiers.

Devant lui, Abel frissonnait de fureur. Il hurla :

— C'est dégueulasse ce que vous faites !

Peter frémit. Il tourna la tête vers l'adolescent. Abel vibrait comme le ventre d'un violon. A n'en point douter, ses poings serrés rêvaient de se battre. Peter fit appel à tout son jugement pour rester calme. Il ferma une serviette en cuir, la déposa sur le sol et demanda :

— Quoi donc ?

— Vous le savez bien, d'embrasser Ninon !

D'avoir prononcé ces mots, Abel était sur le point de pleurer.

— Ce qui semble te contrarier, c'est que ce soit moi qui l'embrasse, n'est-ce pas ? N'en as-tu pas envie parfois ? Ce qui serait moins dégueulasse, bien sûr ?

— Vous avez vu votre âge ?

Peter blêmit.

— Vous êtes vieux !

— Et alors ?

— Et vous ne trouvez pas ça dégueulasse d'embrasser une fille si jeune ! En attendant la suite…

Peter ne répondit pas. Le coup avait porté. Il se détourna pour se servir un verre ; comme ses mains tremblaient, il y renonça. Il préféra attendre encore et tapota longuement la liasse de feuillets avant de la remettre à sa place. Il retrouva une voix calme pour offrir un verre à Abel, qui le refusa. D'un geste il l'invita à s'asseoir, mais sans résultat.

Peter réfléchissait. La situation était grotesque et émouvante à la fois. La lutte inégale. Il jeta un œil vers Abel qui semblait décontenancé par son calme illusoire. Il décida de ne pas se laisser entraîner sur le chemin des écarts de générations. Il devait contre-attaquer et vaincre définitivement. Il s'appuya à l'angle de son bureau, alluma une cigarette et murmura en choisissant à dessein de reprendre le vouvoiement :

— Je suis réellement navré pour vous, Abel. Mais, en ce qui concerne l'avenir de Ninon, car c'est bien de l'avenir de Ninon qu'il s'agit, n'est-ce pas ?

Il regarda sévèrement Abel. Ils s'affrontèrent, les yeux dans les yeux.

— Donc, en ce qui concerne l'avenir de Ninon, mon grand âge me paraît plus rassurant que votre éclatante jeunesse. Imaginez, un instant, que ce soit vous qu'elle aime...

Abel abaissa, un instant, les paupières.

— ... parce que c'est toujours la femme qui choisit, vous ne le saviez pas ?

Abel rougit.

— Imaginons donc que ce soit vous qu'elle aime, insista cruellement Peter, et si vous le voulez bien, sautons aussi quelques années. Dites-moi combien de temps vous pensez l'aimer tout en restant aux Campestres pour la chérir et l'entourer comme elle en aura certainement envie ? Vous savez bien qu'il ne sera pas question de l'emmener à Paris, Ninon est une fille de la campagne, de la terre.

Abel bondit :

— Moi aussi. J'y suis né et je la connais mieux que vous.

— Vous, vous vous promenez sur la terre. Elle, elle y met les mains, ce n'est pas pareil. Vous, vous vous baladez en écoutant les oiseaux et en aspirant la rosée. Vous êtes un rêveur, un poète, vous avez toute votre vie à faire, et elle ne se fera pas aux Campestres, vous le savez bien. Que ferez-vous de Ninon quand l'envie vous prendra d'aller voir ailleurs ? Un souvenir agréable dont vous parlerez dans vos chansons ?

— Vous vous trompez, Ninon et moi, nous nous ressemblons, nous avons vécu des tas de choses ensemble dont vous n'avez même pas idée. Jamais je ne la laisserai.

Peter vida son verre.

— Vous resterez donc aux Campestres et vous moissonnerez avec elle ? Joli gâchis en perspective…

Abel tressaillit.

— Si moissonner doit être votre destinée, poursuivit Peter, il faudrait vous mettre sans tarder à manier la faux. Vous en aurez besoin. Mais arrêtez-moi si je me trompe. D'ici, je vois très bien les restanques et je vous ai observé pendant la dernière moisson : je ne vous ai jamais vu couper un seul épi, vous ne ramassez même pas ceux qui sont à vos pieds. Je vous ai vu par contre vous asseoir au bord des murets et jouer de l'harmonica, fort bien, je le reconnais volontiers. Je vous ai vu aussi aller et venir le nez en l'air, martyriser les cigales et les prégadioù, c'est charmant à seize ans.

Abel protesta :

— Ce n'est pas de mon âge, c'est du vôtre qu'il s'agit !

Peter négligea l'estafilade.

— Permettez donc à mon grand âge de vous faire une suggestion. Gardez de Ninon toute la tendresse qu'elle vous donne et contentez-vous de ne pas la gâcher. Croyez-en mon expérience, vous oublierez facilement toutes les autres, mais jamais le souvenir d'une qui vous a dit non ne vous quittera. Seul ce souvenir vous donnera de l'inspiration.

Abel, décontenancé, sembla ne pas entendre les conseils de Peter. Il haussa les épaules et choisit la dérision. Il persifla, méprisant :

— Et vous, vous moissonnerez peut-être ?

Peter sourit malgré lui, l'image l'amusait.

— S'il le fallait, pourquoi pas ? Vous ne m'en croyez pas capable ?

Il sourit encore :

— Ou bien je louerai les services d'un moissonneur.

— Avec de l'argent, tout est facile !

— Je ne vous le fais pas dire.

— Et vous resterez toute votre vie avec elle ?

Abel ricanait méchamment.

— J'en ai bien l'intention !

Peter avait haussé le ton pour faire cesser le ricanement. Il eut une sorte de vertige. Jamais une chose pareille ne lui était arrivée. Un combat de coqs. Mais bec cruel et pattes garrottées. Il respira profondément, alluma une autre cigarette. Abel, à bout d'argument, regardait autour de lui en secouant la tête nerveusement. Ses yeux rencontrèrent une des guitares de José qui traînait sur une étagère et s'immobilisèrent. Peter, qui l'observait, surprit la lueur d'intérêt. Il laissa passer un moment, puis il dit pour apaiser l'atmosphère :

— Vous ne voulez vraiment pas boire un verre ?

— Non !

Peter soupira. La situation était détestable. Il ressentait de la compassion mêlée d'exaspération. Il ne savait plus que faire. Il se dirigea vers la guitare, s'en saisit et la tendit à Abel :

— Je sais que ce n'est pas le moment idéal pour vous faire un cadeau, mais je vous jure que c'était dans mes intentions. Tenez, ainsi vous pourrez jouer et chanter en même temps, comme José. Allons, prenez ça.

Abel ne bougea pas. Peter haussa le ton.

— Prenez cette guitare, Abel, et foutez-moi le camp. J'ai un avion à prendre !

— Vous partez ?

Abel s'éclaira puis il en profita pour planter une dernière banderille :

— Vous la laissez déjà.

Il ricana encore :

— Vous préférez l'Angleterre !

— Oui, je pars, mais pas par amour de l'Angleterre. Je quitte les Campestres précisément pour ne pas être dégueulasse. Comme vous le disiez si bien.

Leurs yeux se rencontrèrent. Peter baissa les siens. Il attendit un peu et demanda :

— Vous parlerez de tout cela à Ninon ?

Abel regardait par la fenêtre :

— A quoi bon puisque c'est vous qu'elle aime.

Il pleurait enfin. Peter détourna la tête.

— Prenez cette guitare. Vous avez du talent.

Abel sembla négliger le compliment, il hésita un peu, puis il fit un pas et attrapa l'instrument.

Quand Abel fut parti, Peter se laissa tomber sur son canapé, les nerfs brisés. Il s'apaisa en buvant un whisky tout en se remémorant la scène. Une phrase d'Abel lui revenait sans cesse à l'esprit, balayant tout le reste de l'altercation.

« Et vous resterez toute votre vie avec elle ? »

Il reconnut la question que jusqu'ici il n'avait jamais posée clairement.

« J'en ai bien l'intention ! »

Dans le feu du combat, était-ce bien lui qui avait fait cette réponse ?

27

Peter passa deux semaines à Londres où le temps était splendide. Il fut immédiatement emporté dans un tourbillon de réceptions, d'obligations et de rencontres fortuites, si bien qu'il ne s'ennuya pas un seul instant. Il se sentait saisi d'une fringale de distraction et de réjouissance et jubilait de pouvoir enfin parler anglais. Partout où il allait, il était le bienvenu, et on le recevait avec un plaisir évident, avec fierté. Comme avant, dès qu'il entrait dans un salon, les femmes l'entouraient et le flattaient. Et lui, de s'amuser à les faire rire et à les faire danser, ne voyait pas le temps passer. Ce n'était qu'au matin que Ninon apparaissait enfin et Peter s'étonnait alors d'avoir pu passer toute une journée sans elle. Il s'attendrissait, rêvait un peu près d'elle avant de se lever et de se laisser engloutir par les débordements de l'amitié.

Pourtant, un jour qu'il discutait avec un groupe d'amis sympathiques sur le bord d'un trottoir, dans la tourmente bruyante et fiévreuse de la ville, il se surprit à ne plus suivre la conversation. Malgré lui, malgré le brouhaha agréable qui l'entourait, il était revenu aux Campestres. Il avait vu Marius, au soleil couchant, tirant une chaise derrière lui jusqu'à la treille pour l'inviter à s'y asseoir. Geste lent d'accueil empressé. Il s'était assis en silence à son côté.

Bien qu'il n'eût rien à lui donner ni à lui dire, Peter se résigna tout de même à rencontrer son éditeur. Monsieur Robinson était un homme sympathique et bienveillant. Quand ils furent face à face, celui-ci considéra Peter avec bonté :

— Vous avez une mine superbe ! Heureux d'être parmi nous ?

Peter acquiesça sans réserve.

Et suivirent d'autres interrogations du même ordre : Peter avait-il des soucis ? Ne s'ennuyait-il pas dans ce mas isolé ? Ses amis venaient-ils souvent le voir ? Avait-il cependant le temps de flâner à son gré ? La Provence l'inspirait-elle encore ?

Et comme tout semblait sourire à Peter :

— Alors, cher ami, pourquoi ce long silence ?

Peter prit une moue soucieuse puis il se pencha confidentiellement vers monsieur Robinson, tout en portant la main à son cœur :

— C'est que, voyez-vous, j'ai mal là, à la poitrine.

Monsieur Robinson haussa les sourcils :

— Vous me disiez être en parfaite santé ?

— Vous n'allez pas me croire, mais ce mal me vient chaque fois que je m'assois à mon bureau. Ce n'est pas tout, hélas. Dès que je prends mon stylo, je suis pris de vertige et, d'un seul coup, ma tête se vide.

Peter cessa ses grimaces et reprit un ton jovial :

— Mais le reste du temps, je me porte très bien !

Monsieur Robinson n'apprécia pas sa pitrerie :

— Je vois que vous plaisantez, dit-il.

— Pas du tout, répondit Peter devenu étrangement sérieux. C'est la stricte vérité.

A la fin d'une autre fameuse soirée organisée en son honneur, Peter se retrouva complètement ivre vers quatre heures du matin. Il était assis à côté d'un ancien condisciple de Cambridge à qui il confiait :

— Tu vois Patrick, il y a cent personnes ici. Eh bien, toutes, tu m'entends, toutes, les unes après les autres, sont venues me taper amicalement sur l'épaule en me demandant où en était mon prochain roman. Toutes. Te rends-tu compte de ce que je suis devenu ?

Comme son ami, sidéré, ne répondait pas, Peter se leva et entreprit de danser le flamenco au milieu du salon. Puisque José n'était pas là pour l'accompagner, il chanta lui-même une solea. Autour de lui, ses amis frappaient dans leurs mains ou riaient à gorge déployée. Jacqueline, que Pilar disait pégueuse comme une tranche de ruche, s'approcha et dansa avec lui. Tout en titubant près d'elle, dans l'ivresse totale où il se trouvait, Peter lui promit de l'accompagner au bout du monde. Elle le prit au mot et l'emmena dès la fin de la soirée jusqu'à Brighton, où ils restèrent ensemble deux jours et deux nuits.

Peter en revint barbouillé d'ennui et de dégoût. Vingt fois, il s'était demandé comment il avait pu se laisser entraîner jusque-là.

A son retour, il resta enfermé toute une journée dans sa chambre d'hôtel. Il tenta de revivre tous les derniers événements sans parvenir à comprendre ce qui lui arrivait. Il partait de nouveau à la dérive. Il se remettait à boire alors qu'il ne l'avait plus fait depuis longtemps.

Le lendemain, Peter quitta Londres pour son village de Bovey-Tracey. Rapidement, il se nicha dans ses habitudes d'autrefois. Il traîna avec délice dans le jardin paisible et oublia l'image de Marius sous la treille. Il parcourut comme avant ses landes balayées par le vent, où il reconnut chacun de ses paysages favoris. La tourmente des nuages lui ramena intactes ses émotions d'antan. Lorsqu'une petite bruine glacée se mit à tomber, il enfonça son chapeau, releva son col et repartit en promenade. Il avait toujours aimé affronter ce temps mélancolique et frileux.

Lorsqu'il partait vagabonder ainsi, Peter essayait parfois d'y entraîner Ninon. Il la prenait par la main et la conduisait à grands pas vers la lande. Elle, elle se recroquevillait dans un manteau trop grand et avançait avec peine contre le vent. Elle le suivait néanmoins, docile. Si docile même que bientôt, alors qu'il dévorait des yeux et du cœur le paysage, il en arrivait à oublier qu'elle était là. Elle s'échappait constamment. Alors, il se penchait vers elle pour l'embrasser. Mais elle n'avait plus de visage, plus de bleu sur ses prunelles ni de soleil sur ses joues.

Et Peter devait se réfugier dans la solitude de sa chambre pour la retrouver intacte et brûlante, comme là-bas.

Pour fêter son retour, sa mère organisa une réception dans le jardin du cottage. Dès les premiers instants, on lui présenta une jeune fille qui venait d'entrer au Clare College de Cambridge où lui-même avait fait ses études. Elle s'appelait Sylvia. Elle était ravissante et avenante, à peine plus âgée que Ninon. Peter passa le plus clair de la soirée en sa compagnie et elle sembla très sensible à son charme. C'était une jeune fille remarquablement intelligente qui avait, entre autres agréments, celui de rire des mêmes choses que lui, en même temps.

Quand la soirée se termina, il la raccompagna à sa voiture et la laissa partir avec regret.

Au petit jour, il fut réveillé par les battements trop précipités de son cœur. Bien qu'il n'en gardât aucun souvenir, il eut la certitude d'avoir fait un cauchemar. Une sorte de malaise l'étreignait. Son angoisse persista de longues minutes avant qu'il réussisse enfin à se calmer. Ne lui resta alors qu'une désagréable sensation qu'il voulut oublier en se réfugiant dans les bras de Ninon. Pour cela, parce qu'elle était inséparable de sa lumière, il fut obligé de la rejoindre aux Campestres – Ninon ne supportait pas l'Angleterre. Il la retrouva à l'endroit où il l'avait quittée : sous le figuier aux grandes feuilles échevelées.

Peter resta éveillé jusqu'au grand jour en évoquant tous les instants de leur rencontre. Il eut l'impression bizarre d'être né une deuxième fois le jour où Ninon était apparue dans sa vie. Il s'efforça de comprendre pourquoi aussi, chaque fois qu'il passait le Channel, il lui semblait changer de peau. A Londres, il était le surdoué chanceux qu'il était de bon ton d'avoir pour ami et à qui on pardonnait trop facilement les soûleries et les frasques... A Bovey-Tracey, il était l'héritier, le successeur du grand homme d'affaires qu'avait été son père... si grand en affaires même, que le talent d'écrivain de Peter parvenait avec peine à le faire oublier.

Aux Campestres uniquement, il était Peter. Marius se fichait pas mal qu'il écrivît ou pas et, devant Ninon, il se sentait affranchi de tout ce qu'il représentait sans le vouloir vraiment.

Il se demanda si ce n'était pas elle qui l'empêchait de sombrer dans le noir.

Quand il eut fini de mettre de l'ordre dans son âme, il se leva et décida de raccourcir, autant qu'il le pourrait, son séjour en Angleterre.

Au cours du *breakfast*, comme il s'y attendait, sa mère tourna un long moment autour du pot avant de lui demander ce qu'il pensait de Sylvia. Peter répondit honnêtement que cette jeune fille était à tous points de vue charmante, mais qu'il était inutile de la lui mettre dans les bras.

Pas plus qu'à ses amis, Peter ne parla de Ninon à sa mère. Il n'évoqua pas non plus l'image de Marius tirant une chaise jusque sous la treille. Comme il l'avait fait tout au long de son séjour à Londres, il garda ses émotions dans ses poings enfoncés au plus profond de ses poches. Il faisait déjà de même quand il était enfant.

Un jour, pourtant, à la fin d'une soirée mouvementée, alors qu'il s'éloignait des danseurs bruyants et des marchands de palabres pour siroter un whisky en paix, Clara, très élégante, entra dans le salon et se précipita vers lui.

— Hello, Peter, quel plaisir de te voir enfin ! Il paraît que tu as retrouvé toutes tes habitudes ?

Et elle s'assit à son côté pour lui narrer les multiples réceptions, excursions et événements qui s'étaient déroulés en son absence. Elle était très en forme, drôle parfois, et Peter l'écoutait avec plaisir quand, soudain, comme si elle n'y avait pas pensé auparavant, elle demanda :

— Au fait, quoi de neuf pour ton « problème français » ?

— Je n'ai plus de problème français.

— Magnifique ! Et que devient Ninon ?

— Elle grandit.

— Et son problème anglais, disparu lui aussi ?

Peter hésita à lui répondre, puis, changeant d'avis, il la prit par l'épaule et chuchota à son oreille :

— Il n'y a plus de problème, ma chère, rien que des choses agréables qui ne te regardent pas.

Peter quitta la réception fort content de lui. Cela faisait un bon bout de temps qu'il ressentait le besoin de parler de son amour à quelqu'un.

Deux jours plus tard, Peter s'envola pour la France. Aux Campestres, il retrouva sa maison avec un battement de cœur et s'en fut aussitôt saluer Marius sous la treille.

Le soir même, il se rendit chez madame de Carlon. Mais, au lieu de sonner à la porte principale, il contourna le bâtiment et entra par la porte de service. Ninon était occupée devant les fourneaux. Elle agitait une poêle où cuisait bruyamment le dîner. Elle ne l'entendit pas arriver. Quand elle se retourna enfin, il était appuyé au chambranle et lui souriait. Ninon sursauta et, oubliant les avertissements de Pilar qu'elle avait pourtant longuement ressassés, elle se jeta à son cou. Il l'étreignit. Au début, ce fut comme avant. Les mains de Peter ne quittèrent pas la taille. Puis, alors qu'il l'embrassait doucement dans le cou, Ninon, prise de vertige, se laissa aller à renverser le menton dans le plus passionné des abandons. Peter en perdit la tête tandis que Ninon permettait aux longues mains de s'égarer sur son corps.

Des bruits agacés de talons les séparèrent providentiellement. Quand madame de Carlon poussa la porte de la cuisine, Peter avait eu le temps de disparaître, Ninon, tremblante, regardait son fourneau.

— Eh bien, Ninon, vous n'entendez plus mes coups de sonnette ?

Sa vaisselle lavée et rangée, Ninon remonta dans sa chambre. Elle tremblait encore, le corps en révolution. Elle se coucha et frissonna longtemps avant de retrouver son calme. Alors qu'elle était au bord du sommeil, sournoisement, Pilar lui apparut. Ninon l'entendit clairement additionner ses mises en garde puis refaire pour elle le décompte des innombrables femmes, passagères de la maison. Elle se vit ajoutée à la liste sous son regard goguenard. Une onde de fureur l'envahit. Jamais elle ne supporterait de laisser son nom compléter l'inventaire.

Dès le lendemain matin, Peter partit en vain à la recherche de Ninon en se mettant sur son chemin aux heures où, parfois, elle s'échappait pour aller à la ferme.

Il rentra chez lui fort déçu et s'étendit sur son canapé en espérant que Ninon inventerait un prétexte pour venir se jeter dans ses bras.

Il attendit jusqu'à ce que la nuit tombe, mais Ninon ne vint pas.

Au dîner, Ninon fit son service sans soulever une seule fois ses paupières. Elle allait et venait, glaciale et distante. Elle était en colère.

Au moment de partir, Peter, au désespoir, pensa à se glisser dans la cuisine comme il l'avait fait la veille, pour la surprendre, mais il n'osa pas. La bravache qu'il aimait tant était revenue mais, cette fois-ci, à ses dépens. Il passa une nuit blanche en ne cessant de se répéter ce qu'il aurait aimé lui dire pour se faire pardonner. Il balbutiait des remords et s'insurgeait à l'idée que Ninon lui ait retiré pour si peu sa confiance.

Au petit matin, il lui écrivit une lettre de repentir et d'amour, qu'il confia à Joséphine.

En attendant une réponse, pour tromper l'oisiveté de ses doigts, il entreprit de dessiner et de peindre. Mais il se maudissait tant que ses peintures prenaient des formes et des couleurs effrayantes. Il les déchirait à peine achevées.

Peter attendit une semaine sans recevoir ni le moindre signe laissant espérer une trêve ni de réponse à sa lettre. De guerre lasse, il se résolut à la surprendre comme la première fois. Il se présenta, un soir, dans sa cuisine. Quand elle le vit entrer, Ninon lui fit face et dit sourdement tout en levant la cuillère de bois qu'elle avait dans la main :

— Je ne veux plus vous voir. Retournez donc en Angleterre !

Puis elle sortit de la cuisine et ne reparut même pas pour servir le repas.

Commença alors, pour Peter, une succession d'allers et de retours de France en Angleterre.

A Bovey-Tracey, il rencontrait souvent la jeune Sylvia et acceptait de passer plus de temps avec elle. Un jour qu'ils valsaient ensemble, Peter, tout étourdi, se laissa aller à l'embrasser. Sylvia ne protesta pas, mais au lieu de l'inviter pour la danse suivante, Peter se dirigea vers le bar et se remit à boire.

Aux Campestres, il rencontrait Ninon, qui ne se cachait plus mais qui ne le regardait pas. Pas une seule fois il put se régaler du bleu de ses prunelles. Elle était courtoise mais encore plus lointaine. Indifférente, même plus en colère.

Alors, ses amis turbulents, Clara en tête, envahirent sa maison comme autrefois. Les bruits de fête s'en venaient cogner à sa petite fenêtre sans que Ninon s'en préoccupât. Et Pilar, radieuse, retrouvant son Pedro, put enfin danser la solea.

Peu avant Noël, Joséphine invita Peter à déjeuner. Alors qu'ils étaient tous rassemblés sous la treille, Abel apparut pour quelques jours de vacances.

« Il ne manquait plus que celui-là », pensa Peter.

C'était au moment de se mettre à table, il ne put donc fuir et il dut assister aux retrouvailles de Ninon et d'Abel. Il supporta de voir la jeune fille s'épanouir, irradier et dire tout ce qu'elle ne lui disait pas.

A la fin du repas, Abel se retourna vers lui avec un sourire insolent et victorieux qui donna à Peter l'envie de se battre.

Le lendemain, il repartit en Angleterre. Dès qu'il apparut, Sylvia accourut, et, comme le faisait si bien Ninon, elle se jeta dans ses bras.

28

Quand arriva le mois de février, Peter, de retour aux Campestres, sembla si sensible aux premières fleurs d'amandiers qui s'épanouissaient déjà, à l'air doux et aux milliers de violettes éparpillées dans la mousse des bois qu'il ne parla plus de prochain départ.

Le matin, il s'en allait à travers champs surprendre la nature qui recommençait à palpiter et, le soir, il rejoignait Marius qui mettait le feu aux ronces. Assis à côté de lui, dans le silence incomparable des collines, il regardait les flammèches courir silencieusement sur le sol puis s'élever à l'assaut des ronciers en réinventant toutes les couleurs de l'arc-en-ciel.

Les mains dans les poches et la petite brume triste au fond des yeux, Peter se laissait consumer par la fuite du temps.

Ces quelques semaines passées à conter fleurette à Sylvia n'avaient pas suffi pour lui faire oublier Ninon. Quitte à se morfondre, il avait choisi de revenir près d'elle. Et tant pis si cela ne servait à rien.

Peter n'avait plus d'espoir.

Son bel amour à peine éclos avait perdu ses pétales sans même qu'un souffle les emportât. Ninon s'éloignait de lui en silence, à petits pas, si discrètement que les autres ne semblaient pas s'en apercevoir.

Une chance, une seule, d'aimer vraiment lui avait été donnée et retirée immédiatement. Désormais les années s'engouffreraient dans les replis de sa vie pour le ramener vers ses anciennes habitudes, rivières d'amertume rendues encore plus âcres avec le temps. Recroquevillé sur lui-même, incapable de la moindre objectivité, de la moindre cohérence, il imaginait mille motifs au détachement de Ninon. Son audace amoureuse n'était pas, à ses yeux, une raison suffisante. Il l'estimait largement légitime et excusable. S'il voulait bien admettre un mouvement de recul, un instant de méfiance, il ne s'expliquait pas cette froideur persistante.

Lui préférait-elle un de ces jeunes moustachus qui parlaient le provençal tout en la déshabillant du regard ou bien cet Abel si jeune, imberbe encore mais plein de charme ? Enfin, lorsque Peter en venait à se soumettre lui-même à la question, il endurait mille morts. Ninon, en grandissant, était certainement parvenue à le voir tel qu'il était vraiment : trop vieux, trop fêtard, trop entreprenant, menteur à l'occasion, buveur souvent...

Si, parfois, galvanisé par certains souvenirs, il décidait de lutter et de partir à sa reconquête, il s'en allait la rejoindre, s'empressait autour d'elle et en recevait d'autant plus de signes de détachement.

C'est ainsi que, pour être près d'elle, il assista aux derniers instants de la cueillette d'olives. Il commença par se promener autour des arbres d'un air curieux, puis il s'assit pour regarder le feuillage d'argent fourmiller de mille mains expertes tandis que les olives crépitaient inlassablement.

Un jour, comme devant lui Marius et Joséphine peinaient à soulever une lourde banaste, il se précipita et prit la place de Joséphine. Un peu plus tard, il aida Ninon à plier un drap et à en installer un autre. Ses grands bras et ses longues jambes firent merveille pour courir d'un bout à l'autre des immenses toiles. Elle le remercia d'un de ses brefs regards, fugitifs coups de soleil, avant de se détourner vers d'autres occupations.

A midi, on lui offrait de partager le repas. Ninon, réservée, le servait aimablement, et cette sollicitude le consolait un peu de ses nuits blanches.

Puis elle s'enfuyait vers le château pour rejoindre madame de Carlon et Peter restait sous les oliviers, alors que plus rien ne l'y retenait, comme envoûté par l'étrange apaisement que lui apportait la cueillette familiale. Emaillée de murmures et d'exclamations, la scène, où chacun avait son rôle et sa position, était sereine...

Un jour, il tendit le bras vers une branche et en détacha une olive qui roula dans le creux de sa main en y laissant sa trace grasse. Il en détacha une autre, une troisième puis frotta tout le rameau comme il avait vu le faire. Une giclée d'olives lui glissa entre les doigts.

Joséphine s'écarta de Fanny pour lui faire une place. Peter lança ses longs bras à l'assaut du feuillage :

— La cueillette des olives, dit-il, c'est comme la gourmandise. On prend d'abord un biscuit, sans faim, juste pour occuper ses doigts, puis un second pour retrouver le plaisir de la première fois, un autre encore, sans y penser, un dernier, croit-on, et l'on se prend au jeu du délice tant et si bien que l'on ne s'arrêtera pas.

En réalité, Peter s'étonnait d'éprouver un plaisir à cueillir bien proche de l'apaisement. Dans cette sorte de rituel bucolique où régnait un fervent recueillement, il parvenait enfin à un peu d'oubli. Un geste en appelait un autre, un murmure demandait une réponse, un rire provoquait un sourire... et la paix s'installait en lui.

Il s'aperçut aussi que le silence se faisait bien plus impressionnant quand il était entrecoupé de bruits de feuilles ou d'exclamations. Comme à cet instant, par exemple, où les mots que disait Marius à Joséphine, traversaient l'air limpide pour lui parvenir clairs et précis comme s'ils avaient été chuchotés à son oreille. Ou encore ce *tchic* de la grive méfiante au sommet de l'amandier pourtant lointain.

Beaucoup plus haut, du bord de la terrasse qu'elle balayait distraitement, Pilar aperçut la scène. Elle cessa aussitôt d'agiter son balai, en usa pour se mettre au repos comme un soldat et le regarda faire :

« Ça me tourne le sang de voir ça. Voilà qu'il s'espeille la peau des doigts, à présent ! Sûr que ce n'est pas en faisant le pistachier à la pointe d'un olivier que son livre s'écrira !

Coquin de pas Dieu, cette petite lui a fait perdre bien plus que la tête. »

Elle soupira et reprit son travail.

« Peuchère, on dit bien qu'en amour il faut plus de préface que de lecture, mais je voudrais bien savoir combien de temps durera cette préface-là. »

Et, de trois coups de balai bien appliqués, elle fit voler le reste de poussière puis disparut en claquant la fenêtre bruyamment.

Peter se surprenait à avoir les mêmes exigences que l'aïeul pour débusquer les fruits jusqu'à la pointe des branches, la même satisfaction que Marius à contempler les banastes pleines et le même plaisir à s'endormir, le soir, les bras rompus et le corps las.

Quand il revenait le lendemain, s'il guettait encore les battements de paupières de Ninon, s'il n'était là que pour elle, il savait aussi qu'il y trouverait un répit à son tourment. Un tourment bien solitaire qui avait besoin, pour se faire moins sévère, de chaleur et de compagnie.

Et, quand il prenait le petit Lulu sur ses épaules pour lui servir d'échelle, Joséphine s'esclaffait, ravie, Ninon détournait la tête pour sourire et, de cette simple communion, il ressentait un bien-être qui n'avait pas de nom.

Un soir parmi les autres, au cours d'un dîner coutumier, alors qu'elle ne s'y attendait pas, Ninon entendit madame de Carlon s'exclamer :

— Ne me dites pas que vous allez encore nous quitter ! Qu'est-ce donc qui vous attire tant en Angleterre ? N'y aurait-il pas une belle jeune fille bonne à marier qui vous espère, dites-moi ?

— Il serait tant que j'y songe, ne pensez-vous pas ? répondit mélancoliquement Peter sans relever la tête.

S'il l'eût fait, il aurait pu voir passer un éclair. Néanmoins, Ninon déposa délicatement le plat sur la table.

Quand la dernière olive du dernier olivier tomba, Peter, tout naturellement, prit son tour au tarare, puis il aida Marius à mettre les olives en sac. Enfin il se rendit au moulin pour pouvoir témoigner du miracle de l'huile jaillissante.

Marcus et Marius soulevèrent la première mesure d'olives et laissèrent couler les fruits sous la meule. Marcus, sans même regarder où allait sa main, tendit le bras au-dessus de sa tête et tira sur la corde qui mettait en branle les engrenages. Dans un ronron bon enfant, la lourde roue avança inexorablement pour faire son travail. L'olive se broya, la pâte s'étendit. Puis Marius apporta les scourtins, les emplit, les entassa, et ce fut au tour de la presse de réaliser son ouvrage. L'huile ruisselait déjà, trouble et luisante à la fois. Comme l'avait un jour fait Abel, Peter s'avança pour mettre son doigt sous l'épaisse coulée avant de le lécher, gourmand.

— C'est magique ce moulin, dit-il, je ne regrette pas mon achat.

Il se retourna et reçut en plein cœur une étincelle bleue jaillissant des prunelles de Ninon. Il tressaillit. Il la regarda de nouveau, la flamme s'était éteinte.

Marcus, aux anges depuis qu'il savait qu'il finirait ses jours dans un moulin, s'approcha de Peter et lui tendit la main pour qu'il tope là. Les deux hommes se congratulèrent, tandis que Marius, heureux comme un pape, continuait son travail.

Ninon, un peu en retrait, suivait la scène avec un vague sourire au coin des lèvres tout en piétinant l'endroit où, jadis, elle avait enterré Pierre. Pierre qui n'avait pas pu attendre. Et toute l'amertume de ce passé si proche lui revint violemment en mémoire. Ses yeux s'embuèrent d'autant plus facilement qu'elle se sentait fragile depuis quelque temps.

Marius se retourna vers elle à cet instant, surprenant une larme il la questionna du regard :

— Pierre, murmura-t-elle.

Le temps s'arrêta. Marcus et Marius détournèrent la tête.

— Va, petite, va me chercher encore deux bidons dans la camionnette.

Peter, aux aguets, avait vu le chagrin naître et traverser la grande salle du moulin même s'il n'avait été qu'une fugitive larme. Il se rapprocha de Ninon et proposa :

— Je vous accompagne ?

— Si vous voulez.

Ils passèrent ensemble sous la petite arche. Ninon marchait à côté de lui, mais elle était de nouveau lointaine et froide. Ils étaient seuls pour la première fois depuis des mois. Peter, lorsqu'il s'en aperçut, osa la retenir par le bras à l'ombre du grand mur. Elle ne résista pas et s'arrêta. De surprise, il ne sut que lui dire ni que faire. Ce fut elle qui se rapprocha doucement et se laissa aller contre son épaule. S'obligeant à rester les bras ballants, il murmura précipitamment :

— Je voudrais te parler, je t'attendrai ce soir sous le figuier.

Le grand figuier aux larges feuilles échevelées où ils s'étaient dit si tendrement adieu lors de son premier départ.

— Je ne peux pas, répondit Ninon.

Et brusquement, elle tenta de s'échapper, mais il la retint. Il lui releva le menton et l'obligea à le regarder. Elle se dégagea en détournant les yeux.

Peter maudit son impatience. Il radoucit sa voix mais se fit véhément :

— Qu'est-ce que tu as ? Tu ne m'aimes donc plus ?

Ninon se jeta alors, comme jadis, contre sa poitrine en bafouillant :

— Mais si, mais...

— Mais quoi ?

Elle baissa la tête et murmura doucement :

— Un jour, Pilar m'a dit...

Et les dures phrases qu'elle avait entendues et jamais oubliées sortirent toutes seules devant un Peter sidéré. Ninon n'osa pas répéter mot pour mot le dicton du marron si facile à faire éclater mais elle parvint à évoquer, en tremblant, un sentiment de culpabilité si fort qu'elle ne se sentait plus le droit de laisser Peter l'approcher. Enfin, elle osa refaire pour lui l'inventaire de Pilar.

Il la laissa dire et, à la fin, il ne l'écouta plus. Il l'embrassa sans qu'elle résistât, enfin désenvoûtée :

— Pourquoi n'as-tu pas répondu à ma lettre ?

— J'avais honte, je fais tant de fautes d'orthographe…

La voix de Marius retentit à ce moment-là :

— Alors, ils arrivent ces bidons ? Tron de nom, qu'est-ce que ce sera quand ils seront pleins !

29

A quelque temps de là, madame de Carlon décéda.

Elle quitta le monde pendant la nuit, de la façon la plus discrète qui soit. Au matin, Pilar, qui la découvrit inanimée, comme si la pauvre femme s'était endormie paisiblement au creux de l'oreiller, donna l'alerte puis se mit à vociférer :

— Sûr qu'elle ne l'a pas vue venir, la grande faucheuse !

Elle baissa la voix et maugréa :

— Elle aura tout eu, celle-là, même la mort des chanceux !

Puis elle baragouina quelques mots dans sa langue maternelle, qui semblaient vouloir dire qu'il n'y avait pas de justice sur cette terre, particulièrement dans ces moments-là.

De cette disparition brutale, Ninon se sentit peinée plus qu'elle ne l'aurait imaginé. Madame de Carlon, si peu aimable pourtant, faisait partie d'un univers bien à elle, dont sa fidélité supportait mal de voir une seule parcelle disparaître. Quand une longue voiture noire vint arracher la générale à son château pour l'emmener rejoindre un pays lointain où l'attendait le général, Ninon accepta mal ce vide étrange qui lui rendait pourtant la liberté.

Quelques jours plus tard, Peter reçut une lettre d'un notaire de Cannes le priant de se présenter à son étude pour prendre connaissance du testament de madame de Carlon.

Maître Lotisman invita Peter à s'asseoir confortablement avant de lui apprendre qu'en sa qualité de légataire universel il héritait de tous les biens d'Eléonore, Françoise, Marie-Angélique Beaudincourt, veuve de feu Maximilien, Honoré de Carlon, décédée sans qu'aucune famille puisse prétendre bénéficier de sa succession.

Sans attendre, après avoir affermi sa voix, le clerc commença la lecture du premier feuillet.

Peter prit alors conscience de l'immensité de la fortune dont il s'agissait. Il fallut au malheureux homme pas moins d'une heure pleine pour venir à bout de l'énumération et de la description des divers biens.

Peter entendit, ébahi et fort gêné, que huit immeubles de six étages avec chambres de bonnes et caves, sis dans divers beaux quartiers de Paris, lui appartenaient désormais, ainsi que quelques fermes et leurs terres sans compter dix hectares par-ci, dix-huit par-là, et cetera, de vignes ou de bois situés en Beaujolais ou en Savoie...

Peter, stupéfait et malhabile à traduire le débit rapide du clerc, laissa passer quelques legs sans s'en apercevoir.

L'homme moucha son nez d'une main sans quitter la liasse de feuillets de l'autre, reprit une inspiration et continua d'une voix professionnelle et dans des termes ésotériques qui laissaient Peter pantois.

S'ajoutaient à la liste les biens que feu le général de Carlon avait jadis laissés à sa femme : deux villas situées à Cannes, un château de dix pièces plus ses dépendances et son parc attenant...

Le clerc leva un œil admiratif et averti vers Peter médusé et reprit :

— ... soixante hectares de terres cultivables et de forêts, y compris les bâtiments qui s'y trouvent, à savoir quatre fermes et... un petit mas, le tout sis dans le Var au lieu-dit les Campestres, commune de Mons.

La paupière de Peter se souleva, mais le clerc ne laissa pas à l'œil le temps de montrer sa joie.

S'ajoutaient enfin à tout cela des valeurs mobilières dont il fit l'interminable et lassante énumération, sans reprendre son souffle, jusqu'au point final.

Le notaire laissa passer un moment de silence respectueux, puis il prit la parole pour conseiller vivement à Peter de ne pas trop s'appesantir sur ces considérables liquidités, lesquelles pourraient servir, selon lui, à acquitter les tout aussi considérables droits de succession sans qu'il fût besoin de vendre quoi que ce soit. Il insista sur cette politique éminemment souhaitable, attendu que les biens susdits étaient tous d'excellent rapport, étant donné l'instinct infaillible de feu madame de Carlon.

Peter sortit de chez le notaire en gambadant. De tout ce fatras d'héritage qu'il savait déjà porteur de grands soucis, il n'avait retenu qu'une phrase : le mas des Oliviers, sa petite maison tant aimée, lui appartenait désormais.

En arrivant devant chez lui, Peter considéra d'un autre œil les murs simples et pimpants de sa maison. Il se dirigea vers son endroit favori, le petit escalier de dalles lisses, et s'y assit en soupirant de plaisir. Il eut une pensée émue pour sa vieille amie, Eléonore, Françoise, Marie-Angélique veuve de Carlon, et voulut bien lui pardonner de l'avoir fait attendre si longtemps sans lui céder sa maison. Il se souvint des innombrables tasses de thé bues en sa compagnie et reconnut que c'était grâce à elles qu'il avait côtoyé, chaque jour, Ninon. Il effaça donc, et de bon gré, les quelques écorchures désagréables que la vieille dame avait faites à son âme et décida de l'absoudre définitivement. Il ne garderait d'elle que les bons moments.

Il passa le reste de la journée à parcourir son salon de long en large. Une seule chose était claire dans sa tête : hormis sa maison, il ne voulait pas de cet héritage. Non seulement il était déjà suffisamment riche et héritier putatif d'une famille fortunée, mais, par-dessus tout, il avait toujours éprouvé beaucoup d'embarras à gérer son argent. Jusqu'ici, sa répugnance l'avait conduit à se contenter de placements peu fructueux mais ne nécessitant qu'une attention distraite. Il ne désirait pas changer sur ce point. Il ne jeta même pas un regard sur les feuillets que lui avait remis le notaire et décida de s'en aller faire une promenade. Il sortit sur sa terrasse, contempla les restanques, réalisa qu'elles étaient à lui, ainsi, en quelque sorte, que Marius, Jules, José et Pilar et… Ninon ? Il renonça à sa balade et se mit à réfléchir autrement.

Il examinait toutes les solutions qui s'offraient à lui quand Pilar apparut.

— Sais-tu, mama, que madame de Carlon m'a tout donné ?

Pilar resta interdite :

— Et c'est ça qui te donne cette figure de carême ? Dis-moi, tout est vraiment à toi, même le château ?

— Oui, mama !

Pour l'occasion elle retrouva un dicton qu'elle chérissait particulièrement :

— Tant mieux pour toi, mon Pedro, mais tu ne m'empêcheras pas de penser qu'une fois de plus le bon Dieu a envoyé sa culotte à un qui n'a point de derrière !

— Tu as bien raison, mama.

Pilar hocha plusieurs fois la tête, puis la releva brusquement :

— Et moi, est-ce que je pourrais rester dans ma maison ?

— Sûrement.

— Ah bon ! Et la torpédo d'avant-guerre, qu'est-ce que tu vas en faire ?

— Je la donnerai à José !

— Et la télévision ?

— Je te la donne !

Pilar réfléchit encore et demanda :

— Marius et Jules sont donc tes métayers à présent ?

— Bien sûr…

Peter se tut et Pilar partit tel Mercure semer la nouvelle sur son passage.

La semaine suivante, Peter abandonna ses longues courses à travers bois pour descendre jusqu'à Cannes passer d'interminables heures dans l'étude de maître Lotisman.

Chaque fois qu'il en revenait, fourbu, il se jetait sur son canapé, redevenu son havre de songe et de paix, et il se laissait aller à rêvasser indéfiniment.

Enfin, au milieu du mois d'avril, aux alentours des fêtes de Pâques, il organisa un repas, auquel furent conviés tous les habitants des Campestres, petits et grands, sans oublier Abel dont il souhaita vivement la présence.

Pour cette fête sans raison, afin que la surprise soit totale et la même pour tout le monde, il prépara lui-même le repas. Il confectionna trois salades parfumées différemment, puis il fit rôtir un morceau d'agneau qu'il accompagna d'un *cauliflower cheese*, préparation anglaise du chou-fleur que lui avait apprise Clara.

Le repas, fort inattendu, fut très gai. Quelques vins précieux, choisis par le général et férocement gardés par Eléonore de Carlon, furent débouchés et avalés avec délice. Enfin, à l'heure du dessert, Peter se leva et dit :

— Mes chers amis, si je vous ai réunis aujourd'hui, c'est pour vous annoncer une nouvelle importante. Vous le savez déjà, notre amie disparue a cru bon de me faire son légataire universel. Ce qui veut dire que tous ses biens et toutes ses économies, si durement amassées…

Il marqua un temps pour regarder Marius et Jules avec un petit sourire narquois.

— … si durement amassées, donc, sont à moi. Qu'elle en soit donc remerciée et paix à son âme.

La tablée resta silencieuse, un peu boudeuse.

— Je voudrais ensuite préciser que les Campestres ne sont qu'une toute petite partie de ce qu'elle m'a légué. Ma bonne Pilar me faisait remarquer qu'une fois encore la culotte du bon Dieu arrivait pour couvrir les fesses de quelqu'un qui n'avait pas de derrière. Mais ce sont, en réalité, mille culottes qui s'en viennent couvrir un seul derrière déjà fort bien culotté. A tel point, et croyez bien que je le ressens comme fort injuste, que je suis débordé par une fortune à laquelle je ne m'attendais pas et dont je n'ai guère besoin puisque j'ai un métier qui me comble déjà.

Peter regarda autour de lui et effleura des siennes les prunelles bleues de Ninon.

— Tout cela pour vous dire que je n'ai aucun mérite à me montrer généreux et que vous n'aurez pas à me remercier de ce que je vais faire. C'est moi qui vous saurais gré d'accepter ces biens simplement comme s'ils vous avaient été légués par notre chère défunte dans l'intention de vous remercier de votre dévouement.

On aurait pu entendre battre les cœurs.

— Pour finir, je vous confie qu'en faisant ce que madame de Carlon eût dû faire si elle avait eu, disons, un peu plus d'imagination, je me soulage d'un grand souci et de beaucoup de tracas. Les affaires n'ayant jamais été ma préoccupation première, je me garderai bien de changer ma façon d'être, puisque je me sens très heureux comme ça.

Il lorgna encore Ninon puis sourit, un tantinet malicieux, aux autres visages qui le regardaient à présent intensément :

— J'ai donc pris la peine de réécrire pour elle le testament de madame de Carlon.

Peter, conscient de l'émotion qu'il allait susciter, respira profondément :

— A Marius, mon fidèle métayer, je donne sa ferme et quinze hectares de bois et de champs. A Pilar, ma bonne à tout faire, je donne la maison qu'elle occupe déjà et dont on fera un lot distinct du château ainsi que mon poste de télévision. A José, mon homme à tout faire, je donne la ferme des Blaquières et la Peugeot, véritable objet de collection.

Peter s'interrompit et précisa :

— Je remercie la défunte de vous avoir fait ces legs qui me permettront de ne pas perdre à la fois mon ami José et ma femme de ménage…

L'assistance rit et ce rire détendit les épaules et les bras. Peter reprit :

— A Jules, mon deuxième métayer, je donne la ferme et la belle vigne qu'il cultive déjà ainsi que le vallon de Fontane. A la ville de Mons où je n'ai jamais mis les pieds, je donne mon château et son parc. A Ninon, ma délicieuse cuisinière et mon imbattable adversaire à la crapette, je donne, en nue-propriété jusqu'à sa majorité, la ferme des Buis et douze hectares de terre en friche et de bois. A Yvon et Fanny que j'héberge sans le savoir, je donne, en nue-propriété, une villa située à Cannes dont le revenu servira à leur entretien. A Abel, musicien et poète plein d'avenir que je ne connais pas, deux appartements à Paris pour lui permettre d'y vivre et d'en vivre, en attendant de faire son chemin. Et pour finir, je donne à mon fidèle ami Peter le mas des Oliviers qu'il me loue si cher et me réclame, en vain, depuis trop longtemps déjà.

Sur ces mots, Peter se retira pour laisser le champ libre aux émotions et à la joie.

Plus tard, Abel vint vers lui et lui demanda fébrilement :

— Pourquoi à moi aussi ? Je ne suis pas votre ami.

Peter le regarda. Abel était prêt à défaillir, il tremblait de la tête aux pieds. Toutes les turbulences de la vie trouvaient dans la poitrine de ce garçon une merveilleuse caisse de résonance. Peter hésita puis il répondit :

— Ecoutez-moi bien, Abel. Quand j'ai reçu cet héritage, deux choses tour à tour se sont imposées à moi. Premièrement la certitude que je n'en voulais pas, ensuite, la volonté d'en faire bon usage. Vous, je vous l'ai déjà dit, vous avez du talent. Pour réussir, il vous faut encore avoir de la chance. En héritant, vous démontrez que vous en avez ! Rien de plus. Je ne vous donne rien, je me débarrasse.

Ninon s'était approchée d'eux. Abel la regarda. Quand son épaule frôla celle de Peter, elle rayonna. Abel se brûla à son soleil une fois encore, puis il se détourna.

30

Aussitôt, aux Campestres, un air de fête courut du plus haut des restanques jusqu'au fond des vallons. Chacun fit des projets et le soir, sous la treille, on rêva.

Depuis qu'il était descendu de sa rude montagne jusqu'aux fermes de Mons, riche de son seul balluchon, Bernard, l'aïeul, n'avait jamais possédé de terres. Assis à la droite de Marius, il relut plusieurs fois l'acte du notaire avant d'y croire. Puis il sanglota comme un enfant.

Jules perdit un peu la tête et cassa sa tirelire pour acheter le tracteur presque neuf qu'il lorgnait depuis longtemps sans se décider à en faire les frais à la place de madame de Carlon.

Marius retapa sa maison et empila savamment les pierres pour ajouter une chambre destinée au petit Paulin. Le dimanche, Joséphine descendait sur le marché de Callian pour y vendre les produits que, jusqu'ici, elle réservait au château.

Peter, lui, devant tant d'effervescence, allait de l'un à l'autre et s'amusait comme un enfant.

Dès que le notaire lui en eut donné la clef, il accompagna Ninon à la découverte de la ferme des Buis. Tout en traversant les restanques en friche, Ninon se fit expliquer ce que voulait dire « nue-propriété ». Peter se lança dans une explication juridique qu'il nuança ensuite en expliquant qu'il avait dû se réserver l'usufruit afin que Giuseppe ne puisse pas venir mettre son nez dans cette donation. Mais qu'en réalité tout était à elle définitivement.

— Je peux donc en faire ce que je veux ?

— Bien sûr. Enfin, si je suis d'accord.

Il s'amusait mais elle ne s'amusait pas.

— Que veux-tu, reprit-il, comme je te l'ai expliqué, nous ne pouvons plus rien faire l'un sans l'autre.

A sa mine contrariée, il découvrit que Ninon, qu'il avait toujours vue indifférente à l'argent, ne l'était pas à la terre et à sa possession. Sans qu'elle l'exprimât par des mots, tout son être, devenu étrangement sérieux, prouvait qu'elle désirait si fort être la maîtresse des lieux qu'elle en perdait un peu la tête.

La ferme des Buis était une petite bâtisse plate envahie par les ronces et assise sur le mur d'une restanque comme une amazone sur son cheval. Elle était fort ancienne et avait dû être soigneusement construite comme en témoignaient les linteaux en cintre et la beauté des pierres. Ils y entrèrent par la porte principale, dont le bois avait été si bien choisi qu'il avait résisté aux injures du temps. Le toit, seul, avait cédé par endroits après avoir perdu quelques tuiles sous le mistral. Peter et Ninon allèrent de pièces pour les bêtes en pièces pour les gens, montant et descendant de courts escaliers, en s'y croisant parfois jusqu'à se retrouver ensemble dans la salle principale :

— Il faut d'abord refaire le toit, déclara Ninon.

— D'accord, répondit Peter.

— Je demanderai à Jules et à Marius.

— Ils ont bien assez de travail à faire chez eux, on le fera refaire par un artisan.

Ninon fit la moue encore une fois.

Alors Peter l'attira vers lui et murmura à son oreille :

— Nous n'allons pas nous battre pour si peu. Ecoute-moi et quitte cet air boudeur. Nous allons nous partager les frais et les décisions. Tu décides, je paye. Mais en tant qu'usufruitier, j'exige que ma propriétaire fasse refaire de toute urgence mon toit, mes fenêtres, mes volets, sans oublier ma plomberie et mon électricité.

Il insista, blagueur, sur les possessifs. Ninon, qui ne savait plus où elle en était, flamboyait de rage sous les contradictions.

Ils sortirent sur le pas de la porte. Le soleil se couchait derrière la montagne en laissant traîner sa lumière à la cime des oliviers. Là-bas, la mer scintillait encore sous les derniers rayons. Ninon contempla son domaine sans y croire complètement. Elle fit remarquer que les berges, bien plus larges que celles de Marius, étaient cependant moins bien exposées. Et tout naturellement, elle se mit à compter les oliviers. Elle s'absorba totalement dans cette tâche essentielle. Peter referma la porte et la regarda faire. Devant lui apparaissait la vraie Ninon, une fille que l'amour de la terre ne quitterait jamais.

— Il y en a quatre-vingts, au moins…

Peter sourit et glissa la grosse clef dans sa petite main. Elle s'en saisit puis la pressa contre sa poitrine avant de la regarder encore. Elle réalisa la signification du geste de Peter, et, dans un de ses élans naturels, elle se jeta à son cou avec la même candeur que quelques mois auparavant. Et Peter mit un soin particulier à ne pas se laisser emporter par cet élan.

Ninon exprima ensuite le désir de connaître les limites de sa propriété. Ils en firent le tour en hésitant, en cherchant les bornes, en tâtonnant, puis ils revinrent à pas lents. Pour avancer, ils durent se battre contre les ronciers et les arnavets qui montaient à l'assaut des oliviers abandonnés. Peter dit doucement :

— Tu ne m'en voudras pas non plus si je fais nettoyer tout cela ? Tu pourras ensuite faire de la terre et des arbres ce qu'il te plaira.

— Je voudrais payer aussi.

— Tu ne le pourras jamais. Laisse faire ; jamais l'argent de madame de Carlon n'aura été mieux employé qu'à rendre vie à ce petit bout de terre.

Le lendemain, Ninon se remit au travail. Chaque matin, elle allait se faire embaucher partout où elle le pouvait et apprenait à rouler la vigne, à sarcler et à tailler les arbustes d'un pépiniériste. Le soir, elle revenait en courant à la ferme des Buis pour contempler ses oliviers et ses restanques. Elle y restait jusqu'à la nuit tombante.

L'été revint et ramena Abel de la Roque Esclapon. En peu de mois, le temps l'avait forci et lui avait changé la voix. Pour la première fois, il ne se précipita pas sur Ninon pour l'enlacer. Il l'embrassa seulement du bout des lèvres, puis il lui confia, d'une voix rauque, qu'il était amoureux d'une fille splendide qu'il rencontrait chaque dimanche dans les rues de Draguignan. Il avait même composé une chanson pour elle, qu'il chanta néanmoins à Ninon tout en s'accompagnant fièrement à la guitare.

Ninon s'étonna qu'il n'évoquât plus, à tous moments, leur passé commun, leurs escapades sous les étoiles. Elle s'en trouva peinée. Dans l'intention de lui faire savoir qu'elle n'avait rien oublié, elle lui demanda affectueusement s'il aspirait encore les rayons de lune. Abel répondit d'une manière sibylline que, pour lui, en effet, la lune était toujours présente, qu'il ne pourrait jamais plus la regarder avec indifférence et qu'il en serait ainsi jusqu'à la fin de sa vie, que Ninon le veuille ou pas.

Sa voix d'homme blessé troubla Ninon.

Malgré de longues heures de méditation, Peter n'avait pas avancé d'un pouce dans la formulation de sa réponse à la question d'Abel. « Vous allez passer toute votre vie avec elle ? »

Même s'il avait été sincère en répondant qu'il en avait bien l'intention, cela ne résolvait pas son problème. Il n'imaginait pas plus Ninon en Angleterre que sa vie sans Ninon. Pas plus toute sa vie aux Campestres, pas plus…

Il ne finissait jamais ses interrogations.

Le dimanche, il emmenait Ninon loin des Campestres pour avoir enfin le plaisir de lui prendre la main et de se promener librement avec elle. Ils allèrent ainsi dans toutes les villes du bord de mer, de Monaco à Marseille, pour y vagabonder au hasard, serrés l'un contre l'autre jusqu'à ce que la fatigue les oblige à s'asseoir sur un banc ou à s'étendre sur une plage, jusqu'à ce que la fin du jour leur ordonne de revenir sur leurs pas.

A midi, Peter invitait Ninon au restaurant. Il s'asseyait en face d'elle et s'efforçait de lui apprendre l'essentiel d'une bonne tenue à table. Ninon, sans honte aucune pour son manque d'usage, s'appliquait à le satisfaire tout en gardant un petit pli insolent au coin des lèvres. Elle apprit toutefois à reconnaître la fonction et les rites des verres et des couverts, à baisser la voix, et, avec beaucoup de difficulté, à ne plus tremper son doigt dans la sauce des plats « pour savoir ce qu'il y avait dedans ». Mais elle ne se résolut pas pour autant à emprunter les gestes qui ne lui ressemblaient pas. Pas une seule fois, Peter ne la surprit dans une attitude de soumission ou de confusion. Si elle faisait une bévue, elle attendait, les yeux pétillants, qu'il s'en émeuve. Elle le provoquait même et s'amusait de sa désapprobation en se réfugiant derrière un sourire désarmant.

Ninon se montra tout aussi rebelle quand il tenta de la faire s'habiller différemment. Il aurait aimé, peu à peu, la rendre semblable aux femmes de son monde. Il l'entraîna devant les vitrines de quelques célèbres boutiques en espérant la tenter et, peu à peu, la transformer. Mais Ninon possédait un instinct sans faille pour éviter de succomber à la métamorphose.

— Comme c'est beau ! se pâmait-elle.

— Tu veux entrer ?

— Non.

Enfin, il eut beau la supplier d'abandonner ses sandalettes pour de jolies chaussures, elle refusa catégoriquement de porter le moindre talon :

— Pour qui tu me prends ?

— Essaye-les, pour me faire plaisir.

Elle les essayait, se dandinait devant la glace et, soudain, le magasin s'emplissait de son rire magique jusqu'à ce que Peter, convaincu, baissât les bras. Ninon acceptait alors qu'il lui offrît une paire de ballerines pour remplacer ses espadrilles.

Durant leurs promenades, ils ne se parlaient guère. Peter, qui avait toujours été un solitaire, marchait en poursuivant ses rêves. Ninon découvrait le paysage et se contentait du plaisir de le sentir si près d'elle.

Quand le printemps s'installa vraiment, réchauffant doucement l'atmosphère, ils prirent l'habitude de marcher au bord de la mer. Peter laissait sa voiture à proximité d'une plage et ils s'en allaient en longeant la limite des flots jusqu'à ce qu'un obstacle insurmontable les arrêtât. Ils avalaient ainsi corniches, plages et ports. Ils allaient de bourg en bourg, le bras de Ninon à la taille de Peter et le bras de Peter sur les épaules de Ninon. Ils se baignaient au hasard des criques désertes ou s'embrassaient chastement à l'ombre d'un pin, puis ils repartaient, rassasiés d'amour et de fraîcheur. Quand, au soleil couchant, fourbus et soûlés de vent et de soleil, ils s'arrêtaient enfin, Peter hélait un taxi qui les ramenait à leur point de départ.

Le lendemain, Ninon s'en allait, sous le ruban bleu de son chapeau de paille, rouler les vignes de Jules, tandis que Peter s'asseyait à son bureau pour ajouter un chapitre à son histoire.

La petite maison des Buis, éclairée, toiturée et voletée, était presque finie. Ninon s'y rendait chaque soir pour suivre l'avancement des travaux. On y transporta quelques éléments du mobilier du château qui pouvaient se marier avec les murs simples et l'étroitesse des pièces.

Enfin, un entrepreneur, Baptiste, vint débroussailler et remettre en état les restanques.

Baptiste était un jeune homme trapu, avec une tête au front bas qui s'enfonçait curieusement au milieu de ses épaules. Il avait un caractère ombrageux : un mélange désastreux de faiblesse et d'orgueil qui le faisait tour à tour timide ou hargneux.

Dès qu'il se perchait au sommet d'un de ses engins pétaradants, subitement grandi, bardé de tôles, enfin invulnérable, il s'enorgueillissait de sa puissance et redressait les épaules fièrement.

Dès qu'il en descendait, il rapetissait jusqu'à devenir un de ces êtres falots qui enfoncent leur tête dans leur cou comme pour disparaître et grondent sourdement au moindre avertissement.

Lorsque, du haut de son tracteur, Baptiste vit Ninon rôder aux alentours des restanques, il s'imagina qu'elle venait pour le voir. Lorsqu'elle s'assit au bord d'un muret, il s'approcha d'elle. Lorsqu'elle lui montra le bleu de ses yeux, il décida qu'il était fait pour elle. Parce qu'elle regardait la terre sans lui répondre, il la crut timide.

Et Baptiste se mit à désirer Ninon.

Un soir, pas très loin de la porte d'Albertine, Giuseppe rencontra son ami Jeannot. Celui-ci l'apostropha joyeusement avant de l'inviter à boire :

— Adieu Amiral !

Et quand les verres furent servis :

— Il faut que je te parle d'une affaire, que si elle est vraie, pourrait bien devenir ton affaire. Tu te rappelles de Baptiste de Montauroux ? Figure-toi qu'hier je l'ai rencontré.

« Adieu l'ami, je lui dis.

— Adieu Jeannot, qu'il me répond. Vé, je reviens de Mons. »

L'ami Baptiste était très excité, pareil à une cigale quand on lui gratte le dos. D'abord, il ne m'a rien dit mais, l'air de rien, il s'est mis à me poser des questions. Si je connaissais les Campestres, si j'y avais des amis, de la famille, tati, tata, patin, couffin... Enfin, parce que ça lui pesait bien comme il faut sur la pastèque, il a fini par me demander :

« Tu ne connaîtrais pas une jeunette avec une paire d'yeux bleus coum'acco ? »

Comme je répondais non, il a continué :

« Eh bien, moi, j'en connais une belle comme tout, et aux Campestres justement où je nettoie des berges d'une ferme. Fan de lune, celle-là, je me la marierais à l'instant !

— Et alors ?

— Ben, je sais pas qui c'est. Elle m'a pas dit son nom et j'ose pas lui demander. Elle vient chaque jour pour me regarder faire, et tourne et vire autour de moi en patouillant dans la terre. J'ai bien essayé de lui parler mais elle est timide, oh pauvre, et me répond pas. Mais, hé hé, le lendemain, elle est encore là.

— Quelle ferme ?

— La ferme des Buis. C'est l'Anglais des moulins qui m'a commandé le travail.

— Et cette jeunette, elle a pas de parents ?

— Si elle en a, moi, je les connais pas. »

Alors Jeannot demanda à Giuseppe :

— Ce ne serait pas ta fille, par hasard ?

31

Aux moissons de cette année-là, Marius mit Yvon et Fanny au travail. Yvon avait beaucoup grandi et se tenait voûté ainsi qu'une herbe trop vite poussée. Il promettait d'être aussi imposant que Giuseppe, tandis que Fanny, joufflue et moelleuse, s'emmitouflait dans les langueurs maternelles. Ils entrèrent dans la procession des moissonneurs de bon gré mais sous le regard sans indulgence de Ninon.

Abel, à qui peu importaient les épis couchés sous la faux et la paille s'envolant au vent des blés, déserta les murets pour la nouvelle maison de José, les Blaquières, loin du monde et du bruit, afin de rivaliser du trémolo avec lui et de chanter à pleine voix.

La récolte fut extraordinaire. A elle seule, elle occupa Marcus le meunier pendant plus d'une semaine.

Peu à peu, comme s'il s'était épuisé à tant briller tout l'été, le soleil ne se dressait plus si haut dans le ciel.

Le premier dimanche de septembre pourtant, parce que l'air doux réchauffait encore la peau, Peter emmena Ninon vers les plages pour une ultime leçon de natation.

Est-il vraiment nécessaire de préciser à quel point il se régalait de cet apprentissage aquatique qui, mettant Ninon en danger, lui donnait l'autorisation, l'obligation de la soutenir de diverses manières dont aucune ne lui déplaisait ? Ils en riaient ensemble et Ninon s'écriait souvent.

— Lâche-moi, tu es pégueux comme le miel !

Peter, qui lui avait promis d'être fort et sage, modérait alors le soin qu'il prenait d'elle en relâchant son soutien.

Ce jour-là, Peter laissa sa voiture à proximité du petit port du Mouré Rouge de Cannes et prit Ninon par la main pour l'entraîner jusqu'à la mer.

A midi, ils déjeunèrent dans un modeste restaurant de La Bocca que Ninon affectionnait particulièrement parce qu'elle s'y sentait à l'aise. Bien qu'elle eût appris à se conduire d'une façon très acceptable, ses gestes et son rire gardaient une verve plus en accord avec l'atmosphère bon enfant de ce caboulot du bord de mer.

En sortant de table, ils avancèrent en compagnie du soleil vers les collines de l'Esterel, puis ils revinrent sur leurs pas en le laissant finir sa course derrière eux.

Au moment de monter dans la voiture, Peter leva le nez vers le ciel et dit :

— Il va faire un orage.

Ninon frissonna ; elle haïssait l'orage.

La pluie, féroce, commença aux portes de Cannes puis s'intensifia jusqu'à se transformer en lourdes coulées d'eau qui tombaient à grand bruit sur la tôle. Devant eux, la foudre encore lointaine s'abattait au sommet des collines de l'Esterel et dans le fond des vallons des Maures.

C'était un orage sinistre et noir comme de l'encre, qui obscurcissait le ciel dans sa totalité sans qu'aucune parcelle de ciel bleu ne vienne l'éclairer d'un peu d'espoir.

A chaque éclair de feu zébrant l'horizon, à chaque grondement du tonnerre, Ninon tressaillait en portant nerveusement les mains à son visage.

— N'aie pas peur, l'orage est très loin de nous et la voiture nous protège, la rassura Peter.

Et pour la distraire, il lui parla longuement de la loi qui les isolait de la foudre. Mais la fureur du ciel ne s'expliquait pas à Ninon. Elle la recevait comme un désordre extrême qui la terrorisait à en perdre la raison. Elle ne l'écouta pas et continua à se blottir désespérément contre le cuir de la banquette.

Le déluge calamiteux inondait si complètement la route qu'on ne distinguait plus la chaussée des bas-côtés. Une nuit rapide, sans lune ni étoiles, ensevelissait les derniers vestiges des hommes, tandis que les phares défonçaient les ombres d'un paysage extravagant autant qu'une scène de chaos.

Peter dut ralentir, puis, sur la petite route de Saint-Cézaire, perdu entre muraille sans fin et ravin sans fond, il préféra s'arrêter et attendre. Lorsque la foudre tomba juste devant eux, à la pointe d'une collinette, Ninon, à bout de nerfs, se mit à pleurer. Il l'attira à lui, prit son visage dans ses mains et le serra contre sa poitrine afin de lui voiler le désastre du ciel.

Ils parvinrent aux environs de Mons dans la soirée alors que l'orage s'éloignait vers la mer en laissant traîner sa colère derrière lui. Des éclairs successifs faisaient encore palpiter le ciel au-dessus des Campestres et la foudre assourdissait inlassablement l'espace en se cognant aux flancs des vallons.

Lorsqu'elle s'engagea dans le petit chemin de terre noyé d'eau qui conduisait à la maison de Peter, la Jaguar, aveuglée, dévia et s'enlisa dans une ornière.

Peter coupa son moteur et proposa :

— Nous allons rentrer à pied.

Et, tirant par la main une Ninon épouvantée, il pataugea avec elle pendant une vingtaine de mètres sous la pluie battante avant de la faire entrer dans sa maison. Elle pleurait toujours et grelottait dans sa robe mouillée.

— Quand l'orage sera fini, je te raccompagnerai au château.

Et bien qu'elle fût pitoyable devant lui, il ne l'approcha pas pour la consoler. Il la conduisit vers la salle de bains qui avait été celle de Clara, lui donna une serviette et un peignoir et lui dit :

— Sèche-toi et enfile ça.

Puis il traversa le couloir et entra dans sa chambre pour en faire autant. Quand il fut douché, changé et recoiffé, il prépara un repas froid et appela Ninon. Elle apparut alors, pieds nus, chignon défait, drapée jusqu'aux talons dans l'éponge mousseuse et rose, avec, au fond des yeux, la terreur instinctive des bêtes que la meute emprisonne.

Il résista encore à l'envie de la prendre dans ses bras.

— L'orage s'est éloigné, viens manger un peu.

Comme pour le contredire, la fureur céleste attardée lança un ultime mais fantastique éclair, qui illumina la pièce et se fracassa aussitôt. A bout de résistance, Ninon courut vers lui. Il la repoussa aussitôt, glacé et déterminé :

— Assieds-toi.

Elle refusa de s'approcher de la grande baie qui mettait en spectacle toute la laideur du ciel et préféra s'enfuir vers la chambre de Clara où elle se pelotonna sur le lit.

Peter lui apporta un verre d'eau et un somnifère et lui ordonna sévèrement :

— Avale ça.

Puis il se glissa dans la salle de bains, où elle avait jeté au hasard sa robe et son maillot mouillés. Il les essora, les suspendit et alluma le radiateur. Quand il revint vers le lit, Ninon s'était assoupie. Il s'approcha d'elle et, pour la première fois, il la regarda dormir. Dans la faible clarté laissée par la toute petite lampe, il ne distinguait que les courbes exquises que dessinaient ses cils, ses sourcils et ses lèvres. A tant la contempler, il s'attendrit et eut envie de s'allonger près d'elle. Dans un effort qui lui coûta beaucoup, il s'arracha à la tentation, remonta le drap jusqu'à son menton, éteignit la lumière et sortit de la chambre.

Il ouvrit la large fenêtre et fit quelques pas sur la terrasse. La pluie avait brusquement cessé. A présent, les nuages couraient devant le mistral. L'orage fuyait vers la mer en rendant au ciel ses étoiles.

Il revint dans sa chambre et se servit un whisky qu'il but tout doucement, le cœur plein d'un vague regret, puis il se coucha et chercha longtemps le sommeil avant de le trouver.

L'aube toute blanche et mouillée éclairait à peine le ciel quand Ninon se réveilla. Elle regarda autour d'elle, reconnut la chambre de Clara, et lui revinrent alors en mémoire les événements de la veille, instants de vacarme, de terreur et de feu. Elle se leva sans bruit pour entrouvrir les rideaux. Le ciel était clair et seule une petite brume flottait de vallon en vallon.

Elle réalisa alors que la nuit était finie et qu'elle avait laissé Yvon et Fanny seuls dans leur petite chambre. Mais l'aube à peine naissante lui fit espérer qu'elle pourrait encore se faufiler sans bruit jusqu'à eux. Elle refit soigneusement le lit, puis se dépêcha de s'habiller et se glissa le long du couloir jusqu'à la porte d'entrée.

La chambre de Peter était ouverte, elle y jeta un œil en passant. Dans le clair-obscur, elle le devina étendu sur le ventre au bord de son immense lit. La joue contre le chambranle, la main à plat sur le mur, elle le regarda dormir. Elle s'accorda ces quelques instants de plaisir comme, parfois, on laisse traîner son regard sur un endroit chéri qu'on quitte à regret.

De longues minutes passèrent, que Ninon prit à tort pour des secondes.

Elle regardait Peter et imaginait Clara étendue près de lui. Clara et toutes les autres si belles dont Pilar lui avait parlé avec tant de verve. Elle ne se décidait pas à l'abandonner à ces fantômes de femmes élégantes et sûres d'elles qui occupaient tous les recoins de la maison.

Elle fit un pas vers le lit.

Peter, torse nu, dormait profondément, la tête enfouie dans l'oreiller. Elle distingua ses cheveux clairs sur le blanc de la taie puis s'extasia devant son dos lisse et sa main sur le drap. Elle eut envie de les toucher, la main surtout qui était toute proche et si belle, mais elle n'osa pas.

Sans qu'elle s'en aperçût, le temps avait volé silencieusement en éclats.

Un rayon de soleil s'infiltra soudain entre les pans des rideaux, arrachant brusquement Ninon à un songe où l'amertume se mêlait au merveilleux. Elle se leva et s'enfuit en courant vers le château.

Un doux soleil d'automne pétillait juste au-dessus de la petite terrasse quand Pilar entra dans la chambre en faisant beaucoup de bruit.

— Alors, mon Pedro, on se lève ?

Elle ouvrit toute grande la fenêtre.

Peter s'éveilla en sursaut.

— Vous avez entendu cet orage de fin du monde ? demanda-t-elle. La foudre est tombée bien près d'ici, sans toucher personne, Dieu merci.

Mais Peter ne l'entendit pas. Il se précipita dans la chambre de Clara. Ninon n'y était plus. Il sourit en voyant le lit impeccablement refait et il se contenta de remettre un peu d'ordre dans la salle de bains pour faire du passage de Ninon rien de plus qu'un secret de fin d'orage. Il s'habilla et partit à grands pas vers la ferme des Buis où il était à peu près certain de la retrouver.

La matinée s'achevait à peine et, déjà, la terre goulue, assoiffée par le feu de l'été, avait bu toute l'eau tombée du ciel. Elle se réchauffait à présent au soleil.

Il l'aperçut assise sur un muret. Elle faisait glisser une poignée de terre ocre d'une main dans l'autre en regardant devant elle Baptiste, qui, dressé sur le siège de son tracteur, la casquette relevée, lui parlait en faisant de grands gestes.

Quand Peter apparut, Baptiste s'interrompit et resta la bouche ouverte sur le dernier mot qu'il venait de prononcer.

— Bonjour patron. Je suis venu parce que la terre s'est assouplie avec l'orage. Comme ça, le soc peut descendre plus profond.

Peter le salua sans le voir et lui répondit à peine.

Baptiste remit en marche son engin et s'en alla continuer son sillon, fort dépité d'avoir été dérangé juste au moment où il s'apprêtait à faire sa déclaration. Il emmena sa machine à l'extrémité de la restanque puis disparut vers la berge suivante qui regardait, elle, vers le nord. Il laissa tourner son moteur, sauta à terre et revint sur ses pas en réfléchissant : l'Anglais connaissait la fille, cela était certain ; il n'avait regardé qu'elle. Il lui fallait à tout prix connaître la fin de l'histoire.

Peter prit Ninon dans ses bras dans l'intention de la consoler de la tourmente de la veille, de sa froideur et des frissons de l'orage, mais ce fut sa jalousie, plus récente, plus exaspérante, qui prit la parole.

— Qu'est-ce que c'est que ce type ?

— Mais... c'est Baptiste, celui qui a débroussaillé et qui laboure maintenant !

— Je le sais bien mais... pourquoi l'écoutes-tu ?

Elle rit, et lui l'embrassa avec passion. Puis ils revinrent à pas lents vers la ferme de Marius.

A midi, au lieu de faire chauffer sa gamelle et de manger son repas à l'ombre du mûrier comme il le faisait d'habitude, Baptiste reprit son camion et se dirigea vers le village. Arrivé sur la place San-Bastian, il claqua sa portière et se dirigea droit vers la rue des Balcons et entra au café d'Albertine.

Il n'y trouva guère de monde à cette heure-là et en fut bien déçu. Il commanda un pastis et le but en dévisageant, sous les casquettes, les visages des clients attablés. Il se demandait à qui il allait pouvoir raconter son histoire. Sa rage n'était pas éteinte, et la petite garce qui traînait sur les restanques allait lui payer sa déconvenue. Si les baisers aperçus n'étaient pas une affaire suffisamment intéressante, il se promettait bien d'en rajouter assez pour la rendre croustillante. Il finit son deuxième pastis.

Ce fut à ce moment-là, hélas, qu'entra son ami Jeannot.

Baptiste le salua avec plaisir, puis il fit semblant de baisser la voix en la rendant plus traînante donc plus limpide et raconta l'aventure à sa manière.

Et c'est ainsi que Jeannot et les quelques villageois qui étaient là apprirent que la fille aux yeux bleus qui traînait sur les restanques des Campestres n'était en vérité qu'une fille de rien. Une petite putain qui avait quasiment couché avec l'Anglais sur la terre labourée et sous les yeux même, rendez-vous compte, du malheureux Baptiste.

Comme l'assistance s'était tue pour l'écouter et qu'elle semblait fort intéressée, il ajouta force détails, tant et si bien qu'il sembla à ceux qui l'entendaient que l'homme qui troussait Ninon sur la terre des restanques ressemblait bien plus à Baptiste qu'à l'Anglais.

Dans la salle, quelques-uns, jeunes moustachus, se réjouirent, égrillards, de l'aventure. D'autres haussèrent les épaules, en décelant une pointe de perfidie dans la voix du conteur.

— Dis-moi un peu, tu ne prendrais pas tes rêves pour du vrai ?

Mais Baptiste, extirpant de lui encore un peu de haine, ajouta :

— C'est une bonne affaire, cette petite, je vous le dis. Sans doute que demain, ce sera mon tour.

A l'extrémité du bar, toujours secret et discret, il y avait José.

Quand Baptiste s'en alla enfin, José le suivit pas à pas, et, à l'abri de la carrosserie du camion, il l'attrapa par le col et lui mit un coup de tête au milieu du front, fièrement, à la sévillane. Puis, quand l'autre fut à terre, il lui donna un coup de pied dans les reins, à la républicaine.

32

Au moment même où, *Chez Albertine*, Baptiste déversait son torrent de fiel, un taxi s'arrêtait devant la maison de Peter. Jacqueline en descendit joyeusement puis se précipita jusqu'à la porte et tambourina plusieurs fois sur le bois.

Jacqueline était la très jolie femme qui avait emmené Peter à Brighton. Elle avait une personnalité fantasque, acquise à la faveur d'une enfance partagée entre des parents séparés : une mère française et un père anglais. Toute sa vie, elle avait été ballottée entre une mère baba cool et un père puritain, entre la fantaisie et la rigueur, entre une mère sans un sou et un père richissime. De cette longue guerre franco-anglaise pendant laquelle elle n'avait entendu parler que de fortune et de maigre pension, il ne lui était resté, comme vérité formelle – la seule qui fût partagée par ses deux parents –, que l'absolue nécessité de se marier richement.

Dans cette perspective, Peter, à la fois riche et un peu bohème, représentait à ses yeux l'idéal masculin. Elle ne se résignait pas à renoncer à le séduire. Depuis des années, faisant fi de leurs multiples ruptures, elle revenait vers lui régulièrement, à chaque vacuité de son corps. Peter, lui, éprouvait pour elle les mêmes sentiments qu'à l'égard de madame de Carlon : une pitié exaspérée et exaspérante à la fois.

Il la vit descendre du taxi avec désespoir en se doutant qu'il allait devoir l'abriter sous peine d'incorrection, et qu'elle le poursuivrait de ses avances jusqu'à obtenir le privilège de passer la nuit avec lui.

« De cela, il n'est pas question », décida-t-il immédiatement en se promettant d'avaler un somnifère dès la fin du repas.

Aussitôt entrée, en effet, elle se colla contre sa chemise et l'embrassa passionnément.

Peter la repoussa fermement, mais elle ne s'en formalisa pas. Elle regarda autour d'elle, s'exclama avec une gaieté excessive et, aussitôt, elle prit ses aises en éparpillant ses objets personnels. Enfin, elle se déshabilla jusqu'à être nue au milieu du salon.

— Je vais faire un plongeon dans ta piscine, tu permets ?

Et quand elle fut dans l'eau :

— Viens avec moi, s'il te plaît !

Peter refusa et se contenta de s'asseoir poliment au bord de l'eau. Elle s'élança pour quelques brasses puis fit toute une série de cabrioles aquatiques en riant aux éclats. Enfin elle sortit du bassin et vint s'étendre à côté de lui en l'éclaboussant de mille gouttelettes.

En revenant de la cueillette du jasmin, Ninon courut d'abord vers la maison des Buis afin de s'assurer que rien n'avait troublé la belle ordonnance de ses restanques. Il lui fallait chaque jour admirer la rectitude des sillons et passer chaque olivier en revue. Pour ne pas déranger sa terre, elle marchait en équilibre sur le bord des murets proprets tout en se répétant son programme : « Dimanche, j'enlèverai les rejetons, en décembre je sèmerai, peut-être aurai-je quelques olives cette année ? En mars, je taillerai, en juillet je ferai ma première moisson. »

Elle allait d'un arbre à l'autre sans se décider à les abandonner. Et, comme chaque soir, elle s'alanguit longuement dans la passion quelle éprouvait pour ce bout de terre qui était à elle, à elle, à elle…

Quand elle eut fini de se gaver d'infimes découvertes – une pierre tombée, un passage de sanglier, un lambert sous le soleil –, elle revint vers la ferme de Marius en faisant, pour le plaisir, un petit détour du côté du mas des Oliviers. Elle ne voulait pas déranger Peter, mais, sans doute l'appellerait-il s'il la voyait passer ?

Elle n'en était plus qu'à quelques pas quand elle entendit une voix et des rires de femme.

Ninon se figea, le nez en l'air. La voix venait de tout en haut, de la berge où il y avait la piscine. Elle ne se donna pas le temps de réfléchir, elle pressa le pas, escalada la collinette jusqu'au dernier muret, s'approcha, passa son nez entre les feuilles de la petite haie…

— Jacqueline, viens, le dîner est prêt, disait Peter.

Le lendemain, Ninon refusa d'aller aux fleurs et expliqua à Joséphine qui s'en étonnait :

— Je suis malade, la tête me tourne. Sûr qu'hier, à tant cueillir, j'ai pris un coup de chaud.

Elle avait l'air souffrant en effet, le visage chiffonné et les yeux battus. Joséphine n'insista pas.

— Nous allons nous languir sans toi, mais, va, repose-toi.

Ninon était réellement malade mais d'un coup de froid terrible qui lui donnait des frissons.

Elle se rendit à la ferme des Buis et se mit à couper quelques brindilles et rejetons qui déparaient encore la superbe harmonie des berges. Sa rage était telle qu'à chaque fois le sécateur claquait beaucoup trop fort pour la peine qu'on lui demandait. Soudain, l'ombre d'un homme s'allongea près d'elle. Elle crut que c'était Peter et se retourna précipitamment. C'était José.

José était soucieux. Il lui sourit et lui demanda seulement :

— S'il te plaît, petite, peux-tu remplacer ma mère pour faire le ménage chez Peter ? Elle n'a pas pu se lever ce matin tant son dos lui fait mal. Dis, pourrais-tu aussi aller la voir cet après-midi ? Fatalité, aujourd'hui, je dois aller à Nice.

— Bien sûr, murmura Ninon.

— Tiens, voilà la clef.

Ninon prit la clef et José disparut à l'instant.

Ninon rangea son sécateur et se dirigea vers la maison de Peter, vidée de tous sentiments. Elle fut surprise de n'y trouver personne. Elle ouvrit les grandes fenêtres comme pour en chasser les ombres. Elle fit le lit de Jacqueline, celui de Peter, en s'empêchant de penser.

Elle finit par le salon. Indifférente, glacée, elle glissa d'un meuble à l'autre sans détacher ses yeux de la poussière et du désordre. Pourtant, quand elle eut fini, de fatigue ou de colère, elle dut essuyer la sueur de son front. Elle bouillait littéralement. Elle referma la porte et mit la clef dans sa poche. Puis elle décida d'aller faire un peu de cuisine pour la malheureuse Pilar. Elle prépara un plateau, l'apporta à la pauvre femme et demanda :

— Mama, parle-moi de Jacqueline.

— Pourquoi donc de Jacqueline ?

— Parce qu'elle est là.

Si le dos de Pilar était brisé, il n'en allait pas de même de sa langue. Sa rage s'envola comme une gerbe d'étincelles.

— Sainte mère de Dieu, elle est donc revenue celle-là ! Que veux-tu que je t'en dise, petite ? Vé, cette femme, c'est une calamité, tu peux me croire, je le sais.

Puis elle se lança dans le récit d'une multitude d'anecdotes, où se mêlait beaucoup de vinaigre et de ressentiment, et termina en ricanant sourdement :

— Vé, si celle-là gagnait sa vie en ramassant le crottin, même les ânes ne cagueraient plus...

Puis elle plissa les paupières pour mieux voir la tourmente qui assombrissait les prunelles de Ninon et ricana :

— Tu te fais du souci pour ton Peter, hein, pas vrai ? Eh bien, tu as raison. Telle que je la connais, elle a dû lui faire la danse du ventre jusqu'à la nuit tombée. Et comme un homme n'est qu'un homme...

Elle se tut un instant et reprit plus gentiment :

— Après tout, qu'est-ce que ça peut faire... une fois toutes les morts d'évêque...

— Elle est si belle, dit doucement Ninon.

Pilar hésita un instant, puis, bravette, elle proposa un ultime et énigmatique dicton :

— T'en fais pas, je le sais, moi, que ce ne sont pas les plus gros estomacs qui font les meilleurs rots.

Ninon ne chercha pas à débusquer la signification de l'image. Elle resta rêveuse, parla de sa terre et de ses récents travaux. Pilar, elle, se lamenta. Son José l'avait laissée seule ici pour s'en aller vivre aux Blaquières avec cette Monique, ils allaient se marier.

— Et me voilà abandonnée de tous, mais tout le monde s'en moque !

Comme Ninon s'en allait, Pilar lui demanda :

— Avant de partir, s'il te plaît, remonte mon oreiller et rends-moi la clef de Peter, pichounette.

— Je l'ai oubliée. Je te l'apporterai demain.

Pilar haussa les épaules :

— C'est ça, rapporte-la-moi demain.

Quand Ninon eut disparu, elle répéta lentement :

— C'est ça, tu me la rapporteras demain.

Très tôt le matin, Peter accepta de raccompagner Jacqueline chez sa mère qui vivait à Saint-Tropez. Mais sitôt arrivés sur la grand-route, Jacqueline lui demanda s'il serait assez aimable pour se détourner jusqu'à Cannes où elle avait une course urgente à faire. Peter puisa dans son intarissable galanterie pour accepter de changer de cap. Arrivés sur la Croisette, Jacqueline le traîna de boutiques en boutiques à la recherche d'une seule dont elle avait oublié le nom. Elle finit par entrer chez un fourreur de la rue d'Antibes où elle essaya une cape en renard. Elle virevolta devant la glace en jetant des coups d'œil insistants vers Peter. Celui-ci, qui avait compris depuis longtemps, paya la cape sans un mot, gagnant de ce fait le droit d'entraîner vigoureusement sa compagne jusqu'à sa voiture et de reprendre la route de Saint-Tropez sans plus lui demander son avis.

En chemin, Jacqueline déclara avoir une faim de loup et Peter freina sauvagement devant le premier restaurant venu. En lui, l'exaspération montait sourdement.

Ils arrivèrent dans la soirée chez maman baba cool, qui se précipita sur Peter pour l'embrasser comme un fils, qui lui fit une petite place auprès d'elle, l'assaillit de questions sur les parutions, traductions, tirages de ses livres et surtout…

– Racontez-moi l'histoire de votre dernier roman !

— Je n'ai rien écrit, mentit-il.

— Pas possible ? Cela ne vous ressemble pas, que vous arrive-t-il ?

Peter ne répondit pas.

— Vous allez rester avec nous jusqu'à demain, n'est-ce pas ?

Pour la troisième fois, Peter décline l'invitation poliment mais fermement. Mais maman baba cool insiste lourdement. Elle ne sait plus quoi inventer pour le retenir. Elle demande des nouvelles de chacun des membres de sa famille, d'un ami, de l'autre, s'exclame en réalisant qu'il va s'en aller le ventre vide, se précipite dans la cuisine pour lui préparer un petit en-cas. Soudain, comme elle s'éloigne, le gentil Peter rompt les digues solides de son éducation et s'en va grossièrement.

La Jaguar n'a jamais roulé aussi vite dans les lacets des routes des Maures ni traversé si imprudemment les villages endormis. Elle grimpe hargneusement jusqu'aux Campestres. Il est déjà onze heures quand elle s'y arrête enfin, phares rageurs en avant.

Peter entre chez lui en frissonnant d'exaspération. Il claque la porte avant de traverser le couloir tout en arrachant ses vêtements, il pénètre dans sa chambre sans allumer la lumière, se jette sur son lit…

… et y découvre Ninon.

33

Quand, au petit jour, Peter se réveilla, Ninon n'était plus dans ses bras.

Il l'appela en vain puis, inquiet, il se leva pour faire le tour de la maison.

Ninon s'était envolée bien avant l'aube.

Peter se doucha et s'habilla fébrilement. De toutes ses nuits passées auprès d'une femme, c'était la première fois qu'il se retrouvait seul au matin. Il aurait bien voulu prendre le temps de se souvenir avec délice de son éblouissement lorsqu'il l'avait découverte nichée au creux des draps, de sa défaite rapide comme l'éclair quand elle s'était accrochée à lui et de tout le reste de sa nuit de passion, mais il n'y arrivait pas. L'inquiétude l'emportait. Pourquoi était-elle partie si vite et où pouvait-elle bien être allée se réfugier un dimanche matin ?

Il sortit de chez lui précipitamment. Il hésitait sur la direction à prendre, quand José, se détachant silencieusement du tronc d'olivier contre lequel il était appuyé, s'avança vers lui et se mit en travers de sa route. Les deux hommes se parlèrent face à face. Peter reçut le coup et vacilla.

Quand José eut disparu, Peter demeura un moment immobile, comme étourdi, puis il se dirigea à grands pas vers la ferme des Buis. De très loin, il reconnut à travers les frondaisons la tache bleue que faisait la robe de Ninon. Elle marchait à petits pas dans le creux des sillons et ramassait les pierres que la charrue avait fait remonter du plus profond de la terre.

Peter leva le bras pour lui faire signe, ouvrit la bouche pour crier son nom. Une haute silhouette sauta alors le plus proche muret et vint s'interposer sur le chemin qui menait jusqu'à elle.

Giuseppe s'arrêta à quelques pas de sa fille, la détailla sans vergogne puis, comme elle restait muette et arrogante devant lui, il demanda durement :

— Qu'est-ce que tu fais ici ?

— Je ramasse les pierres.

— Qu'est-ce que tu fais dans ce champ ?

— Je ramasse les pierres du champ.

Il leva la main comme pour la punir de cette insolence. Elle recula d'un pas.

— A qui appartient cette ferme ?

— A monsieur Atkinson.

— Ah vouëi ?

Il cracha par terre.

— Je travaille pour lui, ajouta-t-elle.

— Ce n'est pas ce qu'on m'a raconté. Dis-moi un peu, en plus de ramasser des pierres, tu ne coucherais pas avec lui par hasard, putanas ?

Ninon garda la tête droite mais son regard vacilla au bord d'un gouffre. Hier encore, elle aurait été capable de lui sauter au visage, aujourd'hui, elle ne le pouvait plus.

C'est à ce moment précis que Peter apparut. Il avançait gaiement, semblait-il, les mains dans les poches et le sourire aux lèvres.

Quand, à quelques pas, il regarda Ninon, de ce qu'il lut sur son visage – le désarroi et l'humiliation –, il comprit que le mal était fait et se prépara à l'affrontement. Il ralentit pour se donner le temps de choisir ses armes.

Giuseppe, alerté par un éclair de lumière dans les yeux de sa fille, se retourna. Peter faisait les derniers pas. Les deux hommes se toisèrent. Ils étaient grands l'un autant que l'autre, mais Giuseppe était aussi massif que Peter était mince et fragile.

Peter, ayant eu le temps d'étudier la situation, plus maître de lui, profita de son avantage et attaqua. Il avança à un mètre de Giuseppe, garda ses mains dans ses poches et s'écria en exagérant son accent :

— Hello, monsieur Desanti, heureux de vous rencontrer. Je suis Peter Atkinson.

L'intonation était cordiale, mais le timbre métallique de la voix ne trompait pas.

Puis il s'approcha de Giuseppe, et quand il fut près à le toucher, il sortit une main de sa poche. Mais au lieu de la lui tendre, il la posa fraternellement sur l'épaule du garde.

— Comment allez-vous ?

Giuseppe recula vivement pour dégager son épaule, mais ne trouva rien à dire tant la courtoisie de l'attaque l'avait surpris. Cette main amicale était bien une façon d'abordage et il ne s'y trompa pas. Mais c'était une offensive d'un genre inconnu de lui, sourire aux lèvres et main ouverte, presque sympathique.

Seuls les yeux galvanisés de Peter montèrent franchement à l'assaut en se plantant dans ceux de Giuseppe qui les détourna aussitôt :

— Vous êtes venu admirer ma propriété ? Jolie ferme, n'est-ce pas ?

Apparemment très à l'aise, Peter fit un large geste de la main pour présenter la ferme des Buis, resplendissante sous ses tuiles neuves. Instinctivement, Giuseppe jeta un œil vers la maison. Mais Peter choisit de ne pas le laisser se reprendre :

— Votre fille travaille pour moi. Le saviez-vous ? Certainement. J'ai appris que les nouvelles montaient allègrement d'ici jusque *Chez Albertine*, n'est-il pas vrai ?

Giuseppe, depuis qu'il tenait en main un mobile suffisant pour, enfin, s'en prendre à Ninon de plein droit, avait décidé de se rendre aux Campestres pour le simple plaisir de lui mettre le nez dans sa honte et de se venger ainsi de ce qu'avait été la sienne. Jamais il n'avait imaginé qu'il se trouverait en présence de ce grand escogriffe. Peter ne l'intéressait pas. Il ne lui en voulait même pas d'avoir séduit sa fille, au contraire, il l'en aurait presque remercié. Mais sa présence contrariait ses intentions. Il regarda le bout de ses chaussures pour se donner le temps de réfléchir.

— De quoi vous mêlez-vous ? réussit-il à dire en trahissant par ces mots l'essentiel de sa pensée.

— Je pensais que vous étiez venu pour me demander des comptes...

— Je suis venu voir ma salope de fille.

Bien que préparé à tout entendre, Peter fut sidéré.

— C'est bien ce que je disais ! Et vous avez bien fait de venir. Figurez-vous que j'avais l'intention d'aller vous voir pour vous demander sa main.

Giuseppe en tituba, de surprise pour une fois.

Peter resta silencieux, comme indifférent. Il sortit de sa poche un paquet de cigarettes blondes, en offrit une à Giuseppe qui la refusa, alluma la sienne et attendit.

Giuseppe, la gorge sèche, aurait tout donné contre un verre de vin.

Peter, le cœur battant mais impassible, souffla la fumée vers la fuite des collines et fit semblant de s'y intéresser malgré l'envie qu'il avait de jeter un œil en direction de Ninon.

Enfin, il se retourna, toujours aimable et reprit rapidement :

— Je vois bien que ma requête très conventionnelle vous surprend, mais dois-je comprendre que, comme l'affirme la célèbre maxime, « qui ne dit mot consent ? »

Le vocabulaire subtil ajouté à la tournure elliptique du proverbe acheva de troubler Giuseppe. Il en était encore à digérer la demande en mariage qu'on l'assaillait avec une autre question. Avant de répondre, il aurait bien aimé qu'on lui laisse le temps de la comprendre et, surtout, de se souvenir qui pouvait bien être le célèbre Maxime en question.

Mais Peter tendait déjà vers lui sa main à plat, comme le lui avait enseigné Marcus le meunier.

— Allez, topez là, vous n'aurez pas à le regretter.

Peter, pressé de l'emporter, avait commis une erreur. Il aurait dû savoir qu'il ne faut jamais acculer à la décision les cerveaux lents et méfiants. Giuseppe n'avait en tête que la retentissante taloche qu'il s'était promis d'envoyer à sa fille. N'ayant plus de ligne de conduite, obligé de choisir entre toper là ou tourner le dos, il sentit la panique l'envahir. La dernière phrase incompréhensible de l'Anglais cachait sûrement un traquenard. Il ne savait plus à quel marché on l'invitait réellement. Il choisit de ne pas se laisser « embarquer » et tourna les talons.

Peter attendit que Giuseppe soit hors de vue pour regarder Ninon. Elle souriait à travers ses larmes. Elle était à la fois émerveillée par l'audace avec laquelle Peter avait mené ce combat et terrassée par les mots injurieux de son père.

Comment avait-il pu, déjà, savoir ?

C'est contre la poitrine de Peter qu'elle se confia. Celui-ci chassa son souci d'un haussement d'épaule.

— Peu importe.

Il ne parla pas des bavardages qui couraient dans les rues du village et préféra changer de sujet de conversation. Quelque chose de plus important le tracassait encore.

— Pourquoi es-tu partie si tôt, sans me réveiller ?

Ninon ne répondit pas. Elle se fit câline, réclama des caresses, des baisers, en donna avec passion comme pour se faire pardonner, mais Peter ne se laissa pas distraire :

— Réponds-moi.

Elle regarda les restanques, leva les yeux vers une volée de martinets qui frôlait en piaillant la cime des feuillages...

— Alors ?

— Un jour, Pilar m'a dit...

Peter leva les yeux au ciel et se mit à rire :

— Rappelle-moi de l'étrangler dès ce soir. Qu'a-t-elle dit que je ne sache pas encore ?

— Qu'il fallait te ficher la paix pour que tu puisses travailler...

Cela faisait deux heures pleines que Giuseppe ruminait en secret ce que lui avait dit Peter. Dès le début de sa réflexion, il avait rayé de son esprit la demande en mariage. Elle ne l'intéressait pas parce qu'elle rendait à Ninon le beau rôle et même la vedette alors que, depuis quelques jours, les confidences de Baptiste, pour une fois, lui donnaient raison.

Chez Albertine, il avait pu enfin faire front à toutes les casquettes sans qu'on le fasse taire :

— C'est de la mauvaise graine que cette gamine, je l'ai toujours dit. Voyez vous-mêmes ! Tout cela ne serait pas arrivé si elle était restée avec moi. Vaï, moi, j'aurais su la faire se tenir proprement à grands coups de pied au cul...

Et tous les pères de famille attablés l'avaient regardé avec compassion.

Mais à présent il bataillait avec sa cervelle sans parvenir à déceler le piège de l'Anglais. Il était sûr qu'il y en avait un quelque part mais il avait beau répéter les mots de Peter dans l'ordre et un par un, il butait sans cesse sur la dernière phrase. Il n'en avait retenu que le nom de ce damné Maxime sur lequel il ne parvenait pas à mettre un visage.

En fin de compte, il décida que c'était sûrement là qu'était l'embuscade et qu'il avait bien fait de ne pas toper et de partir dignement.

Le soir même, il se rendit de bonne heure *Chez Albertine*, se donna des forces en absorbant quelques verres d'un vin bien revigorant et attendit patiemment que la salle soit pleine. Vers sept heures, il n'y voyait plus très clair quand Jeannot se montra enfin.

— Ah, te voilà, collègue, je suis bien content de te voir !

Giuseppe commanda un verre pour le collègue et un autre pour lui, naturellement.

— J'ai vu ma fille pas plus tard que ce matin.

Les joueurs de manille s'arrêtèrent de distribuer les cartes.

— Je l'ai bien trouvée là où Baptiste disait. Exactement, preuve qu'il n'a pas menti...

Un silence plus lourd s'abattit sur la salle.

— Comme il le disait aussi, elle radassait bien en piétinant la terre des restanques de la ferme de l'Anglais...

— Eh bien, raconte, qu'est-ce que tu as fait ?

— En premier, je lui ai dit ma façon de penser et je m'apprêtais à lui mettre une volée quand l'Angliche est arrivé.

Giuseppe se tut un instant pour s'assurer que tout le monde écoutait.

— Hé, les gars, vous savez pas ce qu'il m'a demandé ?

Là, Giuseppe, comédien, marqua une autre pause. Il poussa le menton vers chacun des hommes présents, ses yeux rouges écarquillés…

— Vous ne pouvez pas savoir ce qu'il m'a demandé l'Angliche. Personne ne s'en douterait. Eh ben, moi, je m'en vais vous le dire parce que si je ne le dis pas, vous ne le devinerez jamais.

Il finit son verre, ravi de son effet.

— Il m'a demandé *la main de ma fille !*

Et il se mit à rire très fort et à tousser.

— Hé, les gars, il m'a pas dit : « Je veux marier ta fille », il m'a demandé *la main de ma fille !*

Et, de rire encore et si fort, il faillit s'étouffer.

— La preuve qu'il a bien le nez plein de morve, non ?

Fernand, attablé, fit taire les voix qui s'étaient subitement élevées. Il attendait la suite.

— Et qu'est-ce que tu as répondu ? demanda Jeannot.

— Eh bien, j'y ai rien répondu, j'y ai tourné le dos.

Un brouhaha confus accueillit la nouvelle. Un brouhaha bien supérieur à celui qui avait suivi la demande en mariage.

— Et il n'a rien dit de plus ?

— Ben… il n'était pas content. Il m'a parlé d'un Maxime que je ne connais pas et d'autre chose encore que j'ai pas compris.

— C'est peut-être qu'il parlait en anglais ?

Giuseppe se pétrifia :

— Ah ben, c'est ça ! Bonne Mère, et moi qui me tournais la cervelle pour essayer de comprendre ! J'ai bien fait d'y tourner le dos. Tiens, il avait qu'à parler comme tout le monde.

Fernand se remit à distribuer les cartes.

Jeannot se pencha alors vers Giuseppe et lui dit à mi-voix :

— J'ai une meilleure idée. Il faut que tu lui demandes des sous. Il en a plein les poches, encore plus que ce que tu penses, à ce que dit Baptiste. Il paye et tu dis oui, il paye pas et tu dis non.

Giuseppe en resta coi. Il but une gorgée, reposa son verre puis demanda, les yeux dans le vague :

— T'en connais un de Maxime, toi ?

Peter attendit le dimanche suivant pour se rendre au village sans en parler à Ninon.

Inutile de dire combien il y fit sensation. Dès que sa Jaguar se fut faufilée jusqu'à la fontaine de la place San-Bastian, le bruit courut de bouche en bouche tout le long de la rue des Balcons puis de porte en porte jusqu'aux dernières maisons.

Peter traversa la place en saluant quelques visages d'un sourire ou d'un signe de tête puis il descendit la traverse Serre-Coudes sans ralentir le pas et s'en fut cogner à la porte de Giuseppe.

Ce fut Maria qui vint ouvrir.

Elle avait énormément grossi durant ces derniers mois mais, curieusement, elle en était d'autant plus coquette. Si tôt le matin, elle avait déjà noué un ruban sur sa tête qui lui rendait son visage d'enfant et elle portait des chaussures rouges à talons. Elle fixa Peter de son regard lunaire. Il se présenta, elle s'effaça et le laissa entrer. Peter passa devant elle, elle sentait la nuit et la transpiration.

— Zeppe ! cria-t-elle vers le petit escalier.

Peter avança de deux pas dans la salle et en aspira en un instant tout le sordide. Il découvrit l'alcôve triste et déserte dont lui avait parlé Ninon. Il promena son regard d'un côté à l'autre de la pièce dans une stupéfaction totale. Ce qui suintait de ces murs n'était pas la misère, c'était une froideur pareille à celle des tombeaux. Pas une photo, pas un modeste cadre, pas une babiole en plâtre pour évoquer un moment d'émotion. Pas un bout de rideau aux fenêtres, pas un napperon sous un vase pour rappeler que des êtres humains vivaient là. La maison de Giuseppe avait la nudité glacée d'une cage à bestiaux.

Enfin, Giuseppe descendit les marches du petit escalier, passa devant Peter et s'assit à la table sans l'inviter à en faire autant.

— Qu'est-ce que vous me voulez ? demanda-t-il en fixant la toile cirée.

— Ninon.

Il ricana, odieux :

— Vous l'avez déjà à ce qu'on dit.

— Je veux votre consentement pour le mariage.

— Mon consentement, ça veut dire qu'il faut que je dise oui ? Eh bien, moi, je dis non. Elle en a toujours fait qu'à sa tête, bien fait pour elle, qu'elle se démerde à présent.

— Et si...

Peter se tut brusquement. Il était venu dans l'intention d'arracher la victoire à tout prix, fût-ce en proposant de l'argent. Mais au moment d'en parler, il n'y arriva pas. Il découvrait au fond de sa gorge quelque chose d'écœurant.

— Il y a peut-être moyen de s'arranger, dit alors Giuseppe d'une voix molle.

— Certainement, j'attendrais le temps qu'il faudra.

Peter se retourna sans saluer et franchit le voile de coton.

Fernand était à quelques pas de sa voiture.

— J'avais justement l'intention d'aller vous voir, dit Peter en le saluant.

Mais Fernand était pressé de savoir, il demanda :

— Il a refusé ?

— Oui.

— Cela ne m'étonne pas. Et il ne vous a pas demandé d'argent ?

— Il a essayé mais sans insister, sans y croire vraiment.

— Cela ne m'étonne pas non plus. Il préfère que sa fille ne se marie pas. Ça lui permet de continuer à cracher sur elle un peu plus longtemps.

Fernand se tut, attendit un peu puis regarda Peter en souriant :

— Vous avez bien fait de parler tout de suite de mariage, et ce grand couillon a bien fait de s'en vanter devant tout le monde. Basta, monsieur Atkinson, la chose n'est pas bien grave, si vous êtes pressé, il ne vous reste plus qu'à faire un petit !

Peter, qui avait la main sur la poignée de sa portière, arrêta son geste brusquement.

— Eh bien oui… quand il y a urgence on peut se passer du consentement des parents, c'est écrit dans la loi ! Dépêchez-vous donc et, quand il sera en route, comptez sur moi pour vous aider à faire les démarches nécessaires !

Quand il ouvrit sa portière, Peter souriait aux anges.

— Quand je pense que je me torturais tant…

Il descendit jusqu'aux Campestres sans que son sourire béat ne quittât ses lèvres.

Faire un enfant à Ninon…

Faire un enfant ?

Il entra chez lui, se cala dans l'angle de son canapé, renversa la tête en arrière et envisagea sérieusement la situation.

Et des restanques ensoleillées des Campestres, son esprit s'envola jusqu'aux majestueuses landes de Dart-moor puis se faufila dans la quiétude du cottage de Bovey-Tracey où il rencontra sa mère.

Et ce qui le comblait de bonheur depuis la veille, ce qui paraissait si simple à ce bon Fernand, ce qui semblait si charmant et si léger sous le ciel radieux des Campestres, devint un abominable cataclysme, à l'instant.

Dans quelques mois, dans un mois peut-être, il allait devoir annoncer à sa famille, à ses amis et à la presse anglaise qu'il allait épouser une gamine de seize ans qu'il avait mise enceinte, une gamine sans famille présentable et qui ignorait vraiment beaucoup de choses comme par exemple, où se trouvait le Royaume-Uni d'Angleterre.

Il arrêta sa liste par amour pour Ninon.

Et quand il aurait trouvé la force nécessaire pour annoncer la nouvelle, il allait devoir s'expliquer, justifier tous ses gestes, toutes ses émotions.

Il allait devoir rendre raisonnable l'irraisonnable…

Il allait devoir sourire à une multitude de visages incrédules, décomposés par son inqualifiable inconséquence.

Il allait devoir… Peter en perdit un instant la tête. Il songea à ne rien dire, à attendre, à se cacher, à s'exiler peut-être, à disparaître.

C'est alors qu'il entendit Ninon entrer. Elle s'arrêta dans l'encadrement de la porte :

— Je ne te dérange pas ?

Elle souriait.

Et Peter oublia l'Angleterre. Il la regarda approcher.

Il ne vous reste plus qu'à faire un enfant…

Elle se blottit contre lui en murmurant fièrement :

— J'ai fini. La terre est prête pour les premières semailles.

Peter la prit dans ses bras avec stupéfaction.

Quand au matin, Ninon s'en alla, Peter retrouva ses tracas familiaux et y fit face avec béatitude.

Il se promit d'écrire sans attendre une longue lettre à sa mère. Cela suffirait sans doute pour que la nouvelle fasse le tour du Devon.

Mais avant de s'y mettre, il ressentit le besoin de s'en aller marcher à travers bois. Tout en se promenant, il choisirait les termes de sa lettre, ce qu'il aimerait dire, ce qu'il ne dirait pas.

Il partit d'un bon pas en écrivant secrètement la première page. Il ratura beaucoup, recommença, déchira le papier plusieurs fois, s'impatienta. A la fin de chaque phrase, il voyait de trop près le visage défait de sa mère.

Il dépassa les terres de Marius et s'engagea dans un petit sentier forestier tracé par les bottes des chasseurs. Il fonça droit devant lui en écartant rageusement les épines et en donnant des coups de pied dans le bois mort. Il n'entendait pas les pins frémir sous le vent pas plus qu'il ne sentait le parfum des fleurs de bruyère.

Il était au tournant de sa vie. Au-delà du visage de sa mère, revenait toujours la même question : Ninon sa vie entière ?

Ninon sans plus jamais d'Angleterre, l'Angleterre sans plus jamais Ninon... Il n'hésitait pas vraiment, il ne savait pas s'il serait capable de faire son deuil de tant d'avenir et de tant de souvenirs.

Il se perdit dans les broussailles des sous-bois et fut incapable de retrouver la bonne direction.

Quand il revint enfin en pays connu, le soleil d'automne disparaissait derrière le Malay.

Il traversa sa terrasse.

Il n'y avait pas fait quatre pas qu'il découvrit devant sa fenêtre une chatte familière à moitié morte de faim qui, en l'apercevant, au lieu de fuir, leva son regard doré vers le sien.

Sans hésiter, Peter s'agenouilla et mit délicatement la pauvre bête dans sa chemise et se redressa. Il sentit le corps chaud palpiter contre sa peau.

Il tituba comme sous un vertige et s'appuya contre le mur de sa maison. Il y resta un long moment, sidéré, les yeux fixes. Puis il ferma les yeux et s'engouffra dans l'époque la plus obscure et la plus secrète de son enfance. De son enfance à Bovey-Tracey justement.

Il était en ce temps-là pensionnaire au collège et chaque fois qu'il revenait à la maison familiale, comme alerté par une puissance surnaturelle, un chat apparaissait et venait le rejoindre dans sa chambre. Personne n'avait jamais pu dire d'où venait cette bête superbe, noire aux yeux d'ambre. Elle apparaissait simplement puis elle se hissait le long des murs couverts de lierre jusqu'à sa fenêtre. Arrivée là, assise sur son derrière, elle tendait une patte et grattait au carreau. Peter la faisait entrer et elle le remerciait d'un énigmatique couinement. Ensuite, elle contemplait son maître de ses prunelles changeantes avant de s'alanguir sur les papiers de son bureau.

Le soir, le chat attendait, patient comme un sphinx de pierre, que Peter fût couché pour venir s'allonger le long de sa jambe.

Le matin, le chat attendait que Peter partît en promenade pour le suivre à trois pas derrière ou à cinq pas devant.

Le père de Peter, homme glacé et glaçant, déjà contrarié par les longues rêveries solitaires de son fils, avait coutume de dire, censeur dédaigneux, lorsqu'on cherchait l'enfant :

— Il est avec le chat, probablement.

Alors que c'était le chat qui était avec Peter…

Un jour, alors qu'il allait avoir dix-huit ans, à l'un de ses retours de Cambridge, le chat n'était pas venu gratter à son carreau. Peter l'avait attendu toute la nuit devant sa fenêtre ouverte. En vain. Puis, inlassablement, il avait parcouru, seul, les chemins qu'ils parcouraient ensemble.

Cette disparition avait été le premier gros chagrin de sa vie. Son visage éploré avait fortement contrarié son père.

— Allons, fiston, je ne pourrai plus prétendre que tu es avec le chat ! N'est-ce pas formidable ?

Son père mourut l'année suivante. Au repas des funérailles, alors qu'on s'interrogeait sur la fuite du défunt vers un supposé au-delà, Peter avait osé dire :

— Il est avec le chat, probablement.

Cela faisait une éternité qu'il rêvait d'avoir un chat sur sa table de travail et de converser longuement avec lui. Qu'il rêvait d'inspiration puisée dans ses yeux mi-clos, de passer la main dans sa fourrure chaude et de le regarder fuir ou s'assoupir au gré de ses secrètes obligations. Il se l'était toujours interdit de crainte de le voir disparaître durant ses absences, ses séjours en Angleterre.

Peter soigna la chatte affamée puis se démena pour lui faire un nid douillet. Enfin, il plongea ses yeux dans les yeux de la bête et lui dit en souriant :

— Il y a toujours un signe.

Le signe cligna d'un œil et se pelotonna.

Peter sut alors qu'il allait s'installer définitivement aux Campestres et que sa vie ne serait plus jamais comme avant.

Il se dirigea vers son bureau, prit son papier à lettres et son stylo.

Quand il releva la tête, deux larges feuilles étaient noircies d'une écriture vive et serrée, sans aucune rature. Deux feuilles qui ne parlaient pas de chat, seulement de Ninon.

34

Comme une réponse à sa lettre, Clara, toujours pimpante et charmante, arriva aux Campestres à la fin de la même semaine. Au téléphone, elle avait demandé l'hospitalité à Peter en affirmant qu'elle se languissait d'un bel automne dans le sud de la France. Elle ne resterait chez lui que quelques jours et passerait le reste de la saison sur la Côte. Peter avait accepté avec plaisir. Ce n'est qu'en reposant le combiné que, soudain rêveur, il soupçonna Clara d'être mandatée par sa famille pour constater la gravité de la situation.

Il lui redonna sa chambre sans aucun commentaire et attendit patiemment le flot de questions qui ne tarderait pas à le submerger. Ainsi qu'une déferlante accourue de la tempête dont il avait semé le vent.

Mais Clara, fine mouche, sut rester l'amie discrète. Elle donna des nouvelles de Londres, commenta le changement de politique du gouvernement et parla des derniers événements survenus à Bovey-Tracey. Elle n'arrêta son bavardage qu'en voyant apparaître Ninon.

Ninon revenait de ses premières semailles. Elle avait passé toute sa journée à marcher dans la terre pour épandre les graines en s'appliquant à imiter le geste si rigoureusement simple du semeur. Marius l'avait suivie à quelques pas, en guidant son geste :

— Avance un peu moins vite et pousse ton bras loin devant avant de le laisser revenir tranquillement !

Elle avait encore dans les prunelles la paix qui s'installe dans les yeux des gens des campagnes, une fois leur travail accompli, tout simplement parce qu'il se fait à l'air et er pleine lumière. Elle avait encore sur son corps la poussière soulevée par le vent et sur ses mains la poudre des semailles.

Peter la prit dans ses bras comme on prend un enfant, puis il la berça doucement en chuchotant à son oreille avant de la laisser aller. Ninon salua alors Clara en lui souhaitant un bon séjour, puis elle fila rejoindre Pilar dans la cuisine.

Peter attendit.

La première attaque ne fut pas celle qu'il prévoyait. Clara dit simplement :

— Comme tu l'aimes…

Ce n'était pas une question. Juste, peut-être, un regret.

La question, elle, vint plus tard.

— A moi, tu peux le dire, comment tout cela va-t-il se terminer ?

Peter comprit que Clara choisissait de rester dans son rôle d'amie de passage et de ne pas avouer celui d'ambassadrice d'Angleterre. Implacable, il ne répondit pas.

— Ecoute, je suis d'accord avec toi depuis le premier jour. Cette petite est charmante, volontaire, courageuse et pleine de charme mais reconnais…

Eile hésita, chercha ses mots :

— … que vous n'avez rien en commun.

— Tu la vois à Londres ou à Bovey-Tracey ?

— Pas du tout… Mais, diable, qu'est-ce que Ninon irait faire à Londres ou à Bovey-Tracey ?

— T'y accompagner… Rencontrer tes parents, tes amis.

— Elle ne parle pas l'anglais.

— Ni le français d'ailleurs. Je le comprends suffisamment pour m'apercevoir que sa syntaxe est parfois bien surprenante.

Peter sourit, amusé :

— C'est un peu vrai, mais elle parle très bien le provençal. Si tu savais combien cette langue est belle et imagée. Ecoute, par exemple : lundi se dit, se prononce plus exactement, *dilune*, n'est-ce pas plus poétique ?

Clara leva les yeux au ciel et se tut un moment.

— De quoi parlez-vous ensemble ?

— De choses si minuscules qu'elles sont imperceptibles mais si nombreuses qu'elles emplissent nos journées.

Peter renversa sa tête vers les voûtes du plafond.

— Avec elle, je guette la pluie dans les replis du ciel, avec elle je redoute le gel du matin, la grêle qu'amène l'orage. Ensemble, le soir, nous regardons les nuages courir devant le mistral.

Clara fit celle qui n'avait pas entendu.

— Alors, je te le redemande, et pas seulement pour moi tu t'en doutes, comment cela va-t-il se terminer ?

Clara baissait sa garde, elle avouait enfin son mandat. Il accepta de répondre.

— Nous allons nous marier.

Clara accusa le coup en abaissant brusquement la tête. Elle but une gorgée de whisky, reposa son verre.

— Je me suis laissé dire que ses parents n'étaient pas présentables.

— Encore moins que tout ce que tu peux imaginer.

— Son père est un ivrogne, tu n'as pas peur de l'hérédité ?

— A regarder Ninon, il me prend souvent l'envie de douter de sa fatalité.

— Et sa mère ?

— Mieux vaut ne pas en parler.

Comme Clara se taisait, Peter murmura doucement comme si c'était à lui qu'il parlait :

— Ecoute-moi, Clara, le matin quand je me réveille, souvent, Ninon est déjà partie. C'est une idée qu'elle s'est mise dans la tête, pour me laisser travailler et aussi par besoin d'aller voir pousser son blé. Je suis souvent seul jusqu'au soir et, durant tout ce temps qui s'écoule entre aube et crépuscule, je ne fais que penser à elle. Et tu me demandes quoi ? De la laisser pour passer l'été à Bovey-Tracey ? Ou mieux d'y renoncer ? Que veux-tu que je te réponde ?

— Tu ne reviendras donc jamais ?

Le voile de brume s'épaissit sur les yeux de Peter, puis il le chassa d'un battement de paupières :

— Hélas, je ne peux plus partir.

Il prit un air navré. Il se retourna vers le fond de la pièce et désigna le lit douillet sur lequel la petite chatte tricolore dormait :

— J'ai oublié de te présenter Nénette. Vois comme elle est belle et délicate et incroyablement dépendante de ma présence... Elle semble dormir, mais ne te fie jamais à ses poses alanguies. En réalité, elle me surveille. Comme tu le vois, j'ai charge d'âmes à présent, je ne peux plus m'en aller.

Il cessa apparemment de plaisanter :

— Cela faisait mille ans peut-être que je rêvais d'avoir une chatte dans ma maison et que je n'en avais pas à cause d'une vieille histoire que tu ignores. J'en ai une maintenant ! Regarde-la. Elle est superbe n'est-ce pas ? Elle a pour nom : sérénité, mais, pour plus de commodité dans le courant de la vie, je l'appelle Nénette. Abandonner Ninon cela pourrait peut-être se faire, mais abandonner Nénette, jamais !

Peter jubila en voyant l'ébahissement s'installer sur le visage de Clara. Elle n'avait pas saisi ce que cette histoire de chatte avait d'essentiel. Elle eut un geste des épaules pour exprimer son interrogation.

Il changea de ton :

— Cela veut dire que je ne reviendrai jamais vivre en Angleterre. Non pas que je renie mon enfance, mon village et ma famille. Non pas que je n'aime plus les paysages somptueux qui m'ont tant inspiré et que je n'ai pas oubliés. J'y pense souvent, avec regret même. Mais comprendras-tu enfin que je ne peux plus m'éloigner de Ninon tant j'ai peur de la perdre ?

— Ce grand amour passera peut-être ?

Un nouveau passage de brume assombrit les yeux de Peter.

— C'est possible en effet qu'un jour Ninon ne m'aime plus. Elle est si jeune... Mais enlève-toi de l'idée que cela puisse m'arriver. Tu énumérais tout à l'heure ce qui me sépare d'elle, mais tu as oublié l'essentiel. J'ai mis trois ans à l'attendre et j'ai donc eu trois ans pour en faire la liste, trois ans pour la gommer. Ninon ne s'intéresse qu'à la terre, elle ne lit jamais un livre, pas même les miens, elle ignore tout sur tous les sujets, excepté les cueillettes et les semailles. Elle n'est pas raffinée et elle est rebelle à toute transformation. Mais depuis que je l'aime, rappelle-toi, tu y étais... ce n'est pas elle, c'est moi qui ai changé. C'est elle qui m'attire ici parce que ses racines vont au centre de cette terre et qu'elles ne s'en détacheront jamais. Une certitude, voilà le mot que je cherchais. Ninon est ma certitude. J'avais besoin de cette évidence-là et je ne pourrais plus m'en passer.

— Tu es amoureux, soit, et il te semble avoir changé, mais ce changement n'est peut-être qu'apparent, provisoire...

— Tu te trompes. Le Peter que tu connaissais n'était pas le bon. Il n'était qu'un grand gamin qui n'a pas fini de pousser. Le Peter que tu connaissais s'ennuyait sous ses allures décontractées. Il faisait l'amour sans amour, se saoulait pour ne pas voir le temps passer et écrivait en espérant changer le monde. Preuve, on ne peut plus manifeste, de puérilité. Cela ne se voyait peut-être pas mais, avant Ninon, je glissais doucement vers l'ivrognerie mondaine à force de m'emmerder.

Clara devint livide. Elle balbutia :

— Tu n'écris donc plus ?

— Rassure-toi, l'écriture chez moi est une maladie. J'ai terminé un roman de cinq cents pages, écrit en français, avant de m'apercevoir que j'y racontais ma vie. Je ne l'ai pas envoyé à mon éditeur. Je le garde secret, je le donnerai à mon enfant...

— Ton enfant ?

Peter sourit, moqueur :

— Qui sait ?

Clara n'y crut pas.

— Alors plus de merveilleux romans ?

— Je n'en sais rien. Peut-être. Comme toi, mon éditeur s'inquiète de mes états d'âme. Il me téléphone toutes les semaines pour me supplier de m'y remettre. Je m'attends à le voir prochainement arriver avec, dans ses bagages, des antidépresseurs et des gélules vitaminées.

Peter s'amusait mais Clara était anéantie. Elle se tut, jeta un œil vers un guéridon, y remarqua une revue agricole. Elle la prit dans ses mains et la feuilleta :

— C'est toi qui lis ça ?

— Eh oui ! Nous avons récemment fêté les seize ans de Ninon. L'année dernière j'avais fait l'erreur de lui offrir un bijou, cette année, je lui ai offert un tracteur.

Clara, épuisée par la lutte, accepta enfin de rire.

— Viendras-tu quand même voir ta mère ?

— Bien sûr.

— Combien de temps ?

Peter ne répondit pas : Ninon apparaissait. Elle salua aimablement Clara avant de se laisser happer par les bras de Peter :

— Je vais planter des lys tout au long des petites berges du vallon aux Grives, dit-elle en s'installant entre eux.

Et cette simple perspective la faisait rayonner.

Quatre mois plus tard, quand enfin ils reçurent l'autorisation de se marier, Peter et Ninon choisirent une date et les bans furent publiés. Peter envoya un carton d'invitation à tous ses amis et relations, puis il écrivit à sa mère à qui il ne put cacher la vérité. La taille arrondie de Ninon ne permettait plus le secret.

Aussitôt, lettres alarmées et coups de téléphone navrés se succédèrent. Leur contenu ou leur propos étaient toujours à peu près les mêmes : certes, Peter s'était mis dans une situation délicate, néanmoins, mille manœuvres pouvaient lui permettre d'en sortir dignement. Il lui fallait encore réfléchir, peser froidement les conséquences et, par-dessus tout, penser à son avenir.

Peter renonça à les combattre. Il souriait en décachetant les enveloppes ou en décrochant le téléphone, mais, chaque fois, son cœur se serrait.

Vint alors l'incontournable problème de la cérémonie.

En l'évoquant, Peter descendait au plus profond de l'inextricable. Il imaginait avec angoisse une noce disparate, faite d'un mélange de deux mondes, où ses amis des Campestres seraient aussi mal à l'aise que ses amis anglais. Il chercha des nuits entières une réponse à ses questions. Il regretta ses invitations, en vint à souhaiter avec désespoir qu'une conjuration se forme et que nul ne vienne.

Hélas, les réponses affirmatives s'empilaient au coin de son bureau.

Un jour qu'il exposait ses appréhensions à Joséphine, celle-ci lui dit avec beaucoup de bon sens :

— Vous pourrez vous torturer pendant mille ans, c'est pas cela qui me fera parler l'anglais. Je ne vois pas pourquoi non plus j'essayerais de ressembler à votre mère. C'est pourquoi je vous propose d'organiser un simple mariage provençal. Contentez-vous de prévenir vos invités que ce sera une fête campagnarde et n'oubliez pas de leur dire qu'ici, parfois, il fait aussi froid qu'en Angleterre. Pas de fanfreluche ni de voilette qui s'envoleraient sous le mistral. De toutes les manières, nous, peuchère, nous ne serons pas nombreux.

Elle sortit d'une armoire un superbe jupon, un caraco, une chemise brodée et un châle.

— C'était à ma pauvre mère. C'est ainsi que je serai habillée.

Peter fut subjugué par la rigueur des piqués mêlée à la magnificence des couleurs des indiennes.

— Il existe un costume semblable pour une mariée ?

— Bien sûr ! Allez, ne vous faites pas de souci, laissez donc faire ceux qui savent, vous n'aurez pas à le regretter.

La veille du mariage, tous les hôtels du canton furent pris d'assaut. Dès leur arrivée, les invités se précipitèrent chez Peter. Ils étaient très gais, heureux pour la plupart de découvrir la France en cette occasion. Ils bavardaient par petits groupes éparpillés du salon aux restanques. Le vin et le whisky coulaient à flots. Pilar allait des uns aux autres en maugréant. Peter était très entouré. Chacun tint à le prendre à l'écart pour lui frapper amicalement dans le dos, comme on le fait à un grand malade ou à un condamné. Ninon, elle, préféra rester dans les jupons de Joséphine.

Quand ses amis furent partis, Peter descendit la chercher afin de la présenter à sa mère. La vieille dame menue et délicate était assise sur le canapé de cuir brun. Tout en elle avait la légèreté et l'aisance de la distinction. Quand Ninon apparut, d'un seul regard discret mais acéré, imperceptible comme l'éclair, elle la considéra de la tête aux pieds. Ninon s'approcha et se pencha vers elle. Madame Atkinson l'embrassa sur le front puis, se tournant légèrement vers Peter, elle dit en anglais sur un ton de conversation de salon :

— Ravissante en effet, mais était-il réellement nécessaire de l'épouser ?

Ninon ne comprit pas les mots mais elle happa l'intonation empreinte de dérision et, sur la lippe, le désappointement sans rémission. Elle leva vers Peter des yeux étonnés, un peu peinés. Celui-ci la rassura d'un imperceptible clin d'œil, celui-là même qu'il avait coutume de lui faire, jadis, par-dessus les épaules de madame de Carlon.

Le temps bien que frisquet était splendide.

A l'heure dite, la place San-Bastian, noire de monde, attendait les mariés. Enfin, la Jaguar arriva. Peter, vêtu d'un simple costume de velours ambre, en descendit puis ouvrit la portière de Ninon.

Elle portait une coiffe blanche qui épousait la forme de son chignon et se terminait sur ses joues en deux pointes friponnes. Son caraco matelassé, très ajusté, se décolletait à l'épanouissement du cou et s'arrêtait à mi-bras sur une chemise blanche finement brodée. Son jupon de piqué blanc cassé dissimulait le ventre qui s'arrondissait et se soulevait sur des petits bottillons à talons. A sa taille, au bout de sa ceinture tressée, pendait la châtelaine à laquelle, en sortant de l'église, Peter suspendrait les clefs de sa maison. Ninon n'était pas maquillée, seulement poudrée et rose d'émotion.

Son fichu de mousseline blanche s'envola sous un frisson de mistralet. Elle eut un geste vers le ciel pour le retenir qui permit à la foule de la voir, tête relevée. Elle était superbe.

Peter la prit par la main et la présenta à ses amis.

Ninon n'essaya pas de sourire pour leur plaire, elle souleva les paupières et montra seulement le soleil qu'elle avait dans la tête.

A la sortie de la messe, sur le parvis de l'église, Peter s'agenouilla devant elle pour suspendre ses clefs au clavier de la châtelaine. Convaincus ou pas du bien-fondé de cette union, tous sentirent l'émotion passer.

Le repas fut servi dans les salons du château. Il fut si plein de musique, de danse et de bon vin qu'il plut aux Provençaux autant qu'aux Anglais.

La petite Candice, que Peter appelait *Candace*, naquit au mois de mai.

35

Trois ans plus tard, à la fin d'un été particulièrement chaud, Clara revint aux Campestres.

Sur son chemin, à l'entrée du village de Fayence, elle aperçut une boutique qui s'appelait *Au Blé des Campestres*. La vitrine tout entière était occupée par un splendide bouquet de blé. Elle eut un pressentiment et décida de s'y arrêter. Elle entra dans le magasin. Sur la droite s'étageait une multitude de pains, de gâteaux, de tartes aux fruits et de pissaladières. Sur la gauche, près d'un tonneau en perce qui distribuait l'huile des Campestres, s'alignaient d'innombrables bocaux d'olives.

Clara s'y attendait un peu, mais elle fut néanmoins stupéfaite de reconnaître Ninon derrière le comptoir.

Ninon, toute ronde et souriante, servait une cliente :

— Celle-là de farine, il vous faudra la mettre à l'abri et ne pas tarder à l'utiliser. Elle est vivante. Elle n'est pas comme celle d'aujourd'hui qu'on peut laisser cent ans sur une étagère sans qu'une seule bestiole n'ait l'idée de venir y mettre son nez.

— Assez bon pour les gens mais pas assez pour les bêtes ! C'est la mode, à présent ! renchérit la cliente.

Ninon rit aux éclats. Elle rayonnait de fierté :

— De celle-là, vous m'en direz des nouvelles !

Ninon laissa faire sa vendeuse et vint vers Clara :

— Peter est à la maison, allez-y vite, je vous rejoins à l'instant.

Elle avait toujours ce halo de lumière autour d'elle

On fit une place à Clara dans la ferme des Buis, qu'Yvon, Fanny et parfois Abel occupaient à présent.

Le soir les réunit autour de la table et Pilar, très fière de sa promotion, allait de l'un à l'autre en proposant les plats de sa confection.

La petite Candice, friponne aux yeux clairs, ne quitta pas les genoux de Peter.

— Pour quelqu'un qui jurait de ne jamais avoir d'enfant, il me semble que tu es un bon père, fit remarquer Clara.

Il regarda sa fille avec une moue comique :

— C'est toujours l'impression que je donne. Mais en vérité, c'est elle qui s'accroche à moi et non le contraire. Regarde bien, si je la lâche, elle tient toute seule.

Le lendemain, Abel, de retour de Paris en passant par la Roque Esclapon, frappa à la porte du mas des Oliviers.

Durant tout le repas que l'on fit pour fêter son retour, il parla de sa carrière au pays des chansons. De son premier disque à paraître, de la nouvelle vague de jeunes artistes dont il comptait bien être.

Les yeux d'Abel allaient de Peter à Ninon. Bien qu'il fût presque un homme, il les questionnait du regard comme s'ils avaient été ses parents. Il craignait Peter et adorait toujours Ninon. A chaque instant, il balançait, encore fragile, de la moindre turbulence à la plus ferme détermination.

Les yeux de Ninon allaient d'Abel à Peter. En passant de l'un à l'autre, ils changeaient de ton. Comme s'ils voyageaient de la lune au soleil. Abel était encore le revers de son âme, le reflet de sa propre lumière.

Peter était Peter.

Plus tard, José vint avec sa guitare et la fête recommença. Toute la nuit, Pilar, Abel et Peter dansèrent les bulerias, soleares et fandangos. Selon son habitude, Clara, un peu ivre, tapait frénétiquement dans ses mains. Comme Peter passait près d'elle, elle le prit par la manche et lui dit :

— Je retrouve enfin le Peter d'autrefois. C'est curieux, j'ai toujours cru que tu dansais le flamenco parce que tu étais ivre ou pour faire l'intéressant.

— Erreur encore, ma chère. Seule cette musique sait me faire sortir de mes gonds.

Puis il ajouta en plaisantant :

— Pilar est persuadée que j'ai été un gitan andalou dans une vie antérieure.

Peter avait abandonné ses pinceaux et sa toile. Clara regarda le tableau et fut surprise par ce qu'il représentait : une mulâtresse accroupie à l'angle d'un mur inondé de soleil et qui, par-dessus le quai d'un port, regardait la mer déserte. Les couleurs étaient éclatantes et l'ensemble apaisant et pathétique à la fois.

Clara s'en détourna pour observer Peter. Celui-ci, toujours rêveur, contemplait indéfiniment la dégringolade des collines jusqu'à la mer. Elle s'exaspéra de le voir devenu si différent, si lointain, déjà vieux peut-être.

— Tu peins maintenant ?

— Comme tu le vois, il paraîtrait même que j'ai du talent. Mais ne t'inquiète pas, le changement n'est qu'apparent. Avant, je buvais en rêvant, maintenant, je rêve en peignant. J'ai toujours autant de choses dans la tête mais comme elles sont secrètes, je les confie à une toile apparemment muette... mais en vérité, elle me répond.

Clara haussa les sourcils en signe d'étonnement.

— Regarde bien, elle parle. Tous les peintres te le diront. Dis-moi voir, cette femme assise devant la mer, que fait-elle d'après toi ? Elle attend quelqu'un, elle rêve, ou elle laisse passer le temps ? Il est essentiel que tu répondes à cette question.

Clara haussa les épaules avec commisération.

— Depuis quand n'as-tu pas écrit de roman ?

— Je ne m'en souviens plus.

— Et pourquoi ?

— Je ne sais pas, j'attends que cela vienne. L'ennuyeux, c'est que je n'ai pas besoin d'argent pour m'obliger à m'y mettre. Mais le plus grave est que je ne suis même plus en colère : j'ai découvert que les marchands n'étaient plus dans le temple, inutile donc de vouloir les en chasser, ils en sont propriétaires. Ils démontent notre temple pierre par pierre, pour les vendre une à une. Attendons qu'ils en soient à la dernière... Je n'ai plus d'ombilic et je suis amoureux. Tous les ressorts de la création m'ont pété entre les doigts. Il ne me reste plus que ma plume qui me démange, alors j'écris parfois, sous forme de nouvelles, des petits morceaux de vie, des instants qui naissent mais ne finissent pas, des soupirs, des sanglots, des frémissements divers. Le monde en est plein. Je décris, je n'explique pas.

Peter parut encore plus lointain :

— Ensuite, je me régale à faire de ces pages des petites merveilles.

Il se leva, se dirigea vers sa bibliothèque, en détacha un livre précieux.

— Regarde. N'est-il pas fantastique ? J'ai tout choisi, le papier doux et épais, le format, la couverture, la forme des lettres. Vois comme il sent bon...

Il tourna la première page.

— Regarde, pour chaque nouvelle, j'ai fait un dessin ou une peinture. Pas une illustration, non, je me la joue à l'émotion. Je m'offre le luxe du nanti, la volupté de l'artisan qui choisit et fabrique jusqu'à la dernière virgule. Je fume enfin l'opium de l'artiste. Je ressens chaque minute et cependant je n'en vois passer aucune.

— Tu n'as pas l'impression d'abdiquer ?

— Non, je n'ai plus rien à dire au monde, il ne changera jamais.

Puis il se retourna vers elle en souriant :

— Ninon ne se pose pas autant de questions. Elle avance droit devant elle, et gare à celui qui se met en travers de sa route ! Elle fait pousser du blé sur toutes les restanques des

Campestres, elle fait du pain et le vend. A la mesure de son univers, elle est sûre d'avoir raison. Sais-tu aussi que la coquine nous nourrit presque ? Sa boutique marche bien, elle a toute une clientèle qui vient parfois de fort loin, pour son pain ou pour ses yeux peut-être... En somme, j'ai plus besoin d'elle qu'elle de moi...

— Tu me sembles triste ?

— Pas du tout. Tu devrais savoir que je n'ai jamais été gai, du moins, à jeun et gai à la fois. Mais, rassure-toi, pas un seul jour je n'ai regretté d'avoir épousé Ninon : elle n'a qu'à apparaître pour que je tremble d'adoration. Je n'ai même plus peur de la perdre. Sais-tu ce qu'elle m'a répondu un jour, alors que je m'inquiétais de ma quarantaine et de sa vingtaine toute neuve ? Elle m'a dit : « T'en fais pas, le soleil et l'air ne tarderont pas à me faire la figure aussi ridée que le derrière d'un pauvre. » Je ne me lasserai jamais de l'exacte vigueur de ces images provençales.

Clara sourit puis, reprenant son sérieux, elle murmura :

— En Angleterre, les journaux ne parlent plus de toi, cela ne te fait rien ?

— Non.

— Tu ne m'empêcheras pas de penser qu'il est dommage que ton talent, ta vie tout entière soient en train de s'engloutir dans ce foutu coin perdu.

Peter ne répondit pas tout de suite. Il continua à humer la douceur du temps en levant le nez vers la brise passagère, comme un chat étendu dans la chaleur d'un toit. Il eut un sourire attendri en apercevant Ninon, alourdie par Candice, qui montait les restanques, une à une, pour venir jusqu'à lui.

— Tu as raison, ma chère, je m'ensevelis vivant et, chaque jour qui naît, je donne un nouveau coup de pelle. Mais regarde un peu devant toi, admire la beauté de mon tombeau et vois qui approche, admire la grâce de celles qui m'enterrent.

Le regard radieux de Ninon perça l'atmosphère jusqu'à rencontrer celui de Peter.

Et Clara comprit enfin.

Cet ouvrage a été imprimé en France par

CPI
BUSSIÈRE

à Saint-Amand-Montrond (Cher)
en avril 2012

Composé par Nord Compo Multimédia
7, rue de Fives, 59650 Villeneuve-d'Ascq

MIXTE
Issu de sources responsables
FSC® C003309
FSC
www.fsc.org

N° d'édition : 9402 – N° d'impression : 121279/4
Dépôt légal : mai 2012